W0014483

Anke Küpper

TOD AN DER ALSTER

Kriminalroman

HarperCollins

1. Auflage 2021
Originalausgabe
© 2021 by HarperCollins in der
Verlagsgruppe HarperCollins Deutschland GmbH, Hamburg
Umschlaggestaltung von zero-media.net, München
Umschlagabbildung von Thomas Grimm / plainpicture
Gesetzt aus der Stempel Garamond
von GGP Media GmbH, Pößneck
Druck und Bindung von GGP Media GmbH, Pößneck
ISBN 978-3-95967-477-5
www.harpercollins.de

SAMSTAG, 15.08.2015

PROLOG

Es zischt und knallt. Goldene Sterne explodieren und regnen auf die Außenalster, Leuchtkugeln, rot und grün wie Ampellicht, ziehen glühende Schweife hinter sich her.

Igor Popov stöhnt. Mit einer Hand lenkt er den Doppeldeckerbus über die Fernsichtbrücke, mit der anderen verreibt er den Schweiß, der unter seiner Kapitänsmütze hervorfließt. Es ist nach 22 Uhr und noch weit über 20 Grad warm. Der kurze Regen am Nachmittag hat keine Erfrischung gebracht, eher war es danach noch schwüler.

»Bleibst du wohl sitzen!«, kreischt eine Frauenstimme hinter ihm, als er beim Einbiegen in die Bellevue durch zwei Schlaglöcher rumpelt. Popov blickt mit einem Auge in den Rückspiegel. Im Gang zwischen den Sitzen schwankt ein Mann, mit beiden Händen einen Tablet-Computer vorm Gesicht haltend, und filmt das Feuerwerk. Die Matrone im Vierersitz rechts hinter ihm streckt den Arm nach ihm aus und zerrt an seinem T-Shirt.

»Siegfried!« Ihre Stimme schneidet in Popovs Trommelfell. Der Mann reagiert nicht. Er tut, als würde er nichts merken, oder vielleicht merkt er tatsächlich nichts, solche Leute soll es geben. Glückliche, die alles Störende um sich herum ausblenden und unbeirrt ihr Ziel verfolgen.

Popov sieht nach vorn. Über der Alster schießt eine silbrige Fontäne in die Höhe und öffnet sich zum funkelnden

Kelch am Himmel. Früher hat er Feuerwerk gemocht. Seit er hinterm Steuer dieses Busses sitzt, nicht mehr. Aber was soll er machen? Er braucht den Job bei den Stadtrundfahrten, um bei Mila zu sein. Denn wenn Mila zu lange allein sein muss, ritzt sie sich Muster in ihre Unterarme. Nachdem er sie nach einer Portugaltour vor drei Jahren aus der Klinik abholen musste, hat er sofort bei der Spedition gekündigt. Wie hat er es geliebt, tagelang gen Süden zu fahren, nur er und die Straße. Jetzt fährt er acht Mal am Tag um die Alster, bei Feuerwerk noch öfter, und muss alle paar Kilometer anhalten und neue Fahrgäste ein- und aussteigen lassen. Hop On Hop Off, heißt das. Kein Wunder, dass ihm nach Feierabend manchmal schwindelig ist.

Im letzten Moment bemerkt er den Smart, der vor ihm aus der Parklücke am Alsterufer schießt. »Pass doch auf!« Ruckartig tritt er auf die Bremse. Der Mann mit Namen Siegfried taumelt zurück auf den Sitz neben seiner Frau, umklammert unbeirrt sein Tablet.

Vom Oberdeck hallen Schreie, Gepolter. Er schaltet die Kamera nach oben um, sieht in schemenhaftem Schwarz-Weiß, wie sich eine Person hinsetzt, die restlichen Fahrgäste hocken brav auf ihren Plätzen. Ist wohl nichts Schlimmes passiert, beruhigt er sich.

Als er anfährt, den Rücklichtern des Smart hinterher, rinnt der Schweiß nicht mehr nur unter der Mütze hervor, sein Rücken klebt am Sitz, in den Armbeugen spürt er Pfützen. Nur ein Unterhemd wäre passend bei diesem Wetter, oder gleich ein nackter Oberkörper, stattdessen muss er Uniform tragen. Fischerhemd, rotes Halstuch und diese lächerliche weiße Kappe mit dem schwarzen Plastikschirm.

»Wie ein echter Hamburger Jung«, hat ihm sein Chef erklärt. Popov hat noch keinen Einheimischen getroffen, der so herumläuft. Die Touristen fallen trotzdem drauf herein und wollen am Ende der Tour ein Selfie mit ihm, immerhin gibt das extra Trinkgeld.

Schwungvoll biegt er um die nächste Kurve, tritt aufs Gas, um noch bei Gelb auf die andere Seite der Sierichstraße zu gelangen. Hamburgs bekannteste Einbahnstraße wechselt mehrfach am Tag die Richtung und zwingt ihm ab Mittag einen Sonderschlenker über den Mühlenkamp auf, eine viel zu enge Straße mit teuren Läden und Cafés, in der zwischen Park- und Radfahrstreifen kein Platz für zwei entgegenkommende Pkw ist, geschweige denn für seinen Bus. Erst neulich hat er jemandem den Außenspiegel abgefahren, das ist ihm natürlich von seinem Lohn abgezogen worden.

Und jetzt parkt ein Idiot mit Warnblinker mitten auf der Straße. Popov hupt und bremst ab, zum Glück vorsichtiger als bei dem Smart. Auf dem Oberdeck bleibt es ruhig, lediglich ein paar Aahs und Oohs dringen zu ihm herunter, weil gerade ein goldener Lichtschweif den Himmel entlangsaust.

»Verpiss dich!« Er flucht leise durch die halb geschlossenen Lippen, das hat er sich angewöhnt im Bus. Er muss Rücksicht auf die Fahrgäste nehmen. Dann drückt er noch mal auf die Hupe und lässt die Faust gleich dort liegen. Er muss sich beeilen, sonst verpasst er das Finale des Feuerwerks auf der Schwanenwikbrücke.

»Sofort anzeigen und abschleppen lassen!«

Popov schreckt zusammen. Der Mann mit dem Tablet ist aufgestanden und steht neben ihm. Popov beugt den Kopf kurz vor, zum Zeichen, dass er verstanden hat. Bloß nicht auf eine Diskussion einlassen, bei dem Kerl zieht er den Kürzeren.

»Bei uns gäb's das nicht!«

Besserwisser! Popov schnaubt. Keine Ahnung, wo der Kerl herkommt, wahrscheinlich vom Land, vom Hamburger Verkehr versteht er nichts. Popov hupt.

»Stopp!«, kreischt die Frau von hinten. »Hören Sie sofort auf zu hupen!«

Auch das noch! Popov guckt angestrengt auf die Straße, dann hupt er noch mal, dabei spürt er ihren Blick im Nacken; wie ein Dackel, der sich festbeißt.

»Haben Sie mir nicht zugehört?«, schimpft die Frau. Und an ihren Mann gewandt: »Schatz, tu was!«

»Halt die Fresse«, zischt der Mann. Popov zuckt zusammen. So würde er nie mit Mila reden!

Er sieht weiter nach draußen. Links aus einem Hauseingang stürzt ein hochgewachsener Mann in Shorts, er wankt leicht, als er auf den Wagen zueilt, beim Einsteigen hält er sich am Dach fest, dann setzt er schräg zurück, so schwungvoll, dass er krachend an einem Poller landet. Statt auszusteigen und sich den Schaden anzusehen, schießt der Mann vor und fährt mit quietschenden Reifen davon.

Soll er die Polizei rufen? Popov greift in den Ablagekorb auf dem Armaturenbrett und zieht einen Stift und den Ticket-Block heraus. Er setzt an, das Nummernschild des Wagens auf die Rückseite des Blocks zu kritzeln, nach dem zweiten H verwirft er den Gedanken und schmeißt den Block zurück in den Korb. Er hat es eilig.

Dass ein Bild des Mannes ihn bald im Zusammenhang mit einer Straftat aus der Zeitung anblicken wird, ahnt er noch nicht. Er ist nur froh, dass die Straße frei ist. Jetzt schafft er es hoffentlich pünktlich zum Finale an die Alster. Und dann nach Hause zu Mila.

Er fährt schnell weiter, biegt nach wenigen Minuten rechts ab und sieht die Alster voraus. Fährhausstraße. Schöne Aussicht. Die gewohnte Route.

»Das passt hier aber nicht hin«, keift die Frau hinter ihm, nach einer Reihe weißer Villen ist linkerhand die blaue Moschee aufgetaucht.

»Du auch nicht«, murmelt Popov. Schade, dass er sie nicht rausschmeißen darf. Er denkt an Mila, wie er sie auf einer seiner ersten Touren mitgenommen hat. Beim Anblick des türkisfarben gefliesten Gebäudes mit der himmelblauen Kuppel und den prächtigen Minaretten war sie aus dem Schwärmen nicht mehr herausgekommen. Wie ein Märchen aus Tausendundeiner Nacht.

Hoppla! Die Haltestelle. Er bremst ab und kommt wenige Meter dahinter zu stehen. Was ist heute nur mit ihm los? Fast hat er den Mann übersehen, der im Schatten des Unterstands wartet.

Er drückt den Türöffner und sucht den Mann im Außenspiegel. Der regt sich nicht, steht immer noch breitbeinig mit dem Rücken zu ihm.

Popov erhebt sich halb aus seinem Sitz und brüllt »Moin Moin« zur Tür heraus.

Der Mann dreht sich um und zieht den Reißverschluss seiner Hose hoch. »Hau ab, Alter«, motzt er und winkt den Bus weiter.

Hätte der Kerl sich keinen anderen Platz zum Pinkeln suchen können? Popov schüttelt den Kopf. Als er wieder anfährt, prasselt ein bonbonbunter Lichterregen auf die Alster nieder.

Mist! Ist das schon das Finale? Er sieht auf die Uhr im Armaturenbrett. 22:50 Uhr! Eigentlich hätte er längst auf der Schwanenwikbrücke sein müssen, von dort hat man den besten Blick aufs Feuerwerk.

Was jetzt? Wenn er weiterfährt, ist alles vorbei, lange bevor er dort ankommt.

Doch da vorn ist die Feenteichbrücke. Zwar gibt es nur einen Fahrstreifen, aber egal! Statt wie sonst auf der Straße zu stoppen, fährt er kurzentschlossen auf den Bürgersteig und schaltet den Warnblinker ein. Hauptsache Brücke! Die Fahrgäste kennen sich in Hamburg sowieso nicht aus.

Popov sieht in den Rückspiegel. Der Mann der Matrone hält sein Tablet wieder wie ein Brett vors Gesicht und filmt. Wahrscheinlich könnte man ihm darauf ein Video vom letztjährigen Feuerwerk vorspielen und mit dem Bus sonst wo stehen, er würde es nicht merken und denken, er wäre live dabei.

Dann ist der Himmel schwarz. Im Bus ertönt Klatschen, als wäre ein Ferienflieger gelandet. Das war's jetzt, könnte man denken, wenn man keine Ahnung von Feuerwerk hat. Popov weiß es besser. Er legt die Unterarme auf dem Lenkrad ab und beugt sich vor, um möglichst gut sehen zu können.

Eine spektakuläre Explosion aus strahlend weißem Licht. Nur für ihn! Die Fahrgäste sind damit beschäftigt, ihre Bilder im Internet zu posten oder Tablets und Kameras in ihren Taschen zu verstauen.

Es knallt noch einmal, danach ist es endgültig vorbei. Er

sieht auf die Uhr. 22:58 Uhr. Wenn niemand mehr ein- oder aussteigen will, hat er in einer Viertelstunde Feierabend. Endlich! Er reibt sich den Nacken und gibt Gas.

Er ist höchstens 50 Meter gefahren, als etwas gegen den Bus prallt. Scheiße, was war das?

Instinktiv rammt er den Fuß auf die Bremse. Das Lenkrad stößt gegen seine Rippen, die Kapitänsmütze fliegt vom Kopf, der Ablagekorb macht einen halben Salto. Faltblätter, Tickets, Stifte, alles wirbelt durcheinander, scheppernd rutscht der Korb über den Boden. Popov atmet schwer.

Während um ihn herum Geschrei anschwillt und die Fahrgäste vom Oberdeck heruntertrampeln, blitzt vor seinem inneren Auge der Hirsch auf. Damals bei Salamanca ist er ihm vor den Lkw gelaufen. Popov war ausgestiegen, um nachzusehen, ob das Tier noch lebte. Sekunden später waren die Männer mit ihren Gewehren aus dem Dunkel aufgetaucht. Sie hatten ihn in die Falle gelockt!

Erst jagen sie ein Tier auf die Straße, damit man anhält, dann rauben sie einen aus.

»Machen Sie sofort die Tür auf!« Jemand rüttelt an seiner Schulter. Die Matrone. Als er nicht reagiert, greift sie an ihm vorbei und drückt wild auf die Knöpfe am Armaturenbrett. Der Scheibenwischer quietscht, Wasser spritzt hin und her, schließlich erwischt sie den Türöffner.

Die Fahrgäste strömen auf die Straße, Popov steigt zuletzt aus.

Vor ihm auf dem Asphalt liegt eine Gestalt, die Gliedmaßen unnatürlich verkrümmt, ihr blondes Haar schimmert im Scheinwerferlicht. Das ist kein Hirsch, er hat einen Menschen überfahren.

Eine Frau, erkennt er, als er näher tritt. Blut sickert aus einer Wunde an ihrem Hals, sie starrt ihn an, ihre Lippen beben, als wolle sie etwas sagen. Er kniet sich neben sie, hält sein Ohr dicht an ihren Mund.

»Mörder«, flüstert sie, »I…go…« Dann sackt sie zurück.

Igor? Er zittert. Die ganze Zeit hat er geschwitzt, jetzt wird ihm eiskalt. Wer ist die Frau? Woher kennt sie seinen Vornamen?

Als jemand »Mörder!« schreit, explodiert erneut Licht vor seinen Augen, diesmal ist es kein Feuerwerk.

Er wacht erst aus seiner Ohnmacht auf, als die Sirenen näher kommen.

»Wie spät ist es?«, fragt jemand neben ihm.

»Gleich halb zwölf.«

Mila! Er müsste längst zu Hause sein.

»Milaaa!« Er merkt nicht, dass er ihren Namen heraus-schreit, als die Sanitäter ihn unter den Armen fassen, um ihn zum Rettungswagen zu führen.

**

Das Kanu gleitet ins Wasser, lautlos schwappt eine Welle ans Ufer. Partymusik weht aus einer Villa auf der anderen Seite herüber. Mit einer Hand halte ich das Kanu am Heck fest, mit der anderen ziehe ich es seitlich zu mir heran. Ein langer Schritt, das Kanu schwankt, schnell knie ich mich hin, greife das Paddel und stoße mich vom Ufer ab.

Blätter streifen mein Gesicht, ich bewege mich im Schutz der tief hängenden Weiden. Nach fünfzig Metern hockt ein Haubentaucher auf seinem Nest. Ich steuere in Richtung

Kanal und reihe mich ein in den Strom der Paddler und Tretbootfahrer, die zurückkehren zu ihren Bootshäusern und Liegeplätzen.

Keiner wird sich an mich erinnern, ich bin einer von vielen, die sich das Feuerwerk angesehen haben.

Genau so habe ich es geplant.

Ich tauche das Paddel ins Wasser, ziehe es nach hinten durch, hole es aus und wieder vor. Immer im Rhythmus. Eintauchen, durchziehen, ausholen, vorholen. Hin und wieder ein J-Schlag, um das Kanu auf Kurs zu halten. Vor der zweiten Brücke drehe ich nach Backbord in den kleineren Kanal ab.

Das Kanu gleitet durch einen Teppich aus Teichrosen. Ein Blässhuhn quiekt auf, es riecht modrig, heute Morgen im Radio haben sie vor Blaualgen gewarnt. Bei Kontakt kann es zu Ausschlag und Juckreiz kommen. Ich habe nicht vor, nass zu werden.

Die Brücken sind hier so niedrig, dass ich den Kopf einziehe. Nach der zweiten kommt backbord der tote Seitenarm. Beim Einbiegen glitscht das Kanu über den Grund, etwas kratzt am Boden, Steine oder ein Ast, ich weiß es nicht, das Wasser wird immer trüber.

Eintauchen, durchziehen, ausholen, vorholen.

Ich reiße die Augen weit auf, um im Mondlicht den morschen Steg zu erkennen. Meine Schulter schmerzt, als ich das Kanu aus dem Wasser ziehe und an seinem Platz verstaue, Zweige darauf lege, altes Laub und Erde.

Ich habe den Wagen in der Fährhausstraße geparkt, zwischen zwei Laternen. Der letzte Stadtrundfahrtbus ist lange durch. Ich lasse ein Paar mit seinem Hund vorbeigehen, dann springe ich in den Wagen und fahre zurück, dorthin wo ich hergekommen bin. Ich liege gut in der Zeit, niemand wird etwas merken.

Auch sie wird mich nicht verraten können, die Verletzung war tödlich, dumm nur, dass sie weggelaufen ist. Aber wenn ich eins gelernt habe, dann ist das Improvisieren.

1

Hauptkommissarin Svea Kopetzki beugte sich über die Tote auf der Bahre. Die Frau hatte die Augen weit aufgerissen, ihr blondes Haar war blutverschmiert, trotzdem wirkte ihr Gesicht friedlich wie das einer Madonna. Ob es an den gleichmäßig geschwungenen Brauen, der zarten Nase und den herzförmigen Lippen lag? Svea hatte noch nie so ebenmäßige Züge gesehen.

»Kann sie dann weg?« Der Notfallsanitäter knackte mit den Fingern.

»Moment noch!« Svea wandte sich an den Kollegen vom Kriminaldauerdienst, der neben ihr auf der Straße stand. »Irgendwelche Hinweise, wer sie ist?«

»Bis jetzt nicht.« Brandt schüttelte den Kopf. Die Plane der Sichtschutzwand, die den Leichnam vor neugierigen Blicken bewahren sollte, raschelte im Wind.

»Mila!« Ein Schrei wehte herüber.

Svea trat zur Seite und blickte sich um. Die Frau mit dem grauen Lockenhelm war ihr bereits bei der Ankunft am Unfallort aufgefallen. Während die anderen Fahrgäste des Busses schweigend auf dem Fußweg am Alsterufer herumgestanden hatten, Entsetzen auf den Gesichtern, hatte die Frau ohne Pause auf den Mann an ihrer Seite eingeredet. Worum es ging, hatte Svea nicht verstanden, im Blaulicht der Einsatzfahrzeuge waren die hin und her wedelnden Arme

17

der Frau aufgeflackert, als würde sie einen Kriegstanz aufführen.

»Sie heißt Mila!«, rief die Frau jetzt erneut, die Finger um das Absperrband gekrallt, das zwischen Fußweg und Unfallstelle gespannt war.

Ein Schutzpolizist trat zu ihr. Gut hörbar ermahnte er sie, die Arbeit der Polizei nicht zu behindern und von der Absperrung zurückzutreten. Wenn die Mordbereitschaft später die Zeugen befragte, wäre noch genug Zeit, ihre Eindrücke zu schildern.

Svea befürchtete, die Frau würde das Absperrband durchreißen, aber sie nickte nur heftig, als hätte sie verstanden – und stürzte sich keifend auf ihren Mann.

»Die spinnt ein bisschen.« Brandt war neben sie getreten und fasste sich an die Stirn.

»Wie kommt sie auf Mila?« Die Frau war ihr unsympathisch, verrückt wirkte sie nicht.

»Weil der Busfahrer Mila geschrien hat, als die Sanitäter ihn aufgesammelt haben.«

»Dann kannte er die Tote?« Der Busfahrer lag in einem zweiten Rettungswagen und bekam eine Infusion, er stand unter Schock, womöglich konnten sie ihn heute nicht mehr befragen.

»Glaube ich nicht, er ist nur durcheinander. Man überfährt ja nicht alle Tage jemanden.«

Brandt hatte ihr bereits am Telefon berichtet, dass die Frau direkt vor dem Bus auf die Straße gelaufen und durch den Aufprall meterweit durch die Luft geschleudert worden war. Umgebracht hatte sie laut Notarzt allerdings etwas anderes.

Deshalb hatte Brandt die Mordbereitschaft angefordert.

Und die Spurensicherung, die kurz nach Svea eingetroffen war; Freder Birk und seine Mitarbeiter waren noch dabei, ihren Transporter zu entladen. Daneben schlüpfte gerade Sveas Mitarbeiterin Franzi mit ihrem Fahrrad unter dem Absperrband hindurch. Fehlte nur noch Tamme. Wie lange er wohl diesmal brauchte?

»Hi«, hauchte Franzi wenig später, eine Hand am Lenker, mit der anderen strich sie sich eine Strähne ihres langen blonden Haares hinter die Ohren. »Ich musste das Auto stehen lassen, alles dicht wegen des Feuerwerks.«

Svea bemerkte das Funkeln in Brandts Augen, wie so viele Männer reagierte er reflexhaft auf Franzis modelmäßiges Äußeres. Aber zum Glück hatte die junge Kollegin weit mehr zu bieten als nur eine schöne Hülle. Svea hielt große Stücke auf Franzis kriminalistische Fähigkeiten, zumindest bis vor Kurzem.

»Moin, Frau Grüner.« Brandt wies zur Seite, wo erste Kreidespuren auf der Fahrbahn schimmerten. »Dort hat der Leichnam gelegen.«

Ein Mitarbeiter des Verkehrsunfalldiensts zeichnete gerade den Reifenstand des Busses nach. Vor den gestrichelten Linien für die Bremsspur erkannte Svea das X für den Körpermittelpunkt der Toten. Rechts und links davon, jeweils in einem unnatürlichen Winkel abgeknickt, das O für den Kopf und das U für die Füße. Die neutrale Markierung sollte die Angehörigen von Verkehrsopfern schonen, falls diese später den Unfallort aufsuchten. Bei Svea befeuerten die abstrakten Symbole erst recht die Fantasie.

»Zahlreiche Knochenbrüche«, hörte sie Brandt sagen und löste ihren Blick von der Straße.

Brandt stand wieder an der Bahre und zog das Tuch von dem Körper der Toten. »Das rechte Bein ist komplett zerquetscht. Trotzdem hätte sie den Aufprall womöglich überlebt, hat der Notarzt gemeint. Tödlich war …«, er schaltete seine Handytaschenlampe ein und leuchtete auf den Hals der Frau, »wohl das hier.«

Eine Wunde, frisch und so tief, dass vermutlich die Halsschlagader verletzt worden war. Das Opfer musste innerhalb von Minuten verblutet sein. Svea hörte, wie Franzi schluckte.

»Das ist vor dem Zusammenstoß mit dem Bus passiert.« Er deckte die Frau wieder zu, diesmal auch das Gesicht, und machte eine Kopfbewegung zur Seite. »Wie es aussieht, ist sie von da gekommen. Schöne Aussicht 26.«

Vor allem teure Aussicht, dachte Svea beim Anblick des weißen Villenklotzes, der jenseits der Straße hinter den Buchen aufragte. Seit sie vor knapp zwei Jahren aus Dortmund nach Hamburg gekommen war, ertappte sie sich zwar immer öfter dabei, sich in der Stadt wohlzufühlen, aber an das Gefälle zwischen Arm und Reich hatte sie sich noch nicht gewöhnt. Konnte man sich überhaupt daran gewöhnen?

»Wer wohnt da?«

»Niemand, es ist eine Arztpraxis, am Wochenende geschlossen. Weil das Schiebetor zur Straße für Fußgänger geöffnet war und die Frau aus dieser Richtung kam, haben die Kollegen vom PK 31 nachgesehen. Die Hauseingangstür stand offen, die Alarmanlage war ausgeschaltet. Als Verstärkung gekommen ist, sind sie rein ins Haus, zusammen mit einem Hund. Ziemlich schick da drinnen, ein Sofa, größer als mein Wohnzimmer. Also …«

»Einbruchspuren?«, unterbrach Svea ihn. Brandt mit seiner verquatschten Art!

Er räusperte sich. »An der Rückseite des Hauses wurde ein Fenster aufgehebelt. Alles ruhig, niemand mehr da. Aber Blutspuren auf dem Fußboden. Im Garten war auch niemand, bis auf ein paar Eichhörnchen, die der Hund aufgeschreckt hat. Allerdings hat man direkten Zugang zum Feenteich, ich habe die Kollegen von der Wasserschutzpolizei benachrichtigt, aber das kann dauern, bis die hier sind.«

»Sie meinen, der Einbrecher ist über die Alster oder durch die Kanäle geflohen«, warf Franzi ein. Sie hielt immer noch ihr Fahrrad umklammert.

»Wenn es ein Einbrecher war.« Svea musste sich dringend im Haus umsehen. Was hatte die Tote dort gemacht, an einem Samstagabend? Ihre manikürten Finger sahen nicht wie die einer Putzfrau aus. »Was ist mit dem Praxisinhaber?«

»Es sind zwei, ein Mann und eine Frau.« Brandt zog ein Notizbuch hervor. »André Graf und Helena Pahde. Eine Telefonnummer haben wir nur von Pahde. Die Kollegen haben versucht, sie anzurufen, aber nur die Mailbox erreicht. Graf wohnt in der Hafencity, Pahde am Leinpfad. Sollen wir jemanden hinschicken?«

Svea überlegte kurz, dann verneinte sie. »Später, erst mal brauchen wir alle Leute hier.«

»Ähm …« Der Notfallsanitäter war zurückgekehrt und tippte an die Bahre. »Kann sie jetzt weg?«

Svea nickte.

»Okay!« Brandt sah länger als nötig zu Franzi. »Ich verschwinde auch mal.«

Franzi verzog keine Miene.

»Tschüß, Herr Brandt.« Svea grinste und richtete sich an die Kollegin: »Stellst du kurz dein Rad ab und fängst mit der Zeugenbefragung an. Frag die Leute vor allem nach Handyvideos, Fotos und so weiter.« Vielleicht hatte jemand ohne es zu merken den Täter aufgenommen.

»Mach ich«, flötete Franzi.

Svea atmete kurz durch und blickte auf die Alster. Immer noch waren Paddler unterwegs, lautlos wie in einem Schattenspiel schoben sich ihre schwarzen Silhouetten über das Wasser, dabei war das Feuerwerk seit mehr als einer Stunde vorbei. Genauso wie das Leben der Frau auf der Bahre. Hatte sie auch das Feuerwerk betrachtet – und war dabei von ihrem Mörder überrascht worden?

»Svea.« Eine Hand legte sich auf ihre Schulter.

Sie fuhr herum. Tamme, endlich!

»Tut mir leid, ich hab's nicht schneller geschafft.« Ihr Stellvertreter klang atemlos, als wäre er die Strecke von seinem Zuhause in Farmsen-Berne bis hierher gerannt. Seit seine Frau Imke vor vier Monaten ausgezogen war, stand Tamme unter Dauerstress; bei jedem Einsatz außerhalb ihrer normalen Dienstzeiten musste er sich um einen Babysitter für seine drei Mädchen kümmern, bevor er loskam.

Aber jetzt war er ja da. »Bleibst du hier draußen und unterstützt Franzi bei der Befragung der Zeugen aus dem Bus?«

Tamme nickte. Und sah gleich entspannter aus. Früher hatte er sich auf sein Zuhause gefreut, jetzt freute er sich auf die Arbeit, um dem Stress Zuhause zu entkommen, hatte er ihr neulich anvertraut.

»Und noch was«, fiel ihr ein, als Tamme sich zum Gehen wandte. »Da ist eine Grauhaarige mit Locken, sie hat behauptet, dass die Tote Mila heißt. Frag sie, wie sie darauf kommt.«

»Alles klar«, Tamme stapfte los. Sie sah ihm hinterher, wie er einen großen Schritt über das Absperrband machte – statt es hochzuhalten und darunter hindurchzuschlüpfen, wie sie und Franzi es bei ihrer Ankunft am Tatort getan hatten. Tamme war über dreißig Zentimeter größer als sie. Kein Wunder, dass er anders an die Dinge heranging, die ihm den Weg verstellten.

Svea wandte sich Richtung Villa.

Freder Birk, der Leiter der Spurensicherung, kniete vor der Einfahrt und schabte mit einem Skalpell auf dem Kopfsteinpflaster. Neben ihm lag ein DNA-Röhrchen.

»Svea, guck dir das an.«

Sie bückte sich. Ein dunkler Fleck am Rand eines Steins. Drei Steine weiter hatte Freder bereits einen weißen Kreis um den nächsten Fleck gezogen.

»Blut?«

Freder nickte. »Würde mich wundern, wenn das nicht von der Toten ist.« Er streifte die dunkle Masse von der Skalpellklinge in das Röhrchen. »Ich will das fertig machen, bevor noch mehr Leute drübertrampeln. Ich habe die Kollegen schon vorgeschickt ins Haus.«

Als Svea durch das Schiebetor ging, wehte eine Windböe von der Alster herüber, rauschte durch die Blätter der Buchen und ließ sie trotz des lauen Spätsommerabends im Nacken frösteln.

Mit festen Schritten eilte sie auf die steinerne Treppe zu, die zur Haustür führte. Auf der obersten Stufe hatte sich ein Schutzpolizist aufgebaut.

»Kopetzki, ich leite die Mordbereitschaft.« Sie hielt ihm ihren Ausweis hin, registrierte die Klingel mit Codeschloss neben der Tür. Und das Messingschild.

Schönheitsklinik Pahde.

Svea hatte an einen Zahnarzt oder Orthopäden gedacht, als Brandt von einer Arztpraxis sprach, das Linoleum im Eingang abgenutzt von den Massen, die täglich durchgeschleust wurden. Von wegen, der weiße Marmorboden, der sie in der Eingangshalle empfing, war garantiert nichts für Kassenpatienten. Von der gold glänzenden Decke baumelte ein gigantischer Kronleuchter, sein Licht brach sich im Glas der Bilderrahmen an den Wänden.

»Hier links geht's zum Empfang«, der Kollege wies auf eine Kassettentür. »Dahinter liegen das Wartezimmer und die Sprechzimmer. Die OPs sind die Treppe hoch im Obergeschoss, aber da ist nichts.«

Svea zog sich Schuhüberzieher und Handschuhe an. »Und was ist hier?« Eine schmale Tür zu ihrer Rechten.

»Toilette. Wie gesagt, zum Empfang geht's da lang.« Er sprach wie eine Sprechstundenhilfe, der man besser gehorchen sollte.

Oder auch nicht. Eine Hand an der Pistole, öffnete Svea die Tür, tastete nach dem Lichtschalter. Und stolperte zurück.

Sie sah sich selbst in einem bodentiefen Spiegel, davor zwei wannengroße Waschbecken, goldene Wasserhähne, goldene Seifenspender. Ein Luxusbad – und dann das: Die beiden Toilettenschüsseln, eine wahrscheinlich ein Bidet, standen mitten im Raum, nur durch einen Paravent abgeteilt.

Sie ließ die Tür offen stehen. Da war ihr das fensterlose Klo in ihrer Wohnung doch lieber!

»Ich hab's gesagt.«

Sie überhörte den Kommentar des Kollegen. »Die Spurensicherung ist in den Sprechzimmern?«

Nicken.

Der Parkettboden im Empfangsraum quietschte unter ihren Füßen. Kopfschüttelnd betrachtete sie den verspiegelten Tresen, davor zwei mit Kreide umkreiste dunkle Flecken. Die Blutspur der Toten?

Im nächsten Raum ein sahnefarbenes Ledersofa und vier Sessel, zu jedem ein Beistelltisch mit Bücherstapel, an der Wand ein Flachbildschirm im XXL-Format. Ein Wunder, dass sich auf dem Sideboard neben den Aufstellern mit Prospekten die Mineralwasserflaschen reihten. Champagnerflaschen in Magnumgröße hätten besser gepasst.

»Da staunste, was?«, rief eine Kriminaltechnikerin der Spurensicherung aus dem rechten der beiden angrenzenden Sprechzimmer. »Und hier geht's so weiter.« Sie winkte Svea herein.

Ein zweites Sahnesofa, dazu passend eine Behandlungsliege, vor dem Schreibtisch zwei Lehnstühle. Die vergoldete Leuchte auf dem Tisch kannte Svea doch! Das scheußliche Ding in Form eines Klobürstenhalters hatte sie zum ersten Mal bei den Eltern ihres Ex-Freundes Jo im Wohnzimmer entdeckt, es kostete locker so viel, wie sie im Monat verdiente.

»Alles vom Feinsten«, die Kriminaltechnikerin klopfte auf den Schreibtisch. Ihr Kollege kniete dahinter und bestäubte den Boden.

»Eine Schuhspur.« Er blickte auf.

Eine Armlänge entfernt von ihm schimmerte eine silberne Schale, sie hatte eine Macke ins Parkett geschlagen, ein Füllfederhalter war in die Ecke vorm Fenster gerollt. Kampfspuren?

»Wie es aussieht, ist die Tote hier auf den Täter getroffen. Eine Tatwaffe haben wir nicht gefunden, aber da vor der Tür sind noch zwei Blutflecken.« Der Kriminaltechniker zeigte zu der Schrankwand, die seitlich hinter ihm aufragte. »Von da scheint der Täter ins Haus gekommen zu sein.«

Aus dem Schrank? Wollte der Kollege sie verarschen? Aber es war gar keine richtige Schrankwand, erkannte Svea, als sie näher trat. Hinter den beiden äußeren Türen verbargen sich Regalböden mit ordentlich aufgestapelten Kartons, Medikamentenproben, sie mussten überprüfen, ob etwas fehlte. Die mittlere Tür führte in ein weiteres Zimmer.

»Ganz schön verwinkelt, der alte Kasten.« Der Kriminaltechniker stand auf. »Geh ruhig rein, aber pass am Fenster auf. Da hat's anscheinend reingeregnet, oder jemand hat etwas umgestoßen.«

Das Zimmer war leer und so schmal, dass man mit ausgestreckten Armen gleichzeitig an beide Wände kam. Das Fenster vor Kopf war angelehnt, die Scheibe aus Milchglas. Deutliche Hebelspuren an der Außenseite des Rahmens, eine mit Folie gesicherte Schuhspur auf der Fensterbank, im Parkettfußboden vor dem Fenster bemerkte Svea einen dunkleren Streifen.

Sie bückte sich und hielt ihre Nase dicht darüber. Feuchtes Holz, eine leichte Putzmittelnote. Kein Blut, zumindest kein frisches.

Als sie wieder hochkam, flackerte Licht hinter der Scheibe.

»Ist jemand von euch im Garten?«

»Zwei Kollegen sind gerade los, wenn du rauswillst, kann ich dir eine Lampe geben.« Der Kriminaltechniker war hinter sie getreten.

»Später.« Svea wollte sich erst im Haus umsehen. »Was ist mit dem anderen Sprechzimmer?«

»Nichts, alles sauber und an seinem Platz.«

»Irgendwelche Hinweise auf die Tote? Eine Handtasche, Schlüssel, Handy, einen Handsender für das Schiebetor?«

Kopfschütteln.

»Und im Obergeschoss?« Wenn dort die OPs waren, gab es einen Betäubungsmittelschrank.

»Erst mal nichts Verdächtiges, da scheint nach dem Putzdienst niemand mehr gewesen zu sein.«

Putzdienst, notierte Svea im Kopf. Wahrscheinlich war die Praxis frühmorgens gereinigt worden; nach Sveas Erfahrung, die sich allerdings auf die Putzkolonne im Präsidium beschränkte, die typische Zeit zum Saubermachen. Aber das mussten sie überprüfen. Am Wochenende war die Praxis unbesetzt, vielleicht war der Putzdienst auch später gekommen und hatte irgendetwas bemerkt, das ihnen half, die Tote zu identifizieren.

Mit diesen Gedanken ging Svea durchs Wartezimmer zurück in die Eingangshalle.

Wer war die Frau, und wie war sie ins Haus gekommen? Kannte sie den Eingangscode? Oder war sie eine Besucherin und der Täter hatte sie ins Haus gelassen? Oder war gar sie die Einbrecherin, und der Täter hatte sich nur gewehrt? Bei der dünnen Indizienlage mussten sie auch diese Möglichkeit in Betracht ziehen, obwohl Svea nicht daran glaubte. Die Tote war weder die Putzfrau noch eine Einbrecherin, das sagte ihr ihr Gefühl.

»Oben ist nichts«, kommentierte der Schutzpolizist in der Halle, als sie sich zum Treppenaufgang wandte.

Während sie die marmornen Stufen hochstieg, streifte ihr Blick die Fotos in den Rahmen an der Wand. Zweimal Segelboote auf der Alster, ein Sonnenuntergang, drei Urkunden für die jahresbeste Lidstraffung. Sie überlegte noch, ob das ein Witz war, und war bereits achtlos am nächsten Bild vorbeigegangen.

Aber etwas ließ sie stocken. Sie ging drei Stufen zurück, darauf bedacht, mit den Überziehern nicht auszurutschen.

Das blonde Haar frisch geföhnt, lächelte ihr die Frau von der Bahre entgegen. Svea kniff die Augen zusammen, um das Namensschild an dem eng anliegenden weißen Kittel zu entziffern.

Dann rief sie den Schutzpolizisten: »Kommen Sie mal her! Hier ist doch was.«

2

»Setzen Sie sich.« Tamme verzichtete auf das Bitte und hielt der Grauhaarigen die Tür des Streifenwagens auf.

Eingezwängt auf der Rückbank, mit ihrer Umhängetasche auf dem Schoß, hörte sie hoffentlich auf rumzuzappeln.

Er blieb vor dem Wagen stehen, sodass sie zu ihm aufblicken musste.

»Jetzt noch mal von vorn, aus welcher Richtung kam die Tote?«

»Aus dem Haus da drüben.« Die Frau wies mit der Nasenspitze Richtung Klinik.

»Haben Sie das gesehen?«

»Sonst würde die Polizei da ja nicht suchen.«

»Beantworten Sie meine Frage! Haben Sie selbst gesehen, woher die Tote kam?«

»Nein, muss ich das?«

Nichts gesehen, fasste Tamme für sich zusammen. Die Leute, die am lautesten schrien, hatten oft am wenigsten zu sagen. Weiter: »Kannten Sie die Tote?«

Irritierter Blick. Keine Antwort.

Tamme wartete, die Frau umklammerte den Griff ihrer Tasche und schwieg. Hatte er zusammen mit dem Gezappel ihr Gerede gestoppt?

»Kannten Sie die Tote?«, wiederholte er.

»Natürlich nicht!«

»Aber Sie wissen, wie sie heißt?«, hakte er nach.

»Mila.«

»Also kannten Sie sie doch?« Wollte die Frau ihn für dumm verkaufen?

»Nein, aber der Busfahrer hat sie Mila genannt, also wird sie wohl so heißen.«

Dass er Mila gerufen hatte, hatten mehrere Zeugen bestätigt. Aber bedeutete das automatisch, dass die Tote so hieß? Sobald der Busfahrer wieder ansprechbar war, würde Tamme mehr erfahren.

Er beendete das Gespräch mit ein paar Routinefragen. Wie es schien, hatte die Frau weder etwas gesehen noch gehört, das ihnen weiterhelfen konnte.

Sie wuchtete sich vom Rücksitz hoch und strich ihr kittelartiges Kleid glatt. »Sie glauben doch nicht, dass ich etwas damit zu tun habe?« Sie klang plötzlich wie ein kleines Mädchen. Wie seine Kinder, wenn sie etwas ausgefressen hatten.

»Meine Kollegin hat Ihre Personalien aufgenommen, bei Bedarf melden wir uns.« Tamme ließ ihre Frage unbeantwortet.

»Nur dass Sie es wissen, wir fahren morgen weiter nach Norwegen. Mein Mann hat sich das zur Silberhochzeit gewünscht. Eine Kreuzfahrt nach Spitzbergen!« Die Frau schnaubte. »Am Mittelmeer ist es viel schöner.«

»Gute Reise Ihnen.« Der Mann war nicht zu beneiden. Allerdings hatte er einen stoischen Eindruck gemacht, als Tamme ihn befragt hatte. Vielleicht ließ er das Gemecker seiner Frau an sich abprallen.

Tamme ging wieder zu Franzi. Sie stand auf dem Fußweg und wischte auf einem Smartphone hin und her. Neben ihr ein dickbäuchiger Mann im Karohemd, den sie schon befragt hatte, als Tamme mit der Grauhaarigen zum Streifenwagen aufgebrochen war.

»Ist was dabei?« Der Mann klang besorgt. Sein weißes Haar schimmerte bläulich im Licht des Bildschirms.

»Ich weiß noch nicht.« Franzi wischte weiter, dann blickte sie auf: »Tamme, ich brauch noch ein bisschen, hier sind über hundert Bilder vom Feuerwerk drauf. Kümmerst du dich als Nächstes um die beiden da drüben.«

Auf einem Baumstumpf direkt am Alsterufer hockten zwei Personen Rücken an Rücken, reglos, als ob sie schliefen.

Als Tamme sich in ihre Richtung wandte, stellte sich ihm eine junge Frau mit Flechtzöpfen in den Weg.

»Wie lange dauert das denn noch?« Sie gähnte.

»Kommt drauf an. Haben Sie Film- oder Fotoaufnahmen gemacht?« Er konnte sie genauso gut zuerst befragen.

»Oh Gott, Hunderte.« Sie gähnte erneut und riss den Mund so weit auf, dass Tamme fürchtete, ihr Kiefer würde ausrenken. »Ich muss echt ins Bett.«

Franzi und er hatten bereits einundzwanzig Fahrgäste befragt, die Personalien aufgenommen und ihre Handys durchgesehen, das meiste völlig belanglos und unbrauchbar für die Ermittlung. Die Leute hatten die späte Stadtrundfahrt wegen des Feuerwerks unternommen, dementsprechend hatten sie auch das Feuerwerk betrachtet, gefilmt oder fotografiert. Das Haus lag auf der gegenüberliegenden Straßenseite, es war nur auf zwei Aufnahmen zu sehen. Zum Glück hatte ein Mann vergessen, seine Digitalkamera auszuschalten, bevor er sie weglegte; das Gerät hatte für ein paar Sekunden weitergefilmt, dadurch war am Rand des Bildes die Tote zu sehen, wie sie auf die Straße rannte. Unscharf zwar, aber immerhin. Der Mann hatte ihnen die Kamera als Beweismittel überlassen und würde morgen im Präsidium vorbeikommen. Dass wegen des Feuerwerks über die Hälfte unter den Fahrgästen Hamburger waren, machte es in diesem Fall unkompliziert.

Wenn die müde junge Frau vor ihm auch aus Hamburg war – war sie –, nichts Auffälliges gesehen hatte – hatte sie nicht – und bis morgen auf ihr Handy verzichten konnte – wenn's sein musste –, dann durfte sie auch gleich nach Hause gehen.

Er nahm nur noch schnell ihre Personalien auf, sie hieß Luna Herder, war Studentin aus Eimsbüttel. Dann bat er sie, am nächsten Morgen um elf Uhr aufs Präsidium zu kommen, und ließ ihr von den Kollegen vom PK 31 ein Taxi rufen.

Tamme steckte ihr Mobiltelefon in einen Beweisbeutel. Viel Hoffnung machte er sich allerdings nicht, auch die anderen Fahrgäste hatten reichlich Fotos geschossen.

Mal gucken, was die beiden Typen auf dem Baumstamm zu bieten hatten.

»Auf gar keinen Fall!« Ein Schrei ließ Tamme innehalten. Er sah sich um.

Der Mann mit dem Karohemd! Franzi hielt sein Smartphone mit einer Hand in die Höhe, mit der anderen bedeutete sie ihm, Abstand zu halten.

»Auf gar keinen Fall!«, rief der Mann erneut.

»Gibt's ein Problem?« Tamme baute sich vor ihm auf.

»Er hat ein paar interessante Aufnahmen gemacht«, Franzi nahm den Arm herunter. »Wenn Sie uns Ihr Telefon nicht freiwillig als Beweismittel überlassen, können wir es auch beschlagnahmen.«

»Ich brauche mein Telefon.« Jetzt jammerte der Mann.

Franzi seufzte. »Tamme, kommst du hier allein klar? Dann fahre ich mit ihm auf die Wache und überspiele die Daten.«

Tamme nickte. Außer den beiden Baumstammhockern blieb nur noch der Busfahrer, wenn überhaupt, das konnte er auch allein erledigen.

Ein Notfallsanitäter eilte auf sie zu. »Dem Fahrer geht es besser, er will nach Hause. Sofort.«

»Ein bisschen muss er sich gedulden.« Tamme besprach sich kurz mit Franzi, dann begleitete er den Sanitäter zum Rettungswagen.

Auf der Trage kauerte ein Mann in Tammes Alter, die schwarze Stoffhose am Knie aufgerissen, das Fischerhemd befleckt vom Blut der Toten, und starrte auf den Boden. Neben ihm baumelte ein halb leerer Infusionsbeutel an einem Haken.

»Ich habe ihm ein Beruhigungsmittel gegeben«, flüsterte der Sanitäter.

»Claußen, Mordkommission!« Tamme zwängte sich auf den Klappsitz ihm gegenüber.

»Ich muss zu meiner Frau.« Der Mann hob den Kopf, seine Stimme leierte, wie früher eine kaputte Kassette. Hatte der Sanitäter mit der Dosierung übertrieben?

»Erst müssen Sie mir ein paar Fragen beantworten. Können Sie sich ausweisen?«

Der Mann fummelte in seiner Hosentasche nach einer Plastikhülle. »Ich bin Deutscher. Ich will zu meiner Frau.«

Er zog seinen Personalausweis aus der Hülle und reichte ihn Tamme.

»Igor Popov, geboren am 15.07.1978 in Poltawa, Ukraine«, las Tamme.

Der Mann nickte.

»Wir machen es schnell. Kennen Sie die Tote?«

»Nein.« Entrüstung.

»Haben Sie gesehen, woher sie kam?«

Popov verneinte erneut, er habe nur auf die Straße gesehen. »Und plötzlich war sie da. Wie der Hirsch.«

Hirsch? Wovon redete der Mann?

Er habe einmal einen Hirsch angefahren, erklärte Popov. Der war auch plötzlich vor ihm auf der Straße gewesen. Keine Chance auszuweichen. Popovs dunkle Augen wurden noch dunkler.

Tamme wollte nach Mila fragen, als sein Handy zwitscherte. Svea? Er zog das Handy aus der Jackentasche.

SMS von Imke. Was wollte seine Ex? An einem Samstagabend? War sie da nicht immer mit ihrem Neuen unterwegs?

»Tamme!« Svea erschien in der Tür des Rettungswagens. »Wir wissen, wer die Tote ist.«

3

Helena Pahde.

Kein Wunder, dass die Kollegen vergebens versucht hatten, die Praxisinhaberin zu erreichen. Sie konnte nicht ans Telefon gehen. Nie mehr.

Als Svea entlang der weiß umkreisten Flecken zurück zum Haus lief, erschien Pahdes Gesicht vor ihrem Inneren. Bildschön wie auf dem Foto im Treppenhaus, blutverschmiert wie auf der Bahre. *Schöne Helena, wer hat dir den Hals aufgeschlitzt?*

Nachdem Svea das Foto entdeckt hatte, hatte sie noch schnell das Obergeschoss des Hauses inspiziert und nichts Verdächtiges bemerkt.

Jetzt ging sie direkt in den Garten. Kies knirschte unter ihren Sohlen, als sie den Weg betrat, der zwischen zurechtgestutzten Buchsbäumen und Rhododendren am Haus vorbei auf den Rasen führte.

Das Gelände fiel schräg zum Ufer ab, Mondlicht spiegelte sich im Wasser des Feenteichs, schillerte silbrig auf den schwarzen Wellen. An der Anlegestelle blitzten die Schutzanzüge der Techniker auf. Die lange, schmale Silhouette mit dem sichelförmigen Rücken, die über den Steg schritt, war eindeutig Freder Birk. Der Strahl seiner Taschenlampe wanderte hin und her, beleuchtete das lehmige Ufer und verschwand hinter einem Vorhang aus Weidenblättern.

»Massenweise frische Schuhspuren«, informierte er Svea. »Von hier siehst du am besten.« Er winkte sie zu sich auf den Steg, vorbei an seinen Mitarbeitern, einem kantigen kleinen Mann und einer riesigen Frau, die mit Nummerntafel und Messband versehene Spuren abfotografierte.

Svea nickte den beiden zu, dann folgte ihr Blick dem Strahl von Freders Lampe. Im noch regenfeuchten Lehm neben dem Steg hatte das Profil der Schuhe deutliche Eindruckspuren hinterlassen, sie wiesen in Richtung Haus und zurück.

»Größe 44, tippe ich. Schätzungsweise ein männlicher Täter. Oder …«, Freder sah zu seiner Mitarbeiterin. »Eine großfüßige Frau.«

»43. Ich war's nicht.« Die Technikerin grinste.

Der Lichtstrahl wanderte weiter über den Rasen – eine Spur aus platt getretenen Halmen führte auf den Kiesweg am Haus – und huschte an der Wand hoch zum Fenster. »Da ist er ein- und ausgestiegen. Die Hebelspuren hast du von drinnen gesehen.«

Freder schwenkte zurück zum Ufer. Die Zweige der Weide schwangen im Wind, hingen bis in den Feenteich hinein. Aus dieser Perspektive konnte Svea gut erkennen, dass neben weiteren Schuhspuren eine Furche durch den lehmigen Boden unter der Weide lief. Eine Handbreit tief und geschätzt zehn Meter lang begann sie neben dem Stamm und zog sich über das Ufer bis zur Wasserkante neben dem Steg. Vom Haus aus war die Furche nicht zu sehen gewesen.

Hatte der Täter dort ein Boot versteckt? Hoffentlich kamen die Kollegen von der Wasserschutzpolizei bald! Weil die Außenstelle Alster um diese Zeit nicht mehr besetzt war, mussten sie mit dem Wagen aus Steinwerder zum Harvestehuder Weg kommen, hatte Brandt erklärt, am Anleger Rabenstraße aufs Boot umsteigen und quer über die Alster fahren. Reichlich Vorsprung für den Täter!

»Für ein leichtes Kajak ist die Spur, die der Kiel hinterlassen hat, nicht tief genug.« Freder schaltete seine Lampe aus. »Ich tippe auf einen Kanadier.«

»Ein was?«

»Ein offenes Ka-nu.« Er dehnte die letzten beiden Silben, riss den Mund auf beim A und spitze überdeutlich die Lippen für das U. »Man fährt es in der Regel zu zweit, mit Stechpaddeln, statt mit einem Doppelpaddel.«

»Sag das doch gleich.«

»Sorry, ich vergesse immer wieder, dass du nicht am Wasser aufgewachsen bist.«

Was hatte das damit zu tun? Meist mochte sie Freders trockenen Humor, manchmal nervte er, so wie jetzt. Herr Hanseat Birk nannte sie ihn dann. Aber sie wollte das Gespräch nicht vertiefen. Anfang Mai hatte sie tatsächlich zum ersten Mal in ihrem Leben gepaddelt – wo hätte sie das früher in Dortmund tun sollen, auf der Emscher? Oben am Alsterlauf hatten Alex und sie ein Boot gemietet, das war wohl ein Kanadier gewesen. Ein bis dahin unbekannter Muskelkater zwischen den Schulterblättern hatte sie noch Tage später an den Ausflug erinnert. Und nicht nur der … Sie hatten sich geküsst wie die Teenager, waren eng umschlungen gekentert und lachend wieder ins Boot geklettert, zum Glück war es ein warmer Tag gewesen. Jedenfalls hatte Alex hinten im Boot gekniet, sie vorn auf der Bank gesessen. Der Bootsvermieter hatte ihnen jeweils ein kurzes pinkfarbenes Plastikpaddel in die Hand gedrückt, anfangs hatte Alex gesteuert, später hatten sie die Plätze getauscht. Allein, ohne Alex, hätte Svea das nicht hinbekommen.

Stirnrunzelnd blickte sie zu Freder. »Meinst du, es waren zwei Täter?«

»Nein, man kann auch als Einzelperson mit einem Stechpaddel fahren, das ist bloß anstrengender.« Er schlug sich auf den schmalen Bizeps. »Die Schuhspuren stammen ziemlich sicher von einer Person. Einer kräftigen, nach der Eindrucktiefe.«

»Dann sind wir einer Meinung.« Doppelkanu hin oder her, die Schuhspuren wiesen alle die gleiche Größe und das gleiche Profil auf, auch Svea ging von einem Einzeltäter aus. Aber da war noch etwas anderes. »Kann ich mir die Spuren neben dem Steg genauer angucken?«

Ein erdiger Geruch stieg ihr in die Nase, als sie in die Hocke ging und sich über zwei Schuhspuren beugte, die parallel zueinander in den Lehm getreten worden waren. Eine wies zum Haus, eine zum Ufer. Sie bat Freder um einen Zollstock und maß die Eindrucktiefe. 8 Millimeter auf dem Hinweg, 7,5 Millimeter auf dem Rückweg. Nahezu identisch.

Sie kam wieder hoch. »Müsste die Rückwegspur nicht tiefer sein?« Nach der Schrittlänge zu urteilen, war der Täter zurück gerannt.

»Nicht unbedingt, je nachdem wie lange er sich im Haus aufgehalten hat, ist die regenfeuchte Erde zwischenzeitlich getrocknet. Auch wenn er dann fester aufgetreten ist, ist er nicht tiefer eingesunken.«

Das klang logisch. Trotzdem, irgendetwas stimmte nicht mit den Spuren. Sie kam nur noch nicht drauf, was.

»Mach erst mal weiter.« Sie gab Freder den Zollstock zurück und sah ihm hinterher, wie er in Richtung Weide zu seinen Mitarbeitern ging. Dann betrachtete sie erneut die Spuren im Lehm. Wenn es nicht die Eindrucktiefe war, was störte sie dann?

Das Klingeln ihres Telefons riss sie aus ihren Gedanken, sie zog es aus der Hosentasche und wischte über den Bildschirm.

Die Kollegen vom PK 31. Nachdem Svea in der Einsatzzentrale angerufen und erfahren hatte, dass Pahde verheiratet und kinderlos war, hatte sie sofort einen Wagen zum Leinpfad geschickt, um dem Ehemann die Todesnachricht zu überbringen – und ihn zu fragen, warum seine Frau an einem Samstag spätabends in ihrer Praxis war.

»Wir stehen vor Pahdes Haus«, informierte sie der Kollege. »Keiner da, wir haben Sturm geklingelt. Aber im Hochparterre brennt Licht, eine Stehlampe, durchs Fenster kann man die Zeitschaltuhr erkennen. Sollen wir ihn zur Fahndung ausschreiben?«

»Nein, das ist noch zu früh.« Zwar wurde in Deutschland jeden zweiten bis dritten Tag eine Frau vom Partner oder Ex-Partner getötet, das war Statistik, traurig, aber wahr, weshalb auch in diesem Fall Manfred Pahde automatisch zu den Verdächtigen gehörte. Abgesehen davon, dass er mit der Toten verheiratet war, wies jedoch bis jetzt nichts auf ihn als Täter hin. Vielleicht war er einfach einen trinken gegangen, oder was Männer von Schönheitschirurginnen an einem Samstagabend machten.

»Beobachtet das Haus und gebt Bescheid, wenn er nach Hause kommt«, beendete sie das Gespräch.

Was war eigentlich mit Pahdes Praxispartner, fragte sie sich, als sie das Telefon wegsteckte. Sie hatte im PK 14 Bescheid gegeben, damit bei Graf ebenfalls ein Wagen vorbeifuhr, noch hatte sie nichts von den Kollegen gehört.

Sie wollte gerade Freder hinterhergehen, als sich das Brummen eines Bootsmotors näherte.

Endlich. Die Aluwanne. In dem silbrig glänzenden Katastrophenschutzboot, das unter der Feenteichbrücke auftauchte, standen zwei Kollegen von der WS und steuerten auf den Steg zu.

»Bis gleich, ich drehe nur kurz eine Runde auf dem Teich«, rief sie Freder zu. Sie machte sich wenig Hoffnung, dass sie den Täter noch einholen konnten. Aber wenn sie das Gelände um die Klinik von der Wasserseite betrachtete, fand sich vielleicht ein Hinweis, wohin er verschwunden war.

Sie wartete, bis die Aluwanne seitlich am Steg angelegt hatte, dann hielt sie sich am Mast fest und sprang hinein. Der Boden wankte unter ihren Füßen, am besten stellte man sich breitbeinig auf.

»Wir suchen eine Einzelperson, schätzungsweise männlich, bewaffnet«, informierte sie die Kollegen. Sie sah auf ihr Handy: 01:03 Uhr. Um 22:55 Uhr hatte das Feuerwerk geendet, kurz darauf war Pahde auf die Straße gerannt. »Er ist vor zwei Stunden mit einem Kanu geflohen, mehr wissen wir zurzeit nicht.«

»Denn man tau«, murmelte der Bootsführer und startete den Motor. Zwischen Seerosenblättern hindurch glitt das Boot auf zwei tief liegende Minimonde zu. Die Laternen auf der Feenteichbrücke, dahinter befand sich die Außenalster. Viel Raum zum Verschwinden, aber in dieser Richtung wäre der Täter den Rückkehrern vom Feuerwerk in die Quere gekommen. Svea an seiner Stelle wäre mit dem Strom gepaddelt und in einem der beiden Kanäle verschwunden, die laut ihrer Kartenapp vom Feenteich abgingen.

»Stopp. Fahr mal da rüber in den Kanal.« Sie zeigte auf die gegenüberliegende Seite der Klinik, ins Dunkel zwischen zwei angestrahlten Villen.

»Das ist ein toter Arm, nach 150 Metern ist Schluss«, der Bootsführer drosselte den Motor, sofort schwankte das Boot. »Auf dem Wasserweg geht es nur durch den Uhlenhorster Kanal weiter, der ist nach 800 Metern auch eine Sackgasse, aber vorher zweigt der Hofwegkanal ab, der kreuzt den Langen Zug und geht über in den Mühlenkampkanal, der führt auf …«

»Verstanden«, unterbrach sie ihn. »Setzt mich wieder am Steg ab.« Bei tausendundeiner Fluchtmöglichkeit machte es wenig Sinn, die Kanäle abzufahren. Schon gar nicht bei Nacht, nur mit Scheinwerferlicht, auf der Suche nach einem Täter mit zwei Stunden Vorsprung. Besser, sie kümmerte sich weiter um den Tatort.

Hoppla! Der Bootsführer wendete so ruckartig, dass sie taumelte. Sein Kollege hielt sie am Arm fest, bis sie wieder sicher stand. »Der Gesuchte ist wahrscheinlich längst an Land«, sprach er aus, was sie dachte.

Vielleicht würden sie ein Kanu finden, das irgendwo versteckt lag. Aber selbst wenn, musste das noch lange nicht das des Täters sein, bei der Menge an Kanus in Hamburg. Auf ihrer Paddeltour mit Alex hatte sie auf fast jedem Ufergrundstück eins entdeckt, bei den nobleren Adressen gab es eigene Bootsschuppen, hinzu kamen die Bootshäuser der

Vereine und der Kanuverleiher. Auf wie viele Kanus kam man da? Tausende? Das Motorengeräusch dröhnte in ihren Ohren, während sie auf den Steg zuhielten.

»Da wär'n wir.« Diesmal ließ der Bootsführer den Motor laufen.

»Fahrt zur Sicherheit noch einmal diesen toten Arm und den Uhlenhorster Kanal ab«, wies sie ihn an. »Achtet auf Einbruchspuren, vor allem an Bootsschuppen.«

»Machen wir, wenn wir schon mal hier sind«, er salutierte mit der Hand an der Schläfe.

Blödmann! Sie kletterte aus dem Boot heraus auf den Steg. Hoffentlich konnte er Gedanken lesen!

»Ich habe was für dich«, empfing Freder sie. Er kniete neben einer Buchsbaumkugel auf dem Kiesweg am Haus, vor ihm lagen verschiedene Asservatentüten. Mit einer Handschaufel stach er in den Kies und nahm die oberste Schicht ab.

»Marmorsplitt.« Er zog eine leere Tüte zu sich heran und schüttete die Steinchen hinein. »Aus Carrara. Besonders weiß, besonders teuer. Wir haben Reste in den Eindruckspuren und drinnen im Haus gefunden.« Mit der Schaufelspitze wies er zu dem aufgehebelten Fenster schräg über ihm.

»Ja, und?« Freder machte es wieder spannend!

»Mit Eindruckspuren meine ich alle, nicht nur die vom Rückweg.« Er legte die Schaufel zur Seite und verschloss das Tütchen, dann griff er ein bereits etikettiertes und hielt es ihr entgegen. »Auch in den ersten Spuren, die direkt vom Ufer Richtung Haus führen, steckte Marmorsplitt.«

Svea musste sich bücken, um die beiden winzigen Brösel zu erkennen, die durch das Plastik der Tüte schimmerten.

»Das heißt«, sie überlegte laut, »bevor der Täter aus dem Boot gestiegen ist, war er am oder im Haus.«

»Genau.« Freder nickte. »Oder er ist mehr als einmal vom Boot zum Haus und zurück gelaufen.«

»Aber es gibt nur eine Spur hin und eine zurück«, murmelte sie. Und plötzlich wusste sie, was sie an den Spuren im Lehm störte, sie waren einen Tick zu deutlich und zu schön, um wahr zu sein! Inszeniert, um sie in die Irre zu führen! Fast wäre es dem Täter gelungen. Dumm nur, dass er nicht an den Marmorsplitt auf dem Weg ums Haus gedacht hatte.

Aber warum das Ganze? Sie richtete sich wieder auf. Warum machte sich ein einfacher Einbrecher die Mühe, falsche Spuren zu legen? Warum sollte man glauben, er sei von der Wasserseite aufs Grundstück gelangt und durchs Fenster eingestiegen? Und woher war er in Wirklichkeit gekommen? Von vorn, durch die Eingangstür? Einbruchspuren hatte sie dort keine bemerkt.

»Am Hauseingang habt ihr nichts gefunden, oder?«, hakte sie nach.

Freder verneinte, und wie von selbst reihten sich die nächsten Glieder in Sveas Gedankenkette. Die Tür hatte ein Codeschloss. Entweder kannte der Täter die Zahlen, oder die Tote hatte ihn hereingelassen, dann war er ziemlich sicher kein Fremder für sie. Jemand aus der Praxis, ein Mitarbeiter oder ein Patient. Oder eine private Bekanntschaft.

Doch der Ehemann?

Svea spürte, wie ihr Atem schneller ging. Alles Spekulation, trotzdem wollte sie nicht mehr länger warten, bis die Kollegen vom PK 31 sich aus dem Leinpfad meldeten. Die Spurensicherung kam jetzt ohne sie klar.

Sie hatte sich bereits von Freder verabschiedet und wandte sich zum Gehen, als ihr Blick erneut auf das aufgehebelte Fenster über ihm fiel. Waren die Einbruchspuren auch fingiert?

»Das Parkett unter dem Fenster ist feucht, überprüft, ob das Regenwasser ist.« Wenn man erst mal anfing, den Spuren zu misstrauen, sah man überall weitere Puzzleteilchen. Gegen drei hatte es einen kurzen Wolkenbruch gegeben, wenn es tatsächlich in den Raum hineingeregnet hatte, war das Fenster spätestens am Nachmittag geöffnet worden. Welcher einfache Einbrecher bereitete seine Tat derart akribisch vor? Oder handelte es sich um zwei voneinander unabhängige Taten?

In der Einfahrt kam ihr Franzi entgegen. Sie trug eine Art überdimensionalen Eierkarton vor sich her, in den Wölbungen klemmten vier Pappbecher.

Kaffee, roch Svea. Sie hatte ganz vergessen, dass sie Franzi darum gebeten hatte, als diese sich bei ihr abgemeldet hatte, um auf die Wache zu fahren.

»Kommst du mit zu Pahde?« Sie pulte einen Becher aus der Halterung. »Hier ist einiges passiert. Ich erklär es dir im Wagen.«

»Kann ich noch den restlichen Kaffee reinbringen?«

»Klar, aber beeil dich.« Freder würde sich freuen. Und in der Zwischenzeit tauschte Svea sich mit Tamme aus.

4

»Hörst du mir zu?« Svea fuhr über die Fernsichtbrücke, links lag die Alster, die Lichter der Innenstadt spiegelten sich im nachtschwarzen Wasser. Neben ihr lehnte Franzi mit der Stirn an der Scheibe. Seit sie vor drei Wochen aus dem Urlaub zurückgekommen war, wirkte sie oft abwesend.

»Was hast du gesagt?«

»Ich habe gefragt, was du von den fingierten Spuren hältst.« Wenn das so weiterging, mussten sie in einer ruhigen Minute ein Gespräch führen.

»Auf jeden Fall kein Gelegenheitseinbrecher.« Franzi schob sich eine Locke aus dem Gesicht. »Bandenmäßiger Betäubungsmitteldiebstahl?«

Sie waren gerade an einer Turmvilla vorbeigefahren, als Sveas Handy klingelte. Sie stellte es auf Lautsprecher.

Atemgeräusche. Rascheln. »Da kommt jemand«, flüsterte der Kollege, mit dem sie vor knapp einer Stunde telefoniert hatte. »Ein Mann mit Hund. Jetzt schließt er die Haustür auf. Sollen wir ...«

»Nein«, schnitt Svea ihm das Wort ab. »Wir sind in zwei Minuten da.« Das sagte zumindest das Navi.

Leinpfad Nr. 8. Eine Villa wie ein Baiser, rosafarben und verschnörkelt. Als Svea neben dem Streifenwagen auf der Straße stoppte, erlosch das Licht im Hochparterre. Wurden sie beobachtet?

Sie ließ das Autofenster herunter. »Wie hat der Mann gewirkt?«, fragte sie den Schutzpolizisten im Wagen links von ihr.

»Normal.«

»Normal?«, meldete sich sein Kollege von Fahrersitz. »Der war im Schlafanzug unterwegs!«

»Sag ich doch, es ist schließlich mitten in der Nacht.«

»Können wir uns einigen, dass er unauffällig wirkte? Dann übernehmen wir jetzt.« Svea fuhr das Fenster hoch, setzte kurz zurück, um die Kollegen wegfahren zu lassen, und sprang aus dem Wagen.

Gefolgt von Franzi, eilte sie auf die Villa zu. Sie war noch nicht an der schwarz glänzenden Limousine in der Auffahrt angekommen, da wurde es plötzlich taghell um sie herum. Geblendet griff sie mit einer Hand ihre Waffe, mit der anderen schirmte sie ihre Augen gegen den Strahler ab, der unter einem Thujabusch klemmte. Womöglich verfolgte Pahde jede ihrer Bewegungen durch das Kameraauge über der Türklingel.

Svea bedeutete Franzi mit einer Handbewegung, sich neben der Tür zu postieren, dann trat sie vor und drückte den Klingelknopf.

Nichts. Bis auf ein vorbeifahrendes Auto blieb alles ruhig. Als sie erneut klingelte, spürte sie ihren Herzschlag.

Ein helles Kläffen, das Licht im Hochparterre wurde eingeschaltet. Kurz darauf eine Männerstimme. Svea verstand die Worte nicht, aber prompt stoppte das Kläffen.

Schritte. »Helena?« Die Person musste jetzt direkt hinter der Tür stehen. »Hast du keinen Schlüssel? Ich wollte gerade ins Bett!«

Svea hielt ihren Ausweis vor das Kameraauge. »Kopetzki, Kriminalpolizei.«

Die Tür wurde aufgerissen. Zu einem dunkelblauen Leinenjackett trug der Mann vor ihnen eine rosagrau gestreifte Schlafanzughose. Ein hellgrauer Mops tänzelte neben ihm auf der Stelle und röchelte.

»Manfred Pahde?«, fragte Svea.

Nicken. Er rieb sich die faltenfreie Stirn, nicht ein Altersflecken auf den Händen. Laut Melderegister war er Ende sechzig, sah aber jünger aus, schätzungsweise das Werk seiner Frau. »Ich war auf dem Weg ins Bett, ist nebenan wieder eingebrochen worden?«

Svea verneinte. »Können wir reinkommen und uns setzen?« Sie stellte Franzi vor.

»Ist was mit Helena?« Pahde rührte sich nicht von der Stelle.

Erst nachdem Svea ihre Bitte zweimal wiederholt hatte, ließ er sie eintreten. Er führte sie ins Wohnzimmer zu einer Sofalandschaft, genauso sahnefarben wie in der Klinik. Franzi sackte sofort in die Polster, Svea blieb stehen. Der Mops war ihnen gefolgt und wackelte krummbeinig auf eine Miniaturversion des Sofas zu, die gegenüber neben einem Ohrensessel stand.

»Hepp!«, befahl Pahde dem Tier und ließ sich in den Sessel fallen. Er kreuzte die Hände im Schritt, als fiel ihm plötzlich auf, dass er nur eine dünne Schlafanzughose trug. Hastig zog er die Decke von der Armlehne und schlug sie sich über die Knie, dabei rutschte ihm ein Lederpantoffel vom Fuß und platschte aufs Parkett. Größe 44? Eher mehr.

»Meiner Frau ist was passiert«, sprach er wie zu sich selbst.

Svea nickte. »Wir müssen davon ausgehen, dass es sich um Ihre Frau handelt. Es tut mir leid.« Es tat ihr nicht nur leid, sie hasste es, Todesnachrichten zu überbringen. »Haben Sie ein aktuelles Foto von Ihrer Frau?«

»Helena! Nein!« Zitternd schoss Pahde hoch und schlug die Hände vors Gesicht, die Decke fiel von seinen Knien, der Mops kläffte auf. »Auf dem Kamin«, flüsterte er. »Wo ist meine Frau? Kann ich sie sehen?«

Svea fasste ihm beschwichtigend an den Arm. »In der Rechtsmedizin, wir können im Anschluss dorthin fahren, um sie abschließend zu identifizieren. Allerdings wird der Leichnam frühestens morgen im Lauf des Tages freigegeben. Im Moment darf man ihn nicht berühren.«

Als Pahde zurück in den Sessel sackte, schien alles in seinem Gesicht verrutscht. Jetzt sah er so alt aus, wie er war.

»Holst du ihm ein Glas Wasser aus der Küche«, wandte Svea sich an Franzi. Sie betrachtete das goldgerahmte Foto auf dem Kaminsims. Eine gestellte Paaraufnahme, die Frau in Manfred Pahdes Armen war ihre Tote, eindeutig. Aber das hatte sie längst gewusst.

Sie wartete, bis Pahde das Glas ausgetrunken hatte, dann zückte sie ihr Notizbuch. »Man kann nicht ausschließen, dass es sich um ein Gewaltverbrechen handelt, wir müssen die Obduktion abwarten, um die Todesursache festlegen zu können.« So kurz und sachlich wie möglich beschrieb sie, wie seine Frau vor der Klinik von dem Bus angefahren worden war. Sie erwähnte den Einbruch, die fingierten Spuren in Haus und Garten verschwieg sie, ebenso wie die Halsverletzung. Sie wollte später Pahdes unmittelbare Reaktion sehen.

Auf die Frage, was seine Frau so spät in der Klinik gemacht hatte, wusste Pahde keine Antwort. Er gab an, sie sei nach den Fernsehnachrichten gegen halb neun aufgebrochen, um sich mit einer Freundin zu treffen, an den Namen erinnerte er sich nicht. Er hatte seinen Wagen zur Seite gesetzt, damit sie mit ihrem Mini aus der Garage kam, und ihr hinterhergesehen, wie sie gen Alster davongebraust war. Danach sei er wieder reingegangen, er sei zu alt für Saturday Night Fever.

»Kennzeichen?«, hakte Svea ein. Sie drehte sich zu Franzi. Die Kollegen am Tatort sollten gucken, ob der Mini in der Nähe der Klinik geparkt war. Wenn nicht, musste er über Funk zur Fahndung ausgerufen werden.

»HH-HP 1972. Helenas Geburtsjahr.« Pahde zog ein Stofftaschentuch aus seiner Jacketttasche und schnäuzte hinein. Nachdem er es umständlich zurückgestopft hatte, führte Svea die Befragung fort.

»Wo waren sie gestern Abend zwischen 22:30 Uhr und 23 Uhr?«

»Da lief das Feuerwerk, oder?« Er tätschelte dem Mops den Kopf. »Ich war mit Naomi unterwegs.«

Naomi? Er schien Sveas irritierten Blick bemerkt zu haben und fügte hinzu: »Wir haben den Hund nach Naomi Campbell benannt.«

»Weil er aussieht wie das Model?« Svea erkannte beim besten Willen keine Ähnlichkeit zwischen der langbeinigen Schönheit und dem plattnasigen Tier, das auf dem Minisofa vor sich hin schnaufte.

Pahde erklärte, Naomi habe Angst vor Feuerwerk, deshalb sei er mit ihr zum Gassigehen in den Stadtpark gefahren. Gegen 23:30 Uhr waren sie wieder nach Hause gekommen, eine Stunde später hatte er erneut mit ihr rausgemusst; im Stadtpark hatte Naomi ihr Lieblingsbaum gefehlt und sie hatte ihr Geschäft nicht zufriedenstellend verrichten können.

»Sind Sie im Stadtpark jemandem begegnet, der bezeugen kann, dass Sie dort waren?«, unterbrach Svea seine Ausführungen.

»Warum?« Pahdes Hand krallte sich in die Sessellehne, sein Adamsapfel wippte. »Sie glauben doch nicht …?«

»Wir glauben gar nichts. Wir müssen das fragen.«

»Mir ist niemand begegnet.« Seine Stimme klang matt.

»André Graf«, gab sie gleich das nächste Stichwort.

Pahde fiel wenig zu dem Praxispartner seiner Frau ein, er habe ihn seit seinem Eintritt in die Praxis vor vier Jahren vielleicht zwei-, dreimal getroffen. Soweit er wusste, war seine Frau zufrieden mit Graf. Seine Telefonnummer?

»Neben dem Telefon im Eingang liegt ein Lederbüchlein, könnte Ihre Kollegin so nett sein …«

»Natürlich.« Svea nickte Franzi zu. Weiter: »Hatte Ihre Frau Feinde?«

»Ich dachte, es war ein Einbrecher?«

Svea erwiderte nichts, sie wusste es ja selbst nicht genau. »Wurde Ihre Frau auch Mila genannt?«, fuhr sie fort.

»Wie?« Unverständnis im Blick. »Nein. Wie kommen Sie auf die Idee?«

Svea ließ Pahdes Gegenfrage unbeantwortet. Die Frau des Busfahrers hieß tatsächlich Mila Popov, das hatte Tamme überprüft. Warum er die Tote ebenfalls Mila genannt hatte, hatte der Mann nicht erklären können.

Sie stellte die letzten Routinefragen, anschließend hievte Pahde sich aus dem Sessel, als wäre er noch mal um Jahre gealtert.

Bevor er mit ihnen in die Rechtsmedizin fuhr, wollte er sich umziehen. Sicherheitshalber schickte Svea Franzi mit nach oben, damit sie vor der Schlafzimmertür wartete. Zwar machte Pahde nicht den Eindruck, als hätte er vor wenigen Stunden seine Frau umgebracht. Aber ihm fehlte vor allem eins: ein Alibi für die Tatzeit.

5

Es roch nach Desinfektionsmittel, Fäulnis und aufdringlich nach Käsefüßen. Wasserleichenaroma. Svea stand vor dem Obduktionssaal im Keller der Rechtsmedizin und atmete so flach wie möglich, während ihr ein Bereitschaftsarzt, dessen Gesicht so knittrig wie sein Kittel war, die bisherigen Untersuchungsergebnisse vortrug.

»Im CT haben wir frische Knochenbrüche gesehen, die sich mit der stumpfen Gewalteinwirkung durch den Bus erklären lassen.« Der Arzt blätterte in der Akte. »Ansonsten kein Hinweis auf größere innere Blutungen, kein Schädelhirntrauma, die Wirbelsäule ist ohne Befund.«

»Heißt das, der Zusammenstoß mit dem Bus war nicht todesursächlich?«

»Bis jetzt sieht es so aus.«

»Also die Verletzung am Hals?«

»Bevor ich nicht reingeguckt habe, kann ich keine weiteren Aussagen treffen. Frühestens am Nachmittag. Der Saal ist voll und wir haben zu wenig Sektionsgehilfen. Urlaubszeit, einer krank, einer auf Außensektion in Bremerhaven.«

Okay, dann sollte Pahde jetzt seine Frau sehen.

»Wie gesagt«, der Arzt blickte sich um. »Im Obduktionssaal ist alles voll, der Abschiedsraum ist auch belegt. Ich kann sie hier in den Flur bringen.«

Wenn's nicht anders ging. Svea rief Franzi an, die zusammen mit Pahde an der Annahme im Erdgeschoss wartete: Alles bereit für die Identifizierung, sie durften hinunterkommen in den Keller.

Als der Arzt das Fahrgestell mit der Leichenwanne in den Flur schob, der Körper darauf mit einem OP-Tuch abgedeckt, zeigte Pahde keine Reaktion.

Erst nachdem der Arzt Kopf und Hals freigelegt hatte, stöhnte er auf. »Das ganze Blut!«

»Ist das Ihre Frau?«

Mechanisches Nicken, er wollte nach vorn stürzen, Svea und Franzi hielten ihn am Arm zurück. Keine Spuren verwischen!

»Ist sie durch die Scheibe geflogen?«

Svea verneinte.

»Was dann?« In seine Bestürzung mischte sich Verwunderung.

»Wir gehen davon aus, dass Ihre Frau vor dem Zusammenstoß mit dem Bus durch den oder die Einbrecher verletzt wurde. Mehr können wir Ihnen aus ermittlungstaktischen Gründen zunächst nicht sagen.«

»Mein Gott, Helena!« Pahde schluchzte. Dann stockte er und zog den Rotz in der Nase hoch. »Der Ring!« Sein Schrei hallte von den nackten Wänden wider.

Der Arzt hatte die Bremse des Fahrgestells gelöst, um den Leichnam zurück in den Kühlraum zu fahren. Dabei war der rechte Arm unter der Abdeckung herausgerutscht. Wie ein mit Sand gefüllter Schlauch baumelte er hin und her, die Finger waren nackt, Svea sah keinen Ring. Wohl aber, als sie näher herantrat, den schmalen hellen Streifen an der Wurzel des vierten Fingers, dort wo bei den meisten der Ehering saß.

6

Es war fast vier Uhr morgens, als Tamme wieder zu Hause ankam. Er schlug die Autotür zu. Dunkel ragte das Wäldchen hinter dem Haus auf, ein Kauz schrie. Obwohl es erst Mitte August war, roch es nach Herbst. Modrig und ausgelaugt. Tamme musste dringend ins Bett.

Als er im Hausflur die Schuhe abstreifte, flackerte bläuliches Licht aus dem Wohnzimmer herüber, ein Mann lachte, eine Frau stöhnte auf. Vorsichtig lugte er um die Ecke.

Auf dem Sofa lag die Babysitterin und schlief, im Fernsehen lief ein Erotikstreifen, den schrägen Frisuren nach aus den Achtzigern. Als die Frau ihre Bluse aufknöpfte, griff Tamme die Fernbedienung und schaltete den Fernseher aus.

Die Babysitterin rekelte sich und öffnete die Augen. »Oh!« Sie rappelte sich auf und trat in eine leere Chipstüte auf dem Teppich. »Ich muss eingeschlafen sein.«

Tamme hatte vergessen, wie sie hieß. Er hatte sie über die Agentur gebucht, der Nachbarsjunge war im Urlaub. Sie war heute zum ersten Mal hier, aber die beiden Kleinen hatten längst geschlafen, als er gefahren war, und Bente hatte in ihrem Zimmer gelesen, ihr war es egal, wer kam, Hauptsache derjenige bewahrte sie davor, auf ihre Schwestern aufpassen zu müssen. Du verletzt deine Aufsichtspflicht, hatte sie Tamme im Frühjahr vorgeworfen, als er sie einen halben Tag mit den beiden allein gelassen hatte. Das stimmte zum Glück nicht, Bente war letzten Monat dreizehn geworden, Marit und Rike waren sechs und acht. Nachts ließ er sie trotzdem nicht allein.

Die Babysitterin ging zum Esstisch und klaubte einen zerknitterten Abrechnungsbogen aus ihrer Jeanstasche hervor.

»War alles in Ordnung?«, erkundigte Tamme sich, während er die Uhrzeit in das Formular eintrug und unterschrieb. Viereinhalb Stunden, das machte 135 Euro plus Anfahrtpauschale. Hoffentlich klärten sie den Fall schnell auf, sonst wurde es teuer, die Agentur kostete viermal so viel wie der Nachbarsjunge, dafür konnte Tamme um jede Tages- oder Nachtzeit dort anrufen und jemanden ordern.

»Alles easy.« Die Babysitterin schlüpfte in ihre Ballerinas. »Die schlafen tief und fest.«

Er verdiente sein Geld leider nicht im Schlaf, dachte er, als er sie verabschiedet hatte.

Immerhin war er, kurz nachdem Svea zu Pahde aufgebrochen war, mit der Zeugenbefragung fertig gewesen. Freder wollte auch eine Pause einlegen, die Kollegen vom Verkehrsunfalldienst arbeiteten durch, zum Berufsverkehr musste die Straße frei sein.

Auf dem Weg nach oben machte er einen Abstecher in die Küche, mit einem Bier würde er schneller einschlafen. In vier Stunden waren sie im Präsidium verabredet.

Er hatte den ersten Schluck genommen, da zwitscherte sein Handy. Svea. Hoffentlich musste er nicht noch mal los. Er tippte auf das Briefsymbol.

Pahde scheint sauber. Fahre mit ihm in die RM. Bis nachher.

Glück gehabt. Er setzte die Flasche wieder an, als ihm Imkes SMS einfiel. Mist, vielleicht war es wichtig gewesen. Schnell stellte er die Flasche ab und wischte über den Bildschirm.

Tamme, hast du Zeit für ein Treffen am Montag? Im La Rustica!

Was sollte das? Er ließ das Handy sinken. Wenn es Themen gab, die Imke und er nicht vor den Mädchen besprechen wollten, warteten sie bei der Kinderübergabe, bis die drei in ihren Zimmern oder im Garten verschwunden waren. Oder sie telefonierten und simsten. Warum wollte Imke ihn außer Haus treffen? Ausgerechnet im La Rustica! In der gemütlichen Pizzeria in Barmbek waren sie an ihrem letzten Hochzeitstag essen gewesen. Hatte Imke das vergessen, oder war das Absicht? Er spürte, wie sein Herz schneller schlug.

Keine Hoffnung machen!, ermahnte er sich. Nachdem er die Trennung anfangs nicht hatte wahrhaben wollen und bei jeder Kindsübergabe auf ein Wort oder Zeichen von Imke gewartet hatte, begann er gerade, ihre Entscheidung zu akzeptieren. Oder wie es in dem Buch stand, das er heimlich von Franzis Schreibtisch genommen hatte: Er würde bald von der Verleugnungsphase in die nächste Phase der Akzeptanz übertreten. Jetzt war er allerdings eher verwirrt. Aber es war zu spät, um nachzufragen, was Imke von ihm wollte.

Hatte er Montag überhaupt Zeit? Er leerte das Bier in einem Zug. Wenn es nach Svea ging, war ihr neuer Fall komplizierter, als es aussah. Wegen der fingierten Spuren glaubte sie nicht an einen einfachen Einbrecher. Tamme wusste noch nicht, woran er glaubte. Wurden Einbrecher nicht immer raffinierter? Letztens war eine Bande durchs Dach einer

Villa in den Walddörfern eingestiegen, indem sie Dachziegel entfernt und die Sparren durchsägt hatten.

Immerhin ein Rätsel hatten sie schnell gelöst: Die Frau des Busfahrers hieß tatsächlich Mila. Wie nachdrücklich er zu ihr gewollt hatte, bestimmt lag er jetzt bei seiner Frau im Bett.

Tammes Bett war leer. Er öffnete noch ein Bier. Imke hatte sogar Oberbett und Kopfkissen mitgenommen.

Als er auf der Treppe nach oben war, quietschte Rikes Zimmertür, ihr dunkler Schopf erschien im Spalt. »Papa, ich kann nicht schlafen.«

»Komm her.« Er nahm die letzten Stufen, stellte die Flasche ab und breitete seine Arme aus.

Rike rührte sich nicht. »Wer war die Frau im Wohnzimmer?«

7

Svea bog in den Achtern Born ein. Die aufgehende Sonne tauchte den Affenfelsen in orangefarbenes Licht, funkelte in den Fensterscheiben, als würde es brennen. Ein Bild wie gemalt.

Wenn Franzi das sehen könnte!

Am Osdorfer Born wohnen nur Assis, hatte die Kollegin gemeint, nachdem Svea vor knapp vier Monaten den Mietvertrag für ihre Zweizimmerwohnung im 20. Stock des Hochhausblocks unterschrieben hatte. Bin ich ein Asi?, hatte Svea erwidert, sie hatte ihr halbes Leben in einer Hochhaussiedlung verbracht, ehe sie nach Hamburg zu Jo gezogen war. Franzi hatte sich entschuldigt, aber darauf bestanden, dass es am Osdorfer Born nicht schön sei.

Schade, dass Svea jetzt zu müde war, um ein Foto für Franzi zu schießen. Sie lenkte den Dienstpassat in eine freie Parklücke vorm Haus, grüßte den Unbekannten in Zimmermannskluft, der ihr im Eingang entgegenkam, und lehnte sich schließlich erschöpft im Aufzug an die Wand. Während die Stockwerke vorbeiglitten, flimmerten die letzten Stunden wie Filmschnipsel durch ihren Kopf.

Die Tote auf der Bahre, das Foto im Treppenhaus, die Spuren im Garten, so überdeutlich wie rätselhaft. Das Treffen mit Pahde, das Wiedersehen mit der Toten in der Rechtsmedizin.

Das Fehlen des Hochzeitsrings, ein Zweikaräter, knapp 20.000 Euro wert, war für Pahde der Beweis eines Raubmords. Seine Frau war von einem Dieb umgebracht worden, nachdem sie, warum auch immer, in ihrer Klinik vorbeigefahren war. Vielleicht hatte sie im Vorbeifahren Licht bemerkt, hatte angehalten, um nachzusehen, und war überwältigt worden. Aber wo war dann ihr Auto? Oder war sie zwischenzeitlich mit einem Taxi unterwegs gewesen?

Vielleicht hatte sie den Ring selbst abgenommen, hatte Svea zu bedenken gegeben. In der Klinik hatten sie allerdings nichts gefunden, sie hatte sofort bei Freder nachgehakt. Vielleicht lag er im Auto, wo immer das stand, zusammen mit ihrer Handtasche, die auch zu fehlen schien.

Ping, 20. Etage. Die Aufzugtür öffnete sich.

Suchten sie doch einen einfachen Einbrecher? fragte Svea sich auf dem Weg zu ihrer Wohnung. Schon als sie den Schlüssel im Schloss drehte, verwarf sie den Gedanken wieder. Was hatte Franzi gesagt? Bandenmäßiger Betäubungsmitteldiebstahl?

Als sie sich fünf Minuten später die Zähne putzte, war sie erneut so weit, dass der Einbruch fingiert war, um ... ja, um was? Um eine Tötungsabsicht zu vertuschen? Sie spuckte die Zahnpasta aus. Alles Spekulation, morgen wussten sie hoffentlich mehr.

Im Flur suchte sie nach ihrem Handy und stellte den Wecker auf halb acht. Lange würde sie nicht schlafen können. Vorsichtig drückte sie die Klinke der Schlafzimmertür herunter, um Alex nicht zu wecken.

Alex.

Vorhin, als der Kriminaldauerdienst angerufen hatte, war er extra mit aufgestanden und hatte ihr einen Kaffee für unterwegs gekocht. Das hatte noch keiner für sie getan. Sie hatte Alex im Frühjahr bei einer Mordermittlung kennengelernt. Es ging um eine zerstückelte Leiche auf einem Grundstück, das er als Rechtspfleger zwangsversteigert hatte. Anfangs hatte sie sich über ihn aufgeregt, kurzeitig war er ihr sogar verdächtig vorgekommen, als sie ihm davon erzählt hatte, hatte er gelacht. Seitdem trafen sie sich regelmäßig. Auch wenn sie beide das L-Wort mieden, hatte es sie ziemlich erwischt. Alex war der erste Mann, der sie nahm, wie sie war. Er war unkompliziert und direkt, etwas das ihr extrem gut gefiel – was ihr nicht so gut gefiel, war, dass sie dadurch mit ihrer eigenen Kompliziertheit konfrontiert wurde. Mit dieser Stimme, die sie pikste, egal wie gut es zwischen ihnen lief: *Lass es besser gleich! Sobald er erfährt, was du getan hast, ist es sowieso vorbei!* Keine Ahnung, woher die Stimme kam, Svea wusste nur, dass es ihr immer schwerer fiel, sie zu ignorieren.

Leise zog sie sich aus, legte sich neben ihn und stahl ihm ein Stück der Decke. Seine Nase zuckte, er schnaufte und rückte näher an sie heran. Als ihre Lider schwer wurden, erschien ihr Helena Pahdes Gesicht mit den weit aufgerissenen Augen.

SONNTAG, 16.08.2015

1

»Moin.« Tamme betrat Sveas Büro, in der Hand eine Papiertüte. Zimtgeruch wehte zu ihr herüber. Franzbrötchen. Was fanden die Hamburger nur an dem klebrigen, viel zu süßen Zeug?

Svea legte den Telefonhörer zur Seite, auch beim dritten Versuch hatte sie beim Busunternehmen niemanden erreicht, obwohl das Büro laut Bandansage längst besetzt sein sollte. Sie brauchten dringend die Aufzeichnungen der Videoüberwachung aus dem Hop-On-Hop-Off-Bus.

»Hunger?« Tamme stellte sich neben ihren Schreibtisch und hielt ihr die geöffnete Tüte hin.

»Nee, lass mal.« Der Apfel, den sie auf der Fahrt ins Präsidium gefrühstückt hatte, musste reichen.

»Ist Franzi nicht da?« Er wies auf die geschlossene Zwischentür zu seinem und Franzis Büro.

»Doch.« Als Svea vor einer Dreiviertelstunde viel zu früh im Büro angekommen war, hatte Franzi schon auf ihrem Platz gesessen, in der gleichen Kleidung wie heute Nacht. Hatte die Kollegin überhaupt geschlafen? Um die drückende Luft zu vertreiben, hatte Svea die Fenster aufgerissen und die ersten Aufgaben verteilt. Während Franzi hinter ihrem Computermonitor verschwunden war, um das Ehepaar Pahde und den Praxispartner André Graf büromäßig abzuklären, wollte Svea sich unter anderem um das Busunternehmen kümmern. Vor knapp zehn Minuten, kurz vor Tammes Ankunft, war eine Windbö hereingeweht und hatte die Zwischentür zugeschlagen. Zum ersten Mal an diesem Morgen hatte Svea frei durchgeatmet. Ob es Franzi ähnlich ging?

Scheinbar unbeeindruckt von derlei atmosphärischen Störungen wandte Tamme sich jetzt zur Tür, da wurde die Klinke heruntergedrückt.

»Ich hab was!« Franzis Kopf erschien im Rahmen. »Helena Pahde wurde erpresst!«

»Von wem?« Tamme trat einen Schritt zurück.

»Von einem Beautyblogger, dem sie zu viel Fett abgesaugt hat.« Franzi tippte sich an die Stirn. »Wer legt sich ohne Not für so etwas auf den OP-Tisch? Ich verstehe diese Leute nicht.«

»Ich verstehe auch nichts mehr.« Tamme sah zwischen Svea und Franzi hin und her. »Bin ich zu spät?« Er nahm sich das letzte Franzbrötchen, biss hinein und knüllte die Tüte zusammen.

»Nein, alles okay.« Svea hielt ihm ihren Mülleimer hin. »Wir waren zu früh.« Sie sah auf die Uhr in ihrem Monitor. Fünf nach halb neun, bis zur Morgenrunde lohnte es nicht mehr, in den Besprechungsraum zu gehen, wo sie mehr Platz hätten. »Ich komme kurz mit rüber zu euch.«

»Was macht ein Beautyblogger?«, fragte Tamme im Gehen.

»Warum fragst du mich das?« Svea griff ihr Notizbuch.

»Erklär ich dir später«, sagte Franzi. Sie setzte sich an ihren Schreibtisch und winkte Svea und Tamme zu sich. »Pahde hat Hamid Boularouz angezeigt. Es kam zum Pro-

64

zess, ich habe die Akte aus dem Archiv der Staatsanwaltschaft angefordert. In unserem Online-Pressearchiv bin ich auf diesen Zeitungsartikel gestoßen.«

Blogger erpresst Beauty-Ärztin, las Svea die Überschrift. Das Foto dazu zeigte einen Mann mit grotesk verzerrten Gesichtszügen.

»Die Lippen sind nicht echt«, kommentierte Tamme.

»Du weißt ja doch, was ein Beautyblogger macht.« Franzi scrollte nach unten, und Svea las weiter.

Boularouz bloggte auf Instagram zu den Themen Lifestyle und plastische Operationen. Er hatte 100.000 Euro von Pahde verlangt und gedroht, sie mit einer Rufmord-Kampagne in den sozialen Medien zu vernichten. Pahde war nicht darauf eingegangen und hatte Anzeige erstattet. Wegen versuchter Erpressung war Boularouz zu einer Bewährungsstrafe verurteilt worden.

»Scroll noch mal nach oben zum Datum«, bat Svea.

Der Artikel war vom 18.10.2014. Nicht mal ein Jahr alt, Boularouz hätte ein Motiv. »Versuch ihn ausfindig zu machen und lad ihn aufs Präsidium«, wies sie Franzi an. »Sonst noch was? Was ist mit Graf?« Pahdes Praxispartner hatte sich bis jetzt nicht auf ihre Rückrufbitte gemeldet.

Franzi zeigte ihre leeren Handflächen. »Nichts. Manfred Pahde hat immerhin einen Punkt in Flensburg. Aber ich habe noch nicht alles überprüft.« Ihre Finger huschten weiter über die Tastatur.

»Okay.« Svea ließ sie weiterarbeiten und wartete, bis Tamme sich an seinen Tisch gesetzt hatte. Mittendrauf stand der Karton mit den Handys der Zeugen, den die Spurensicherung dort abgestellt hatte.

»Hat die schon jemand durchgesehen?« Tamme nickte dem Karton zu.

»Das überlassen wir dir.« Svea hockte sich auf die Tischkante und öffnete ihr Notizbuch. Sie fasste ihren Besuch im Leinpfad und in der Rechtsmedizin zusammen und beschrieb Manfred Pahdes Reaktion auf die Verletzung am Hals seiner Frau. »Wenn seine Überraschung gespielt war, ist er ein sehr guter Schauspieler.«

»Er ist Unternehmensberater«, warf Franzi ein.

Tamme rieb sich das Kinn. »Sind das nicht die allergrößten Schauspieler? Hatte seine Frau eine gute Lebensversicherung?«

»Hatte sie«, sagte Svea. Pahde hatte angegeben, dass seine Frau eine Police über 500.000 Euro auf seinen Namen abgeschlossen hatte, die Papiere waren bei der Bank im Safe. Aber das allein bewies noch gar nichts. Trotzdem behielten sie Manfred Pahde natürlich im Auge. Genauso wie sie die Freundin seiner Frau sprechen mussten. Svea gab Pahde Zeit bis zum Mittag. Wenn ihm bis dahin der Name nicht eingefallen war, sollte er eine Liste aller engeren Kontakte seiner Frau erstellen. Darunter würden sie hoffentlich schnell auf die Freundin stoßen.

»Freundin?« Tamme schnaubte, zog den Karton mit den Handys zu sich heran und fuhr seinen Rechner hoch. »Das hat Imke auch gesagt.« Er fischte ein eingetütetes Handy aus dem Karton und zog ein USB-Kabel aus seiner Schublade.

Ach, Tamme! Svea schlug das Notizbuch zu. »Interessanter als Pahdes Privatleben scheint mir das Klinikumfeld. Graf muss von der ärztlichen Schweigepflicht entbunden werden, wir müssen die Patientendaten einsehen. Was ist mit Behandlungsfehlern? Neben Boularouz gibt es bestimmt noch mehr unzufriedene Patienten.«

»Scheißding!«, brummelte Tamme statt einer Antwort. Er stöpselte das Kabel in den Rechner, gleichzeitig versuchte er die Asservatentüte mit dem Handy zu öffnen. Zitterten seine Finger?

»Zeig mal her.« Svea nahm ihm die Tüte ab, zog den Verschluss auf und reichte ihm das Handy.

»Im Archiv finde ich nichts mehr.« Franzi lugte hinter ihrem Monitor hervor. »Ich könnte jetzt alte Einbruchsdelikte auf Ähnlichkeiten mit unserem Fall überprüfen.«

»Eine Einbruchsserie?« Tamme klang zweifelnd.

»Betäubungsmitteldiebstahl!« Franzi machte eine Handbewegung, als setzte sie sich eine Spritze.

Svea fragte sich, woher die Kollegin ihre Gewissheit nahm. Noch warteten sie auf die Ergebnisse aus der KTU. Trotzdem sagte sie: »Mach das. Aber kümmere dich vorher um den richterlichen Beschluss für die Praxis und versuch es noch mal beim Busunternehmen.«

Früher oder später mussten sie sowieso routinemäßig checken, inwieweit die vorliegende Einbruchsmethode mit anderen Fällen übereinstimmte. Svea unterdrückte ein Gähnen. Zwei Stunden Schlaf reichten nicht. Erst recht nicht am Ende einer Arbeitswoche, die nahtlos in die nächste überging.

Sie glitt vom Tisch. Und hielt inne. Auf Tammes Monitor flimmerte das erste Video. Helena Pahde, wie sie auf die Straße rannte, ziemlich unscharf. Das hatten sie heute Nacht schon gesehen. Aber was war das im Hintergrund?

»Stopp!«

Es dauerte einen Moment, ehe Tamme reagierte. Pahde war aus dem Kamerafeld verschwunden, nur noch die Einfahrt und die Villa waren im Bild. Egal, das, worum es Svea ging, war immer noch da.

»Geht das deutlicher?« Sie zeigte auf ein Fenster im Hochparterre, das zweite neben der Eingangstreppe, wenn sie nicht irrte, gehörte es zum Empfangsraum.

Hinter der Scheibe zeichnete sich ein Schatten ab. Tamme klickte hektisch mit der Maus. Aber je näher er zoomte, umso unschärfer wurde der Schatten. Ein grauer Brei.

»Gib das in die KTU, vielleicht bekommen die das genauer hin.« Viel Hoffnung machte Svea sich nicht, denjenigen zu identifizieren, der am Fenster stand. Aber selbst wenn nicht, hatten sie in jedem Fall einen Hinweis auf den Täter: Wer sah seinem Opfer in Ruhe hinterher? Ein normaler Einbrecher jedenfalls nicht! Der wäre nach der Tat so schnell wie möglich geflüchtet.

»Der geheime Liebhaber«, murmelte Tamme.

Sie wandte sich zum Gehen, höchste Zeit für die Morgenrunde. Sie hatte gerade den ersten Schritt gemacht, da klingelte das Telefon in ihrem Zimmer.

Anruf von intern, las sie auf dem Display. Freder? Gab es neue Untersuchungsergebnisse? Eilig zog sie den Hörer aus der Station: »Na, war es Regenwasser?«

Schweigen in der Leitung. Räuspern. »Spreche ich mit Hauptkommissarin Kopetzki?«

Ein Kollege vom PK 31 auf der Uhlenhorst, seinen Namen verstand Svea nicht, wohl aber, was er ihr anschließend mitteilte: Vor einer Viertelstunde hatten sie den Mini von

Helena Pahde gefunden, etwa einen halben Kilometer von der Klinik entfernt in einer Seitenstraße.

»Und das Beste ist …« Der Kollege hustete, dann krächzte er: »Sorry!«

Sie hörte, wie er den Hörer ablegte, kurz darauf entferntes Schlürfen.

Kaffee? Sie könnte auch einen gebrauchen. Ihr Blick fiel auf die Uhr in ihrem Monitor, die Morgenrunde wartete. Sie schüttelte den Hörer in ihrer Hand, als könnte sie den Kollegen so zur Eile bewegen.

»Also«, fuhr er wenig später fort, die Stimme wie geschmiert, »die Fahrertür war unverschlossen, auf dem Beifahrersitz stand eine Handtasche, ein Riesending.«

Interessant! Der Ring fiel Svea ein, aber der Kollege meinte, außer Schminkzeug, Portemonnaie mit Ausweis und den Fahrzeugpapieren habe nichts in der Tasche gesteckt. Zumindest auf den ersten Blick.

»Handy?«, hakte Svea nach.

»Nein. Aber auf dem Rücksitz stand eine Laptoptasche. Mit Inhalt.«

»Okay, fasst nichts mehr an.« Die KTU sollte sich so schnell wie möglich den Laptop und den Wagen vornehmen. Ein Wunder, dass sich niemand daran vergriffen hatte. Als Svea ein einziges Mal ihren Rucksack im Auto hatte liegenlassen, kurz nach der Trennung von Jo, war die Tür prompt aufgebrochen worden, der Rucksack futsch. Pahde hatte den Wagen nicht abgeschlossen. War sie abgelenkt gewesen? Hatte sie es eilig gehabt? Warum hatte sie nicht in der Einfahrt zur Klinik geparkt?

Die Gedanken rasten durch ihren Kopf. Schnell verabschiedete sie den Kollegen und informierte Tamme und Franzi.

»Da stimmt was nicht mit Pahde«, bestätigte Franzi ihren Verdacht. »Irgendwie ist sie verwickelt in die Sache.«

Was auch immer die Sache war. An Betäubungsmitteldiebstahl glaubte Svea immer weniger.

»Ein heimliches Schäferstündchen«, war Tammes einziger Kommentar.

»Wir reden später weiter.« Wenn er mal für einen Moment die verzerrende Brille des betrogenen Ehemanns abnahm.

Als Svea durch den Flur in Richtung Konferenzraum eilte, spürte sie das Adrenalin. Ihre Müdigkeit hatte sich so schnell verflüchtigt, wie sie gekommen war. Die Frage war nicht mehr, *ob* Helena Pahde etwas zu verbergen hatte – sondern was.

2

Tamme achtete auf seine Finger, während er das Handy aus-
stöpselte und zurück in den Beweisbeutel steckte. Diesmal
blieben sie ruhig, ruckzuck hatte er den Beutel verschlossen.
War Svea das Zittern aufgefallen? Gesagt hatte sie nichts.
Trotzdem, er musste zusehen, dass er heute früher ins Bett
kam, ohne Bier. Das hatte sowieso nicht geholfen, statt zu
schlafen hatte er sich hin und her gewälzt und vergeblich versucht, nicht an Imke und ihre SMS zu denken. Bevor er das
Licht gelöscht hatte, hatte er zurückgefragt: *Warum im La
Rustica?* Bis jetzt hatte sie nicht geantwortet. Wahrscheinlich
lag sie selig in den Armen ihres Französischlehrers!

Er packte das nächste Handy aus. *Luna Herder* las er auf
dem Beweisbeutel. War das nicht die junge Frau, die vor
Müdigkeit fast umgekippt war und die er nach Hause geschickt hatte? Wer weiß, in wessen Armen sie schlief!

Mit bebenden Fingern öffnete er die Foto-App. Auch das
noch! Herder hatte gestern 247 Fotos gemacht. Warum
konnten sich die Leute nicht auf drei, vier schöne Schnapp-
schüsse beschränken? Wer sollte sich das alles angucken?

Du!, sagte er zu sich selbst. Manchmal war seine Besol-
dung Schmerzensgeld.

»Hast du was gesagt?« Franzi guckte an ihrem Monitor
vorbei. Erst jetzt fiel Tamme auf, wie blass sie heute war, ihr
hübsches Gesicht schien ihm noch schmaler als sonst.

»Nein, schon gut«, sagte er. Vor vier Monaten hatte Franzi ihm in einem schwachen Moment verraten, dass sie schwanger von einem Unbekannten war, nur wenig später hatte sie eine Fehlgeburt erlitten. Er wollte sie nicht zusätzlich mit seinen Sorgen belasten. Mit ihrem Baby hatte Franzi ihre Leichtigkeit verloren, auch wenn sie behauptete, dass ihr die Sache nichts ausmachte. Nicht jeder ist ein Familienmensch wie du, guck dir Svea an, hatte sie von Anfang an seine Anteilnahme abgewehrt. Nur einmal hatte sie leider doch auf ihn gehört.

Während er ein nichtssagendes Foto des gestrigen Feuerwerks nach dem anderen anklickte, musste er daran denken, wie er sie gedrängt hatte, den Vater des ungeborenen Kinds zu suchen, mit dem sie einen One-Night-Stand verbracht hatte. Er hatte sie beschworen, sie solle nicht nur an sich, sondern auch an das Kind denken, jeder Mensch habe ein Recht zu erfahren, wer sein Vater sei! Längst bereute er seinen Nachdruck. Franzi hatte den Mann gefunden, er hatte nichts von Franzi wissen wollen, sie sogar bedroht. Kurz darauf, in der elften Schwangerschaftswoche, hatte sie das Kind verloren. Zufall, behauptete sie, aber Tamme war sich da nicht so sicher. Er hasste den Mann, ohne ihn zu kennen. Imke und er hatten es jedes Mal gefeiert, wenn sie wieder schwanger war. Aber daran wollte er jetzt nicht denken.

Er war bei Foto 209 angelangt, ein unscharfer, silbrig glitzernder Kelch umgeben von Schwärze, als sein Telefon klingelte. Der Pförtner. Besuch für ihn. Luna Herder.

Er kontrollierte die Uhr in seinem Monitor. War die junge Frau aus dem Bett gefallen? Er hatte sie gebeten, um elf ins Präsidium zu kommen, jetzt war es halb zehn.

»Sie muss noch etwas warten.« Er legte auf und klickte das nächste Foto an. Der Kelch war verschwunden, er sah nur noch Schwarz.

Franzi räusperte sich. »Vielleicht ist sie früher gekommen, weil ihr etwas Wichtiges eingefallen ist.« Sie bot an, Herder im Foyer abzuholen, währenddessen könne Tamme die restlichen Fotos durchklicken, ob etwas Interessantes dabei sei.

War es nicht.

Und offenbar war Herder auch nichts eingefallen, zumindest nichts Wichtiges, wie sie auf Tammes Nachfrage erklärte.

Sie stand vor seinem Schreibtisch und zuppelte an ihren Flechtzöpfen. »Entschuldigung, ich konnte nicht schlafen, und Sie sind ja sowieso hier, da habe ich mir gedacht …«

»Kein Problem«, unterbrach Tamme sie. »Wenn Sie hier quittieren, können Sie Ihr Telefon mitnehmen.«

»Konnten meine Bilder Ihnen wenigstens weiterhelfen?«

»Nein.« Und wenn, würde er es ihr zu diesem Zeitpunkt nicht sagen.

Tamme bemerkte ein Zögern, als sie ihr Handy in ihre Jackentasche gleiten ließ.

»Ist Ihnen noch etwas eingefallen?«

»Ich weiß nicht …«

Tamme nickte aufmunternd.

»Sie haben doch alle Handys eingesammelt? Fotoapparate und Tablets auch?«

»Natürlich.« Worauf wollte sie hinaus?

»Da war dieses Ehepaar, sie haben gestritten …« Nach ihrer Beschreibung handelte es sich um die zänkische Grauhaarige im Kittelkleid und ihren Mann. »Ich bin mir nicht sicher, ich glaube, der Mann hat seiner Frau etwas in die Tasche gesteckt, worüber sie sich aufgeregt hat.«

»Und Sie meinen, das war ein Tablet?«

»Beschwören kann ich es nicht, aber ich habe so ein Gefühl.«

Ein Gefühl! In der Regel hatte man etwas gesehen oder nicht. Aber wie Tamme seine Fragen drehte und wendete, Herder ließ sich nicht festnageln. Trotzdem sollten sie ihrem Hinweis nachgehen und die beiden erneut befragen.

Nachdem er Herder verbschiedet hatte und Franzi mit ihr auf dem Weg nach unten war, suchte Tamme das Ehepaar in der Zeugenliste. Und fluchte. Die beiden waren auf See gen Spitzbergen. Sollten sie die Norweger um Amtshilfe ersuchen? Aber wer sagte, dass es wirklich ein Tablet war. Und selbst wenn … Ob auf den Fotos mehr zu sehen war als auf Herders Bildern?

Sein Handy zwitscherte.

SMS von Imke.

Ich möchte reden. Ohne Kinder. Um halb sieben?

Beim Versuch, *Okay* als Antwort zu tippen, rutsche sein Zeigefinger mehrfach auf den falschen Buchstaben.

»Was ist passiert?« Franzis Stimme.

»Nichts.« Er blickte auf. Wieso war sie so schnell zurück?

»Imke?« Sie legte den Kopf schief. »Nun sag schon.«

»Sie will mit mir reden. Im Restaurant.«

»Au weia! Auf neutralem Terrain. Das spricht dafür, dass sie Angst vor deiner Reaktion hat.«

»Aber was will sie mir denn sagen?« Getrennt waren sie

schon, schlimmer konnte es nicht kommen. Er stockte. Oh doch!

Das Bild des Französischlehrers, wie er Imkes Bauch küsste, wurde gnädigerweise sofort vom Klingeln des Telefons verdrängt.

Am anderen Ende der Leitung war André Graf.

3

»Wir fragen uns, was Helena Pahde zu verbergen hatte.«
Svea war am Ende ihres Fallberichts angelangt und blickte in
die Runde.

Wie jeden Morgen tauschten sich die Teamleiter des
Morddezernats mit ihrer Chefin Uta Wienecke zum Stand
der Ermittlungen aus; sonntags – wenn die laufende Arbeit
nichts Neues ergab – fiel die Runde oft kleiner aus. Heute
fehlte neben Yasmina Lüdemann auch Kai Schott, zum
Glück! Seit Schott vor zwei Monaten frühzeitig seinen Vor-
gänger abgelöst hatte, verging kaum eine Morgenrunde,
ohne dass Schott seinem Ruf als Angeber und Frauenfeind
gerecht wurde. Böse Zungen behaupteten, er hätte etwas gegen Wienecke in der Hand, weshalb sie ihn oft gewähren
ließ; Svea vermutete, dass sie des dauernden Machtkampfes
müde war und Schott einfach ausblendete.

Während Sveas Berichts, es war der letzte für heute, hatte
Wienecke die Augen geschlossen gehalten, das Kinn auf die
Faust gestützt. Jetzt öffnete sie die Augen. »Pressemittei-
lung?«, war ihr einziger Kommentar.

»Ich will noch die Suche der Kollegen von der WS abwarten.« In der Nacht hatten die Kollegen erwartungsgemäß
nichts mehr entdeckt, aber sie wollten am Morgen noch mal
raus, hatte der Bootsführer Tamme mitgeteilt. »Wenn sie das
Kanu nicht finden, können wir fragen, ob jemand eins ver-

misst.« So lange wollte Svea auch mit der Anwohnerbefragung warten.

»Okay.« Wienecke nickte zustimmend. »Braucht ihr Verstärkung für die Befragung?«

»Unbedingt.« Auch wenn sie befürchtete, dass Wienecke dazu auf Schott und sein Team zurückgriff.

Doch glücklicherweise konnte Cem Demir, der rechts von Svea saß, vorübergehend zwei Leute abgeben, seine Ermittlung wegen eines versuchten Tötungsdelikts im Hamburger Rockermilieu war quasi abgeschlossen, es fehlte nur noch der Bericht. Svea bräuchte nur durchzurufen, seine Leute standen bereit für sie.

Svea bedankte sich, Wienecke erhob sich. Die Runde war aufgelöst.

»Neuer Zeitrekord«, flüsterte Demir und streckte sich. »Kommst du mit in die Kantine?«

Svea schüttelte den Kopf. Ein Kaffee aus dem Automaten musste reichen.

In Gedanken bei den nächsten Ermittlungsschritten, sah sie dem braunen Strahl zu, wie er in den Becher floss und mit einem Zischen versiegte. Als sie sich vorbeugte, um den Becher aus der Halterung zu ziehen, fiel ein Schatten auf die Wand neben dem Automaten.

»Hallöchen, Kollegin!«

Schott! Fast hätte Svea den Becher zerdrückt. Hatte der Kollege sich angeschlichen? Schritte hatte sie keine gehört. Sie zwang sich zu einer Pause, machte sich gerade und drehte sich zu ihm um.

»Habe ich dich erschreckt?« Seine Daumen steckten im Bund seiner Jeans, er wippte von den Zehen auf die Fersen.

»Du doch nicht.« Sie trat einen Schritt vor. »Lässt du mich durch?«

Schott blieb stehen. Eine eins neunzig hohe Mauer zwischen ihr und dem Flur. »Nicht so eilig.«

Svea widerstand dem Impuls, ihm den Kaffee übers Hemd zu schütten. »Geh zur Seite, Schott.« Sie hob die Stimme.

»Warum so gereizt? Hast du Stress?«

Sie fixierte ihn. Das hier war kein Spaß!

Er fasste sich an den Kopf, als müsse er überlegen, dann gab er ruckartig den Weg frei.

»Ich wollte dir nur von meinem Seminar erzählen«, rief er ihr hinterher. »Ich soll dich grüßen. Von Christoph Pizolka!«

Der Kaffee schwappte über, floss über Sveas Hand, tropfte auf den Teppich. Sie ging einfach weiter. Pizolka, der Name hallte zwischen den Wänden des Flurs wider, dröhnte in ihren Ohren.

Pizolka.

Scheiße.

Als sie um die Ecke war und Schott außer Sicht, blieb sie stehen.

Was hatte Schott im Präsidium zu suchen, wenn er nicht in der Morgenrunde war? Hatte er ihr aufgelauert? Und vor allem: Was war das mit Pizolka? Sie spürte ihren Herzschlag.

Hatte Pizolka womöglich etwas über sie erzählt? Wenn, dann bestimmt nichts Nettes. Der ehemalige Kollege aus dem Dortmunder Rauschgiftkommissariat war genauso ein Arsch wie Schott – seinetwegen war Svea aus Dortmund abgehauen. Gezwungenermaßen. Immerhin hatte sie danach Ruhe vor ihm gehabt. Bis heute.

Sie ging weiter, versuchte ihre Gedanken zu sortieren. Übertrieb sie? Es konnte natürlich auch nur ein Gruß sein, den Schott weitergab, harmlos, ohne Hintergedanken. Sie lachte auf. Wen wollte sie überzeugen? Sich selbst? Zwecklos! Eins war klar: Wenn jemand ihr garantiert nichts Gutes wollte, dann Pizolka. Am besten, sie blieb wachsam!

»Er hat sich gemeldet«, empfing Tamme sie, als sie zu ihm und Franzi ins Zimmer kam.

»Wer?« Sie stockte. Doch nicht Pizolka?

»Graf.«

Helena Pahdes Praxispartner hatte erschüttert auf die Todesnachricht reagiert, fasste Tamme seinen Eindruck des Telefongesprächs zusammen. Er war über Nacht bei seiner kranken Freundin in Poppenbüttel gewesen und hatte sein Handy ausgeschaltet, jetzt war er bei sich zu Hause. Tamme hatte ihn gerade noch davon abhalten können, in die Klinik zu fahren. »Er wartet auf deinen Rückruf.«

»Okay.« Sie atmete hörbar aus, dabei spürte sie Tammes Blick. Was würde er von ihr halten, wenn er wüsste, was in Dortmund vorgefallen war?

Sie zog ihr Handy aus der Hosentasche und hatte gerade den Bildschirm entsperrt, als Franzi mit dem Finger schnipste: »Warte einen Moment, die Kollegen von der WS haben sich gemeldet.«

»Und?«

»Nichts. Beziehungsweise haben sie ein herrenloses Kanu und ein Tretboot gefunden. Das Kanu ist von Moos überwuchert und hat zwei größere Lecks, eindeutig älteren Datums, das Tretboot passt nicht zu den Spuren im Uferlehm.«

»Mist.« Aber wenn Svea ehrlich war, hatte sie nichts anderes erwartet. Hoffentlich brachten Pressemitteilung und Anwohnerbefragung mehr.

»Und Freder hat gerade gemailt. Dein Verdacht hat sich bestätigt.«

Der Lagerraum der Klinik erschien vor Sveas innerem Auge, der feuchte Fleck auf dem Parkettboden unter dem Fenster glänzte auf. »Regenwasser«, murmelte sie. Gestern Nachmittag gegen fünfzehn Uhr hatte es kurz geregnet, danach nicht mehr, der Täter hatte das Fenster also tatsächlich vorher aufgehebelt. Das hieß, bis zum Abend hätte er stundenlang alles ausräumen und wieder verschwinden können.

Hätte er. Aber er war Pahde begegnet, hatte schätzungsweise auf sie gewartet.

»Können es nicht theoretisch zwei komplett unabhängige Delikte sein?«, sprach Franzi an, was Svea letzte Nacht bereits kurz durch den Kopf gegangen war.

»Theoretisch ja«, gab Svea zu. Aber ihr Gefühl, ihre Erfahrung und nicht zuletzt die Schuhspuren, die laut Freder ziemlich sicher von einer Einzelperson stammten, sagten ihr etwas anderes.

Sie ging hinüber in ihr Zimmer und wählte Grafs Nummer.

»Na endlich«, meldete er sich noch vor dem ersten Klingelton.

4

Als Svea und Franzi auf dem Parkstreifen gegenüber der Klinik aus ihrem Wagen stiegen, wurden sie bereits von André Graf erwartet. Zumindest ging Svea davon aus, dass der schlaksige Typ, der an seinem vor der Einfahrt geparkten Cabrio lehnte, Graf war.

»Frau Kopetzki?«, rief er über die Straße und winkte. Bevor sie zu ihm hinübergehen konnten, brauste ein roter Doppeldeckerbus viel zu schnell heran, Gekreische wehte vom Oberdeck herunter. Wusste der Fahrer nicht, was seinem Kollegen heute Nacht hier passiert war?

Graf kam ihnen auf dem Bürgersteig entgegen. Er schob seine Sonnenbrille ins akkurat gestutzte Blondhaar, mit festem Handschlag begrüßte er zuerst sie und dann Franzi, dabei blieb sein Blick unverändert. Der erste Mann, den Franzis Nähe kaltließ! Wahrscheinlich weil ihm in seiner Praxis jeden Tag mehr als genug schöne Frauen begegneten.

»Großartig, finden Sie nicht?« Mit beiden Armen holte er gen Alster aus, als gehöre sie ihm. Beim Lächeln zeigte er seine Zähne.

Für Sveas Geschmack drängten sich bereits zu viele Segler auf der Alster. Weiße Dreiecke durchzogen im Zickzackkurs das Wasser, wie Raubfische, die darauf lauerten, sich einen der Standup-Paddler zu schnappen, die auf ihren wackeligen Brettern in der Sonne paddelten.

»Treiben Sie auch Wassersport?« Sie gab ihrer Stimme einen beiläufigen Klang.

»Nein, mir reicht der Blick.« Graf ließ die Arme sinken und wischte sich eine Träne aus dem Augenwinkel. »Dieser Wind«, murmelte er, seine Lider waren gerötet, als hätte er geweint. Vielleicht hatte ihn und die Tote mehr als eine Jobbeziehung verbunden. Er war fast zwanzig Jahre jünger als Manfred Pahde und nicht unattraktiv – wenn man auf geschniegelte Hanseaten stand.

»Wer kennt alles den Zahlencode für die Eingangstür?«, fragte sie, während sie neben ihm auf die Villa zuging.

»Helena, ich und Betsy, unsere Empfangsdame. Aber sagten Sie nicht, der Einbrecher war über die Wasserseite gekommen?«

»Wir müssen alle Eventualitäten berücksichtigen«, warf Franzi ein.

Sie waren fast unten an der Treppe angelangt, Sonnenflecken tanzten auf der Hauswand, ein wildes Spiel aus Licht und Schatten, als eine Wolke aufzog und Svea innehalten ließ. Wie konnte das sein? Ein Teil des Musters an der Wand war immer noch da. Es waren gar keine Schatten, erkannte sie beim Nähertreten, sondern reliefartige Erhebungen. Buchstaben, sechs Stück, der erste war ein M. Sie trat wieder zurück. Hieß das MÖRDER?

»Sachbeschädigung.« Graf war ebenfalls stehengeblieben. »Wer war das?«

»Diese verrückte Klempnerwitwe.« Graf erklärte, dass Pahde letztes Jahr die Klempnerfirma Höpke beauftragt hatte, neue Toiletten im Eingang der Villa einzubauen. Dabei war mehr als eine Sache schiefgegangen, und Pahde hatte sich geweigert, Höpkes Rechnung zu zahlen. »Völliger Pfusch«, schimpfte er. »Kurz darauf war die Firma insolvent, und Höpke hat sich umgebracht. Armer Kerl! Seine Frau gibt Helena die Schuld daran. Deshalb hat sie im Frühjahr die Fassade beschmiert.«

Toilettenschüsseln mitten im Raum. Exzentrisch, hatte Svea gedacht. Sie wandte sich an Franzi. »Uns liegt keine Anzeige vor, oder?«

»Nein«, bestätigte die Kollegin.

»Kann es auch nicht«, mischte Graf sich ein. »Das Medienspektakel um diesen Blogger hat Helena gereicht, sie hat die Anzeige gegen Höpke wieder zurückgezogen. Ich bin dann selbst zu Höpke und habe ihr ein paar Takte erzählt.«

Er stemmte die Hände in die Seiten. »Danach war Ruhe.«

Svea bemerkte seine manikürten Finger, die Nägel schimmerten lackiert. Was hieß das, ein paar Takte erzählt? Selbstjustiz war strafbar. Sie war gespannt, wie Höpke die Sache schildern würde. Und hatte sie wirklich »Ruhe gegeben« oder in der Nacht erneut zugeschlagen?

»Setz Tamme sofort auf die Frau an«, wies sie Franzi an. Zwar sollte Tamme erst mal Grafs Freundin befragen, aber damit war er bestimmt schneller fertig als sie mit ihrem Klinikrundgang.

»Gibt es noch jemanden, mit dem Pahde Probleme hatte?«, fragte sie, als sie neben Graf die Treppe zum Eingang hochstieg. »Behandlungsfehler, echte oder vermeintliche?«

Graf verneinte. Während er den Türcode tippte, schränkte er ein, das wolle nichts heißen, Pahde und er hätten jeder seine eigenen Patienten. »Da fragen Sie am besten Betsy, etwaige Beschwerden kommen bei ihr an.«

Die Tür sprang auf, mit einem Ratsch zerriss das Verschluss-Siegel. Svea hielt Graf zurück und reichte ihm ein Paar Schuhüberzieher aus ihrer Tasche.

Sie bat Graf, beim Gang durch die Räume darauf zu achten, ob etwas fehlte. »Und wir brauchen eine Liste aller Patienten, die Frau Dr. Pahde und Sie in der letzten Woche behandelt haben.«

»Kann das bis morgen warten? Betsys Computer ist passwortgesichert.«

»Dann soll Betsy herkommen.« Langsam verlor sie die Geduld. »Außerdem brauchen wir eine Mitarbeiter-Liste samt Kontaktdaten. Haben Sie einen externen Putzdienst?«

Graf zuckte die Achseln, dafür sei auch Betsy zuständig. Beim Versuch sie anzurufen erreichte er nur die Mailbox und hinterließ eine Rückrufbitte. »Dringend«, sagte er mit Blick zu Svea. Betsy war schätzungsweise auf Sylt, wie jedes Wochenende.

»Tamme ist informiert.« Franzi stieß wieder zu ihnen, und sie begannen ihren Rundgang im Obergeschoss.

Graf schloss den Schrank mit den Betäubungsmitteln auf, fünf Fächer randvoll mit Medikamenten-Schachteln und Flaschen, zwei Schubladen mit Ampullen.

»Sieht nicht so aus, als fehlte was.« Zur Sicherheit klappte er einen Ordner auf und glich die Bestandsliste ab. Das Ergebnis war das gleiche, alles noch da. Entweder hatte der Täter es nicht bis ins Obergeschoss geschafft, oder er hatte sich von vornherein nicht für den BTM-Schrank interessiert. Auch in den beiden OP-Räumen vermisste Graf nichts. Der neue Laser, die Nasenmeißel, Fettabsaugungskanülen und Wundhaken, alles am Platz. Er zeigte auf mehrere Instrumente, die aussahen wie abgebrochene Schneebesen. »Bärenkrallen«, erklärte er ungefragt, bestens geeignet, um größere Hautlappen wie die Kopfhaut zu fassen und zu spannen.

So genau mussten sie es nicht wissen! Svea unterbrach ihn. Warum tat sich jemand freiwillig eine Schönheits-OP an? Es war ihr ein Rätsel.

Als Letztes inspizierte Graf Pahdes Sprechzimmer.

»Hätten die nicht wenigstens die Lampe mitnehmen können?« Er strich über den goldenen Klobürstenhalter auf dem Schreibtisch. »Das Teil habe ich noch nie gemocht.«

Svea verkniff sich ein Grinsen. So schlecht war Grafs Geschmack nicht. Trotzdem reichte es langsam, seit über einer Stunde folgten Franzi und sie ihm Raum für Raum durch die Klinik, er hatte jeden Winkel inspiziert, ohne etwas Fehlendes bemerkt zu haben.

»Ich darf doch?« Er fasste den Griff der Schreibtischschublade.

Aber schnell, Svea machte eine winkende Handbewegung. Die Spurensicherung war mit dem Schreibtisch durch, keine Einbruchspuren, der Schlüssel steckte. Was sollte da noch kommen?

Vorsichtig zog Graf die Schublade auf, erst halb, dann mit einem Ruck bis zum Anschlag. »Ich hab's geahnt.«

Svea beugte sich vor und sah an ihm vorbei. Ein knittriger leerer Briefumschlag, eine angebrochene Tüte mit Halsbonbons und eine Handvoll Kugelschreiber, Filzmaler und Bleistifte, ansonsten war die Schublade leer. »Vermissen Sie etwas?«

»Das Geld fehlt.« Er stand so dicht neben ihr, bei seiner Gegenfrage spürte sie den Hauch seines Atems.

Geld? Svea tauschte einen Blick mit Franzi. Die Kollegin wusste von nichts, die Spurensicherung hatte alles am Platz gelassen, da war kein Geld gewesen.

»Dann hat es jemand gestohlen!« Graf klang triumphierend, als hätte er den Fall gelöst, und erklärte: In dem Umschlag hatte Pahde Bargeld aufbewahrt, 50-Euro-Scheine, ein ganzer Stapel. Jetzt war der Umschlag leer.

»Woher kam das Geld?«

»Keine Ahnung«, sagte er eine Spur zu schnell.

Wen wollte er täuschen? Svea würde darauf zurückkommen. Aber jetzt war erst mal die nächste Frage, warum Pahde eine solch große Summe in der Schublade aufbewahrt hatte. Vielleicht misstraute sie den Banken, wie viele ältere Leute, die ihr Geld immer noch auf den Kleiderschrank oder unter die Matratze legten. Aber warum hatte sie die Schublade nicht abgeschlossen?

»Weil sie dachte, dass sie dann erst recht Interesse darauf lenkt?«, schlug Graf vor. »Die verbotenen Früchte, Sie wissen schon.« Er blickte kurz zu Franzi, die vorm Fenster stand, ihr Haar schimmerte golden im Gegenlicht.

Schade, dachte Svea, bis gerade war Graf ihr gar nicht so unsympathisch gewesen. Sie verkniff sich ein Nein und fragte weiter, ob er wusste, was Pahde gestern Abend in der Klinik gemacht hatte.

Er atmete übertrieben aus und blickte an die Decke. »Helena, verzeih mir.« Dann fixierte er Svea. »Helena war eine schöne Frau, ihr Mann ist alt, sie hatte gewisse Bedürfnisse.«

Pahde hatte einen heimlichen Geliebten gehabt. Rafael van den Bergen, einer ihrer Patienten. Graf hatte sie einmal dabei überrascht, wie sie ihn abends in der Praxis getroffen hatte. Vielleicht war sie auch am Samstag mit van den Bergen verabredet gewesen?

Das würden sie schnellstens überprüfen. Franzi sollte in der Einsatzzentrale anrufen und sich van den Bergens Adresse durchgeben lassen.

»Zum Glück ist Helena tot, das würde sie mir nie verzeihen!«

Svea bekam eine Gänsehaut. Wie konnte Graf so egozentrisch und empathielos sein? Oder war das ein Abwehrmechanismus gegen den Schock und die Trauer – und ging vorbei?

Sobald die Empfangsdame sich meldete, spätestens morgen früh, wenn sie regulär zur Arbeit kam, würde Svea auch Graf wiedertreffen. Und nach dem Geld fragen. Sie spürte, dass er mehr über dessen Herkunft wusste, als er zugab.

Aber jetzt fragte sie ihn erst mal nach Einzelheiten der letzten Nacht, die er mit seiner kranken Freundin verbracht hatte. Angeblich.

5

»Entschuldigen Sie meine Aufmachung, mir geht es nicht so gut.« André Grafs Freundin Melinda Volk lehnte im Türrahmen ihres schicken Rotklinkerhäuschens in Poppenbüttel und raffte ihren Morgenmantel über der Brust zusammen.

Mir auch nicht, dachte Tamme. Aber nach Volks kleisterfarbenem Gesicht und dem strähnigen, ungekämmten Haar zu schließen, ging es ihr um Längen schlechter als ihm.

Er schluckte sein Selbstmitleid hinunter und rang sich ein Lächeln ab. »Kein Problem, ich will Sie sowieso nicht lange aufhalten.« Er hatte gehofft, es nach letzter Nacht etwas ruhiger angehen zu können, stattdessen wartete schon der nächste Einsatz auf ihn, eine Handwerkerwitwe in Eilbek, die ihre Umwelt mit Graffiti auf Trab hielt.

Aber jetzt war erst mal Volk dran. Tamme folgte ihr ins Wohnzimmer, wo sie auf eine fliederfarbene Sofalandschaft aus Samt zusteuerte.

»Keine Ahnung, was ich mir eingefangen habe, ich bin immer noch ziemlich schwach auf den Beinen. Irgendein Virus schätzungsweise.« Sie taumelte, als wäre sie betrunken. Aber man sollte nicht von sich auf andere schließen.

»Können wir uns an den Esstisch setzen?« Dann müsste Tamme nicht die ganze Zeit auf ihre knallpink lackierten Zehennägel starren, die vorn aus ihren überdimensionalen Fellsandalen herauslugten. Was waren das überhaupt für Schuhe?

»Klar, kein Problem.«

Als sie sich ihm gegenübersetzte, roch Tamme ihren säuerlichen Atem. Er rückte ein Stück vom Tisch ab. Ein Virus fehlte ihm noch! Er konnte es sich nicht erlauben, krank zu werden.

»André war die ganze Nacht bei mir.« Volk stützte die Ellbogen auf und beugte sich vor, was Tamme dazu veranlasste, noch etwas wegzurücken. »Er ist gestern Nachmittag gekommen und hat Kuchen mitgebracht, gegen drei, halb vier, ich habe nicht auf die Uhr gesehen. Da habe ich mich noch gut gefühlt, dann ging es plötzlich los, wir wollten eigentlich mit Freunden in dieses neue Lokal in der Hafencity, mir fällt der Name nicht ein, André hatte den Tisch bestellt. Aber dann …« Sie schüttelte den Kopf, ihre Stimme wurde weicher: »André ist so lieb, er ist bis heute früh bei mir geblieben.«

Nachdem sie sich zum ersten Mal übergeben musste, hatte Graf sie ins Bett gesteckt und sich neben sie gelegt, gab Volk an. Er sei nur kurz aufgestanden, um ihr einen Tee zu machen. Später hatten sie zusammen ferngesehen, das »Megatalent« auf RTL, die Sendung war wie jedes Mal um kurz nach 23 Uhr zu Ende gewesen, danach war Volk in einen unruhigen Schlaf gefallen, hatte immer wieder nach Grafs Hand gegriffen. Heute Morgen hatte Graf sie dann mit Tee und Zwieback, den er in ihrem Küchenschrank gefunden hatte, geweckt. »Gut, dass er Arzt ist. Wenn er nachher kommt, bringt er mir noch Maloxitant für den Magen mit.«

»Sie meinen Maaloxan?«

»Kann sein.« Volk seufzte. »Ich bin so froh, André kennengelernt zu haben. Vorher hatte ich nicht so ein Glück mit den Männern, aber André ist ein Hauptgewinn.«

Sie klaubte einen Zwiebackbrösel vom Tisch, stülpte ihre ohnehin schon prallen Lippen vor und schob ihn sich in den Mund. Sie erinnerte Tamme an die Karpfen, die die Kinder und er letztes Jahr im Öjendorfer See gefüttert hatten.

»Dann ist es ja gut, dass ihr Freund heute Nacht hier war«, sagte er. »Wie lange sind Sie schon ein Paar?« Ewig konnte es nicht sein, denn sie war erst Mitte zwanzig, halb so alt wie Graf.

»Etwas mehr als ein Jahr.« Volk guckte plötzlich ernst. »Bin ich sein Alibi?«

»So kann man es nennen.«

Während er die Befragung fortsetzte, ließ Tamme sich das Schlafzimmer zeigen. Auf einer Kommode gegenüber vom Bett stand der Fernseher, ein Flachbildmodell mit einem schmalen schwarzen Rahmen, 58 Zoll schätzte Tamme, ein bisschen groß für den kleinen Raum.

»Darf ich?« Er griff an Volk vorbei und hob das Oberbett an. Zwei Kuhlen in der Matratze, das Laken darüber zerknittert. Wie es aussah, hatten dort zwei Körper gelegen.

Volk stieß einen leisen Rülpser aus. Tamme ließ das Oberbett zurückfallen. »Kannten Sie Frau Pahde persönlich?«

Sie tippte an ihre Lippen. »Das hat sie gemacht. Sieht richtig schön aus.«

Das fand Tamme zwar nicht, aber wer fragte ihn schon. »Was sind Sie von Beruf?«

»Model«. Sie rülpste erneut, diesmal lauter, schlug sich die Hand vor den Mund und rannte hinüber ins Bad.

Ein fensterloser Raum, schloss Tamme aus der Lage im Haus, Fluchtpläne hatte Volk also eher keine. Durch die Tür hörte er die Klospülung, sonst zum Glück nichts. Als Volk nach zehn Minuten wieder herauskam, schimmerte ihre Haut nicht mehr grau, sondern grünlich.

»Ich muss ins Bett.« Ihre Stimme klang rau.

Tamme ahnte, wie sie sich fühlte. Trotzdem hätte er sie besser nicht gefragt, ob er noch etwas für sie tun konnte. Als er ihr die Tasse mit dem Kamillentee ans Bett brachte, hauchte sie »Danke«, dann schoss sie plötzlich hoch. Bevor er reagieren konnte, war es passiert.

Ein Kuss auf die Wange.

Fast hätte Tamme die Tasse fallen lassen. Er wartete, bis Volk wieder zurück in die Kissen gesunken war, dann stellte er die Tasse mit ausgestrecktem Arm auf dem Nachttisch ab. Mit dem Ärmel wischte er die feuchte Spur von seiner Wange.

Aus sicherer Entfernung vergewisserte er sich, dass sie alles hatte, was sie brauchte. Ihr Telefon, seine Karte, beides lag neben ihr im Bett.

»Sie sind auch ein lieber Mann«, sagte sie zum Abschied. »Ihre Frau kann sich glücklich schätzen.«

Wenn sie sich da mal nicht täuschte. Tamme verscheuchte den Gedanken an Imke, als er eilig das Haus verließ.

Auf dem frisch geharkten Gehweg vor dem Nachbargrundstück hockte eine ältere Frau und stützte sich auf ihre Gartenhacke. »Bilden Sie sich nicht ein, dass sie der Einzige sind!« Sie sah zu ihm auf. »Ständig Herrenbesuch! Der eine ist vorhin erst weggefahren.«

Der Nachbar, dein Freund und Helfer. Tamme als Polizist verhielt sich in der Regel diskreter. »Von wem reden Sie?«

»Na, der mit dem Cabrio. André heißt er.«

Das musste Graf sein. »Sie haben nicht zufällig auch gesehen, wann er gekommen ist?«

»Doch habe ich. Und nicht nur zufällig.« Ächzend kam sie hoch. »Er hat vor meiner Einfahrt geparkt. Arroganter Fatzke.«

»Wann war das?«, hakte Tamme ein.

Halb vier. Ihre Angabe der Uhrzeit deckte sich mit Melinda Volks Aussage. Nach ihrer Beschwerde hatte Graf sein Auto gerade so weit umgesetzt, dass er nicht mehr ihre Einfahrt blockierte, deshalb hatte sie ihn im Blick gehabt. Nein, bis sie sich um kurz vor Mitternacht schlafen gelegt hatte, war er nicht weggefahren, am Morgen war das Auto immer noch da gewesen. Beim nächsten Mal würde sie gleich die Polizei rufen.

»Tun Sie das«, sagte Tamme und ließ sie stehen. Zum Glück hatte er um die Ecke geparkt. Als er wieder in seinem Wagen saß, atmete er auf. Bis ihm einfiel, dass er noch in Eilbek bei Carolin Höpke vorbeigucken musste. Viel Lust hatte er nicht, eine Frau zu treffen, die den Tod ihres Mannes nicht verkraftet hatte. Zu sehr erinnerte ihn das an seine eigene Verfassung nach der Trennung.

6

Svea nippte an ihrem Kaffee. Sie saß auf der Terrasse des M34, einem Café im Mühlenkamp, das wenig einfallsreich nach der Hausnummer des Jugendstilgebäudes benannt war, in dessen Erdgeschoss es sich breitgemacht hatte. Laut einer gerahmten Urkunde im Schaufenster gab es im M34 den besten Kaffee der Stadt. Doch deshalb war sie nicht hier.

In der dritten Etage des Hauses wohnte Rafael van den Bergen. Der Straßenname hatte Svea aufhorchen lassen. Hatte der Bootsführer letzte Nacht nicht einen Mühlenkampkanal erwähnt? Nach einem Blick in die Kartenapp ihres Handys war allerdings klar gewesen, dass der Kanal hinter der Häuserreihe auf der gegenüberliegenden Straßenseite verlief. Aber auch wenn van den Bergen keinen Anlegesteg am Haus hatte, war der Mühlenkamp 34 nicht mal zwei Kilometer vom Tatort entfernt.

Nachdem Franzi und sie mehrfach vergeblich an van den Bergens Wohnungstür geklingelt hatten und gerade gehen wollten, war ihnen auf der Treppe ein Nachbar entgegengekommen. Er hatte van den Bergen beim Bäcker getroffen und gemeint, er müsse bald zurück sein. Ungefragt hatte er eine knappe Beschreibung seiner Person mitgeliefert. Also hatte Svea beschlossen zu warten und Franzi mit dem Wagen ins Präsidium vorgeschickt, sie nahm dann die U-Bahn. Sie hatte den letzten freien Cafétisch ergattert, am äußersten

Rand der Terrasse, die Mülltonnen in Riechweite. Nicht der beste Platz, aber perfekt für sie, so saß sie gleich neben dem Hauseingang, würde van den Bergen nicht verpassen und konnte sich ein Bild von seiner Verfassung machen, bevor sie sich zu erkennen geben musste.

Sie stellte die Tasse ab und sah auf die Uhr in ihrem Handy. Wo blieb er bloß? Hatte der Nachbar ihn gewarnt? Sie wartete schon über eine halbe Stunde, wenn er nicht in den nächsten fünfzehn Minuten kam, würde sie gehen und die Kollegen vom zuständigen PK auf ihn ansetzen.

Während sie der viel zu schlanken Blondine am Nebentisch zusah, wie diese mit spitzen Nagellackfingern ein Minitörtchen von einer Etagere fischte und sich in den Mund schob, trank Svea den letzten Schluck ihres Kaffees. Mit der Zunge wischte sie den Schaum von der Oberlippe, zugegeben, das war um Längen besser als das Gebräu im Präsidium. Aber auch fünfmal so teuer. Trotzdem, sie konnte einen zweiten gebrauchen.

Als ein Kellner in ihre Richtung blickte, hielt sie die leere Tasse hoch.

»Americano oder Café Crème?«

Egal. Hauptsache schwarz und ohne Zucker.

Sie hatte die Tasse noch nicht wieder abgestellt, als ihr Telefon klingelte.

»Mir ist der Name eingefallen«, begrüßte Manfred Pahde sie. Die Freundin seiner Frau hieß Sabrina Ottenberg, er hatte sie gleich angerufen. Seine Frau hatte sich gestern Abend tatsächlich mit ihr getroffen, war aber um kurz vor zehn verschwunden, angeblich weil es ihr nicht gutging. Er räusperte sich. »Meine Frau hatte ein Verhältnis.«

Ich weiß, dachte Svea.

»Mit Rafael van den Bergen. Angeblich war es vorbei ...«
Er machte eine Pause, seine Stimme klang rau, als er weiter-
sprach: »Ich habe Helenas Schreibtisch durchgeguckt und
die Police der Lebensversicherung gefunden, die ich bei der
Bank wähnte. Sie läuft auf seinen Namen. Nicht dass ich das
Geld brauche, aber er ist der Letzte ...«

»Ich melde mich später noch mal«, unterbrach sie ihn und
drückte das Gespräch weg. Der Mann im rosa Polohemd, der
mit einer Bäckertüte in der Hand auf der gegenüberliegenden
Straßenseite stand und eine Gruppe Radfahrer vorbeifahren
ließ, musste van den Bergen sein. Er strahlte etwas Gehetztes
aus, als er in großen Schritten die Straße überquerte.

Svea klemmte einen Fünf-Euro-Schein unter den Aschen-
becher auf dem Tisch, ärgerlich, dass ihr Kaffee noch nicht
da war!

Sie wartete, bis van den Bergen im Hausflur verschwunden war. Kurz bevor die Eingangstür einschnappte, sprang
sie auf und eilte ihm durchs Treppenhaus hinterher. »Herr
van den Bergen? Kopetzki, Kriminalpolizei.«

Er hatte den Schlüssel in die Wohnungstür gesteckt. Als er
sich umdrehte, war Svea eine halbe Treppe unter ihm angekommen. Was, wenn er sie hinabstoßen wollte? schoss es ihr
jäh durch den Kopf.

Aber er ließ nur die Brötchentüte fallen, sie platzte auf,
drei Brötchen kullerten an ihr vorbei die Stufen hinunter.

»Lassen Sie's liegen.« Er seufzte. »Ich habe sowieso keinen Appetit.«

»Sagt Ihnen der Name Helena Pahde etwas?« Sie schloss
zu ihm auf. Schade um die Brötchen.

»Ich habe es im Radio gehört. Schrecklich, und das hier um die Ecke.« Svea bemerkte die Schatten unter seinen Augen.

»Kannten Sie sie persönlich?«

Er nickte. »Ich war ihr Patient.«

»Mehr nicht?«

»Was meinen Sie damit?«

Über ihnen fiel eine Tür ins Schloss, Gelächter hallte durchs Treppenhaus, Schritte näherten sich. »Lassen Sie uns reingehen!« Svea zeigte auf seine Wohnungstür. Sobald sie mit ihm im Flur stand, sagte sie: »Zeugen behaupten, Sie hatten seit Längerem ein Verhältnis mit ihr.«

Er stöhnte auf. »Sie meinen, Helenas Mann behauptet das.«

Svea schwieg. Oft reichte das, um jemanden zum Reden zu bringen.

Sie folgte van den Bergen in die Küche, wo er an den Kühlschrank ging, um sich einen Wein einzuschenken. War es nicht ein bisschen früh für Alkohol?

Nachdem er den ersten Schluck genommen hatte, legte er los: »Der Alte ist vor zwei Wochen dahintergekommen, er hat heimlich Helenas Handy kontrolliert, seitdem hat er ihr das Leben zur Hölle gemacht, sie hat sich ständig mit ihm gestritten. Mir hat er letzten Sonntag hier vorm Haus aufgelauert – wie Sie.«

Mit seinem schiefen Lächeln kam er Svea vor wie ein großer Junge – war es das, was Helena Pahde an ihm angezogen hatte? Jedenfalls war er ein ganz anderer Typ als Manfred Pahde.

»Er hat mir gedroht«, fuhr van den Bergen fort. »Wenn ich Helena nicht in Ruhe lasse, macht er mich bei meinen

Geschäftspartnern unmöglich. Mich konnte er damit nicht beeindrucken.« Er trank das Glas in einem Zug leer und schenkte sich nach. »Helena schon. Sie hat gestern angerufen und unsere Verabredung kurzfristig abgesagt.«

Stattdessen war er ins Kino gegangen, gab er an, ins Cinemaxx am Dammtor. Er grinste verlegen, als er ihr den Filmtitel nannte. »Die Schlümpfe 3. Alles andere war ausverkauft.« Die Vorstellung hatte um 21 Uhr begonnen und zwei Stunden gedauert, danach war er direkt nach Hause gefahren.

»Haben Sie die Karte noch?«

»Ich glaube, nicht.«

Während er seine Hosentaschen überprüfte, betrachtete sie ihn genauer. Lippen, Augenlider, seine gegelten dunklen Locken. Was auch immer er in der Klinik hatte machen lassen, im Gegensatz zu Manfred Pahde, dessen obere Gesichtshälfte wie eingefroren gewirkt hatte, war es ein dezenter Eingriff gewesen. Zwischen seinen Augenbrauen bildete sich sogar eine Falte, als er ihr jetzt seine leeren Hände zeigte.

Nichts. Keine Karte.

Sie winkte ab. Egal. Selbst wenn, er hätte sich aus dem Kino rausschleichen können. Die Klinik lag genau auf dem Weg zwischen Kino und seinem Zuhause. »Ich nehme an, Sie waren allein.«

Er nickte resigniert, griff zu seinem Glas und kippte den Wein in sich hinein. Sie überlegte, ob er bereits wegen eines Alkoholdeliktes aktenkundig geworden sein könnte, Franzi sollte ihn besser mal überprüfen.

»Wissen Sie, dass Frau Pahde eine Lebensversicherung hatte?«

»Sollte ich das wissen?«

»Die Fragen stelle ich.«

»Okay, ja.« Er schenke sich ein, zum dritten Mal. Als er weitersprach, meinte Svea ein Lallen wahrzunehmen: »Früher oder später kommen Sie sowieso dahinter. Sie wollte sich von dem Alten trennen, sie hatte Angst, deshalb hat sie die Lebensversicherung auf mich umgeschrieben. Ich hoffe, das ist jetzt nicht zu meinem Nachteil.«

Hatte er sonst keine Probleme? Dafür, dass seine Geliebte gestern Abend getötet worden war, quoll er nicht gerade vor Verzweiflung und Trauer über. Das machte ihn nicht automatisch zum Mörder, trotzdem, es waren schon Menschen für weit weniger als 500.000 Euro umgebracht worden.

Sie mussten ihn auf jeden Fall im Auge behalten. Denn eins hatte er doch mit Manfred Pahde gemeinsam: ein Alibi, das schlecht bis gar nicht zu überprüfen war – also im Grunde keins! Und das sagte sie ihm auch deutlich, als sie sich kurz darauf von ihm verabschiedete und bat, in den nächsten Tagen für sie erreichbar zu sein.

Im Treppenhaus wäre sie beinahe über eins der Brötchen gestolpert, das auf einer Stufenkante liegengeblieben war. Sie kickte es zur Seite und zog ihr Handy hervor. Vorausgesetzt, van den Bergen hatte sie nicht angelogen, um den Verdacht von sich abzulenken, war sie neugierig, was Manfred Pahde zu dem Streit mit seiner Frau sagte.

Er nahm nicht ab.

Als Svea wieder unten auf der Straße stand und ihr frischer Kuchenduft aus der Backstube des Cafés entgegenwehte, spürte sie plötzlich ihren Hunger. Der Apfel heute Morgen hatte wohl doch nicht gereicht. Sollte sie ihren letzten Fünfer in ein Stück Kuchen investieren? Ihr Katzentisch von vorhin war noch frei.

In ihre Überlegung hinein klingelte ihr Telefon. Diesmal war es Franzi. Sie hatte es noch nicht geschafft, van den Bergen büromäßig abzuklären, das würde sie als Nächstes tun. Aber es gab Neuigkeiten aus der Pressestelle, außerdem hatte sie den Beautyblogger erreicht. Höchste Zeit, dass Svea zur Teambesprechung ins Präsidium kam.

Also kein Kuchen! Vielleicht hätte sie das Brötchen im Treppenhaus nicht wegkicken sollen.

7

Tamme schnaufte, als er die Stufen zum Präsidium hocheilte. Um fünf war er mit Svea und Franzi zur Teambesprechung verabredet gewesen, jetzt war es zehn nach fünf. Immerhin lag die Verspätung diesmal nicht an ihm und seinem verfahrenen Privatleben. Auf dem Weg nach Eilbek zu Höpke hatte es eine Baustelle und einen Unfall gegeben, für knapp drei Kilometer hatte er zwei Stunden gebraucht, zu Fuß wäre er schneller gewesen – Stauhauptstadt Hamburg, da musste sich dringend etwas ändern! Als dann noch eine Sperrung wegen einer Demo angekündigt wurde, hatte er Eilbek nach Rücksprache mit Svea für heute abgehakt. Der Weg zurück ins Präsidium war wegen eines weiteren Unfalls ebenfalls gesperrt, Ölspur auf der Fahrbahn, er musste den Wagen stehen lassen und sich ein Leihfahrrad nehmen.

Damit war er zügig durchgekommen, aber als er jetzt vor seinem Büro ankam, spürte er seinen Rücken und die Knie, die Dinger waren zu klein bei seiner Größe.

»Du musst dich nicht beeilen«, empfing Franzi ihn. »Svea hat angerufen, sie steckt im Stau.«

»Ich hab mich schon beeilt.« Er ließ sich auf seinen Bürostuhl fallen. »Was gibt's Neues?«

Franzi berichtete ihm von Pahdes angeblichem Verhältnis mit Rafael van den Bergen und dem fehlenden Geld aus ihrem Schreibtisch.

»Schwarzgeld?«

»Vielleicht.« Franzi hob die Schultern. »Und bei dir? Wie war's in Eilbek?«

»Frag nicht.« Er legte den Kopf in den Nacken und betrachtete die Zimmerdecke. Wenn man die Lider zusammenkniff, begannen die Löcher in der Styropor-Verkleidung zu flimmern wie eine Asphaltstraße in der Sonne. Ihm schwindelte und er schloss die Augen, das Klackern von Franzis Tastatur glich einem kurzen Regenschauer, immer sanfter prasselten die Finger auf die Tasten, bloß ein leises Rascheln war zu hören.

Müde, er war nur noch müde und dankbar, dass Franzi ihn für einen Moment in Ruhe ließ.

Schlagermusik ließ ihn aufschrecken: »Geld weg, Frau weg, Blagen weg!« Mehr Gebrüll als Gesang. Was war jetzt los? Er riss die Augen auf.

»Entschuldige«, Franzi fummelte an ihrem Smartphone.

»Ich bin pleite, aber sexy!«, brüllte es aus dem Lautsprecher, bis Franzi den Knopf zum Lautlos-Stellen gefunden hatte.

»Seit wann stehst du auf so was?« Tamme konnte es nicht fassen. Ein entsetzlicher Liedtext!

»Ich nicht, Haribo.« Franzi kam um den Tisch herum und hielt ihm ihr Smartphone hin. Der Beautyblogger starrte ihn an, Arm in Arm mit diesem Mallorca-Sänger, den er neulich im Fernsehen gesehen hatte.

»Harrybeau«, diesmal betonte Franzi es englisch. »So nennt Hamid Boularouz sich auf Instagram.« Auf dem nächsten Video rekelte Boularouz sich auf einer Liege am Pool. Während Tamme sich noch fragte, ob sein Six-Pack echt war, scrollte Franzi weiter zu einer Reihe OP-Fotos. Boularouz' Bauch vorher/nachher.

Tamme rieb sich die Augen. »Warum tut sich das jemand an?«

»Weil er nicht alt werden will?«

Das wollte Tamme auch nicht. Aber sich deshalb operieren lassen? »Zeig mal her.« Tamme wischte über den Bildschirm. Was hatte Haribo da im Gesicht?

Als Svea aus dem Aufzug stieg, schallte ihr Tammes Lachen entgegen. Offenbar hatte er seine gute Laune wiedergefunden.

Franzi und er hockten dicht zusammen an seinem Schreibtisch, die Köpfe über ein Smartphone gebeugt. »Kennst du Instagram?« Er blickte kurz auf. »Der Account von Boularouz ist zum Fremdschämen, schlimmer als diese Castingshows im Fernsehen.«

Svea kannte beides nicht. »Etwas Verdächtiges dabei?«

»Bis jetzt nicht. Aber ich gucke zur Sicherheit alles durch, bevor er kommt.«

Franzi erklärte, dass sie Boularouz am Flughafen in München erwischt hatte, er war beruflich unterwegs und erst morgen Nachmittag zurück im Hamburg. Sie hatte ihn für sechzehn Uhr ins Präsidium geladen. »Soll ich vorher die Kollegen in München auf ihn ansetzen?«

»Morgen reicht«, entschied Svea. »Was noch? Hast du was zu van den Bergen gefunden? Alkohol am Steuer?«

»Nein.« Franzi griff über ihren Tisch und reichte ihr eine DIN-A4-Seite aus dem Drucker. »Angerufen habe ich dich deshalb.«

Eine E-Mail aus der Pressestelle. Betreff: Liliane Skowronek. Wegen eines Buchstabendrehers hatte Franzi den Fall am Morgen nicht gefunden, aber die Kollegin hatte sich erinnert und die Archivmeldung aus der Mopo kopiert. Skowronek hatte allergisch auf eine Hyaluronspritze reagiert und seitdem eine entstellte Oberlippe. 2011 hatte sie gegen Pahde geklagt, war allerdings leer ausgegangen.

»Vier Jahre Zeit für Rachepläne.« Svea gab Franzi das Blatt zurück. »Ziemlich lange, trotzdem sollten wir nachhaken. Was macht unser Presseaufruf?«

»Wir haben ein paar Hinweise aus der Bevölkerung, ein Schlauchboot wurde als gestohlen gemeldet, kein Kanu. Ich druck's aus und komme nach in den Besprechungsraum.«

»Nicht nötig, wir bleiben hier.« Seit vier der fünf Aktenregale letzten Monat in den neuen Archivraum gewandert waren, war endlich Platz im Zimmer, sogar ein Flipchart hatte Tamme an die freie Wand montiert.

Svea zog sich den Besucherstuhl heran und fasste als Erstes ihr Treffen mit van den Bergen und Manfred Pahdes Anruf zusammen. »Die beiden belasten sich gegenseitig. Pahde habe ich noch nicht wieder erreicht, um ihn mit dem Streitvorwurf zu konfrontieren. Die Telefondaten von van den Bergen lasse ich überprüfen.«

»Hast du gerade Streit gesagt?«, hakte Franzi nach. Die Anwohnerbefragung war ergebnislos verlaufen, aber auf ihren Aufruf hatte sich ein Paddler gemeldet. Durch die geöffneten Fenster der Klinik hatte er mitangehört, wie eine Frau und ein Mann sich angeschrien hatten. Franzi rief die Datei auf. »Das war vor drei Tagen. Sie hat gerufen: ›Du Schwein, ich lass mich nicht erpressen.‹ Den Mann hat der Paddler nicht verstanden.« Franzi hatte plötzlich rote Flecken im Gesicht.

Tamme pfiff durch die Zähne. »Unser Täter?«

»Möglich«, wiegelte Svea ab. Mit wem hatte Pahde gestritten? Mit ihrem Mann? Mit van den Bergen? Oder war sie erneut von Boularouz erpresst worden? Sollten sie Stimmproben aufnehmen? Aber wenn der Paddler kein Wort des Mannes verstanden hatte, nutzte es wenig. Eine wichtige Spur war es in jedem Fall.

»Habt ihr den Bericht aus der KTU gesehen?«, kam Svea zum nächsten Punkt. Sie hatte die Mail im Aufzug auf ihrem Handy überflogen, zu Helena Pahdes Laptop und dem Mini waren die Kollegen offenbar noch nicht gekommen.

Als sie ihr Handy jetzt wieder hervorzog, sah sie, dass zwischenzeitlich auch eine Mail aus der Rechtsmedizin eingetroffen war.

Der Obduktionsbericht. Endlich! Sie ließ Tamme die Datei auf seinem Rechner öffnen, blickte ihm über die Schulter und überflog den Text: Wirbelsäule unverletzt, kein Schädelhirntrauma, keine inneren Blutungen im Bauch- und Brustraum. Das bestätigte, was der Bereitschaftsarzt gesagt hatte. Dazu wies der rechte Arm des Opfers Hämatome auf, die zu Griffspuren passten.

»Und hier ist die Verletzung am Hals, die bereits dem Notarzt aufgefallen war.« Sie tippte auf den Monitor und las laut: »Massiv unterblutete und von Blutanhaftungen umgebene 22 Millimeter lange Verletzung der Haut und der darunterliegenden Halsschlagader an der linken Halsseite vorne bis seitlich.«

Dann wurde es richtig interessant. Eine postmortale Hautvertrocknung über einen Zentimeter Länge und einen Millimeter Breite mittig über dem linken Schlüsselbein. Sie war zum Vorschein gekommen, als das angetrocknete Blut am Körper der Toten abgewischt worden war.

Svea machte eine Faust, drückte sie aufs Herz und zog sie über das linke Schlüsselbein hoch zum Hals. »Da scheint die Tatwaffe abgerutscht zu sein.«

Konnte es sein, dass der Täter dem Opfer ins Herz stechen wollte und das Opfer dann eine Abwehrbewegung gemacht hatte? Sie griff zum Telefon, um in der Rechtsmedizin nachzuhaken.

»Plausibel«, lautete die prompte Antwort des Arztes. Das Verletzungsmuster würde sich dadurch erklären. Es sprach zudem dafür, dass der Täter um einiges größer war als das 1,63 Meter große Opfer. Angesichts der Menge von geronnenem Blut, die sie am Hals, in der Schlüsselbeingrube und an der Kleidung gefunden hatten, ging der Arzt außerdem davon aus, dass der Blutverlust – ausgelöst durch die Verletzung der Halsschlagader – todesursächlich war. Und zwar innerhalb von Minuten, höchstens zehn.

»Irgendwelche Vermutungen zur Tatwaffe?«, hakte Svea nach. »Eventuell ein Skalpell?«

Aber die Verletzungen passten eher zu einem Messer mit zweiseitig geschliffener Klinge, geschätzte Klingenlänge acht bis zehn Zentimeter, womöglich ein Butterfly-Messer.

»Nicht die typische Waffe für eine Stichverletzung«, meinte Franzi, als Svea die Schlussfolgerungen des Arztes weitergab. »Vielleicht ist der Täter auch deshalb abgerutscht.«

»Wenn die durch den Aufprall mit dem Bus verursachten Prellungen und Knochenbrüche nicht todesursächlich waren, ist der Busfahrer raus«, stellte Tamme fest. »Wenn man dann noch bedenkt, dass sich über fünfzig Prozent der Delikte im nächsten Familienkreis abspielen.«

Tamme wieder. Er sollte den Busfahrer trotzdem noch mal kontaktieren. Aber Svea gab zu, dass er mit seinem heimlichen Schäferstündchen nicht so falsch gelegen hatte. Van den Bergen! Dass die Lebensversicherung auf ihn umgeschrieben war, hatte zusätzlich ihr Misstrauen geweckt.

»Lasst uns weitermachen. Woher kam unser Täter?« Svea stellte sich an das Flipchart, nahm einen Stift und begann zu zeichnen: Ein Quadrat für die Klinik, ein Kreuz für das Fenster mit dem Schatten dahinter, ein weiteres für das Boot, Pfeile zeigten die Richtung der Schuhspuren an.

Leider hatte die KTU den Schatten aus dem Handyvideo nicht deutlicher hinbekommen. Auch sonst fasste der Bericht aus der KTU im Großen und Ganzen zusammen, was Freder ihnen bereits mitgeteilt hatte: Die Einbruchspuren am Fenster des Lagerraums waren genauso fingiert wie die Schuhspuren vom Kanu zum Haus. Ihr Täter war gestern Abend nicht mit dem Kanu gekommen, es sei denn er konnte fliegen. Aber wie es aussah, hatte er sein Fluchtfahrzeug zu einem früheren Zeitpunkt unter der Weide deponiert.

»Wenn wir also davon ausgehen, dass er von vorn kam und das Opfer gut kannte, haben wir als Hauptverdächtige zwei Männer.« *Pahde + v. d. Bergen*, schrieb Svea an das Flipchart.

Beide hatten kein Alibi, anders als Graf. Seine Aussagen zur Tatnacht deckten sich weitestgehend mit dem, was seine

Freundin Tamme erzählt hatte. Er hatte angegeben, die ganze Nacht bei Volk gewesen zu sein, bis kurz vor Mitternacht hatten sie ferngesehen, er hatte ihr Tee gekocht, mehrere Tassen, wie viel erinnerte er nicht, nur die Sorte. Kamille-Orange. Er hatte es Oronsch ausgesprochen, das sollte wohl französisch sein.

»Hat Volk auch die Teesorten genannt?«, fragte Svea.

»Nicht nur genannt«, Tamme verzog das Gesicht. »Ich hab ihr selbst einen kochen müssen. Allerdings Kamille pur.«

Wenn das die einzige Abweichung war, sollten sie ihr nicht zu viel Gewicht beimessen. Misstrauen war geboten, wenn Aussagen in jedem Detail übereinstimmten, dann hatten die Befragten sich in der Regel vorher abgesprochen.

»Obwohl, jetzt wo du's sagst, da war eine Apfelsine auf der Packung«, lenkte Tamme ein.

Svea grinste. »Das lassen wir gelten.«

Franzi zog die Brauen hoch. »Warum seid ihr so sicher, dass Opfer und Täter sich kannten? Vorausgesetzt, Pahde und Graf sagen die Wahrheit, sind da immer noch der fehlende Ring und der leere Geldumschlag«, gab sie zu bedenken. Zwar war sie bei ihren Recherchen zur Einbruchsmethode auf keinen unaufgeklärten Fall gestoßen, der die Handschrift ihres Täters trug. »Aber das beweist höchstens, dass es kein Serieneinbrecher war.«

Tammes Einwand gegen die Diebstahltheorie, dass der Betäubungsmittelschrank unberührt war, akzeptierte sie nicht. Vielleicht war der Täter auf dem Weg dorthin von Pahde überrascht worden.

Rein theoretisch hatte Franzi recht, gestand sich Svea ein. Trotzdem konnte ihre Argumentation sie nicht überzeugen.

Nahezu alles, was in den letzten Stunden an neuen Ermittlungsergebnissen hinzugekommen war, legte den Fokus auf das engere Umfeld des Opfers, privat und beruflich. Wegen des Geldumschlags, zumindest wegen seiner Herkunft, wusste Graf mehr, als er zugab. Morgen kümmerten sie sich um die Praxismitarbeiter, die Patienten und um Höpke. Und wenn Svea Manfred Pahde nicht gleich am Telefon erreichte, würde sie im Anschluss bei ihm vorbeifahren.

»Habt ihr mittlerweile die Aufzeichnungen aus dem Bus bekommen?«, fiel ihr ein, als sie die Runde aufheben wollte.

»Fast hätte ich's vergessen«, sagte Tamme. Luna Herder hatte recht gehabt, der Mann mit dem Karohemd, er hieß Siegfried Frecking, hatte tatsächlich mit einem Tablet gefilmt, ihnen jedoch nur ein Handy vorgezeigt, auf dem keine aktuellen Fotos waren. »Kein Wunder«, schimpfte Tamme. Er hatte sofort ein Amtshilfe-Ersuchen nach Norwegen losgeschickt. In sechsunddreißig Stunden legte das Kreuzfahrtschiff in Bergen an.

Dienstag früh. Wenn sie Glück hätten, bekamen sie dann ein deutlicheres Bild von dem Schatten am Fenster.

8

»Hepp, Naomi«, befahl Manfred Pahde. Der Mops stand reglos vor der geöffneten Autotür und ließ den Kopf hängen.

Svea hatte Herrchen und Hund abgepasst, als die beiden gerade loswollten.

Pahde seufzte. »Naomi verkraftet den Tod meiner Frau nicht.« Er bückte sich, um den Mops auf den Rücksitz zu heben.

Svea hielt ihn am Arm zurück. »Einen Moment, ich habe ein paar Fragen.«

»Sie haben nicht zurückgerufen, jetzt muss ich los.«

Wem wollte er das weismachen, er war nicht ans Telefon gegangen, aus welchen Gründen auch immer. Svea griff an ihm vorbei und schloss die Tür. Bevor er nicht ihre Fragen beantwortet hatte, ließ sie ihn nicht weg.

»Wie war das Verhältnis zwischen Ihnen und Ihrer Frau?«

Irritierter Blick. »Gut. Warum?«

»Hatten Sie nie Streit?«

»Ab und zu, das ist normal, oder?«

»Wann zuletzt?«

»Ist das ein Verhör? Knöpfen Sie sich lieber van den Bergen vor!«

Naomi hob den Kopf und kläffte. Mit Schwung beugte Pahde sich hinunter und klemmte sie unter den Arm. Er hatte den ersten Schock über den Tod seiner Frau offenbar gut verkraftet, seine nächtliche Schwäche war verschwunden, aggressive Gereiztheit an ihre Stelle getreten.

»Herr Pahde, beantworten Sie meine Frage!«

»Ich erinnere mich nicht.« Er sprach gepresst. »Naomi muss los.«

»Der Hund muss, wenn überhaupt, in den Vorgarten machen!« Pahde schien nicht zu begreifen, wie ernst die Lage war, nicht nur aufgrund seines fehlenden Alibis für gestern Abend. »Herr van den Bergen sagt, sie hätten sich mit ihrer Frau gestritten und ihn bedroht.«

»Das Schwein«, platzte es aus ihm heraus. »Jetzt will er mir auch noch einen Mord in die Schuhe schieben.« Er ließ Naomi los und schlug mit der flachen Hand auf das Autodach. Als sie auf allen vieren auf der Rasenfläche neben der Auffahrt landete, wimmerte sie kurz auf, dann watschelte sie zur Haustür und rollte sich auf der Eingangsstufe zusammen. Ein Hund, der dringend Gassi gehen musste, sah anders aus. War das vorgeschoben, um Svea aus dem Weg zu gehen?

»Entschuldigen Sie.« Pahde hatte sich gefangen. »Alles war gut, bis er Helena den Kopf verdreht hat.« Er gab zu, sich mit seiner Frau gestritten zu haben, nachdem er vor zwei Wochen ihr Verhältnis entdeckt hatte, ebenso dass er van den Bergen vor seiner Haustür abgepasst hatte. »Das war letzten Sonntag. Aber dass er Ihnen meine Bitte, die Affäre zu beenden, als Drohung verkaufen wollte!« Pahde schüttelte den Kopf. »Ich verstehe nicht, was meine Frau zu diesem Lügner hingezogen hat. Sie sollten sich seine Firma genauer angucken, oder das, was er Firma nennt. Meines

Wissens ist er pleite. Würde mich nicht wundern, wenn er versucht hat, Helena zu erpressen.«

Pahde war angeblich seit Wochen nicht in der Klinik gewesen. Sein Alibi für Donnerstagabend, als der Paddler den Streit mitangehört hatte, war nur leider das gleiche wie für die der Tatnacht. Eine Gassirunde mit Naomi. Allein.

Anders als noch heute Nacht, sah es durch van den Bergens Aussage nicht gut aus für ihn. Auch wenn vor Gericht das Beweisprinzip galt. »Überlegen Sie in Ruhe, wem Sie auf der Straße begegnet sind«, gab Svea ihm zum Abschied mit.

9

Das Kanu glitt über den Uhlenhorster Kanal. Svea saß vorn im Bug, Alex kniete hinter ihr. Ohne einen Spritzer durchschnitt sein Paddel die grünlich schimmernde, trübe Brühe um sie herum.

»Eintauchen und durchziehen. Ist doch ganz einfach.«

»Offenbar nicht!« Svea merkte selbst, wie scharf sie klang. Weil ihr Paddel immer wieder aufs Wasser platschte, war ihre rechte Körperseite klatschnass. Sie fröstelte im Abendwind.

Eigentlich hatten Alex und sie für heute einen Ausflug in die Vierlande geplant, eine Kanutour auf der Gose Elbe. Das hatte sie komplett vergessen. Erst als sie sich von Pahde verabschiedet hatte, hatte sie Alex' SMS gesehen, er war stattdessen zur Alster gefahren und hatte sich ein Kanu gemietet. Sie war dankbar, dass er ihr keinen Vorwurf machte und einfach fragte, ob er sie am Fähranleger oberhalb der Krugkoppelbrücke einsammeln sollte, ein kleines Picknick hatte er auch dabei. An sich hatte sie nach Hause gewollt, aber den Tatort noch mal von der Wasserseite zu inspizieren, war keine schlechte Idee, um ein Gefühl für den Täter zu bekommen.

Hatte sie gedacht, aber jetzt war sie sich dessen nicht mehr sicher. Außer dass sie sich ein Bild von den unzähligen Fluchtwegen durch das Kanalnetz der Alster gemacht hatte, war sie keinen Schritt weitergekommen. Welchen Kanal hatte der Täter wo verlassen? Man konnte unmöglich jedes Ufergrundstück, jede Anlegestelle überprüfen, ob dort gestern Abend ein Kanu hochgezogen worden war. Statt einem Phantom hinterherzujagen, das längst im Trockenen saß – während sie sich eine Erkältung holte –, sollte sie sich auf die Vernehmungen konzentrieren.

»Möchtest du meinen Pullover?«, fragte Alex.

»Geht schon, danke.« Sie wollte noch einen Blick auf die Klinik werfen und dann schnellstens zurück an Land.

Vor ihnen tat sich der Feenteich auf. Herrschaftliche Villen säumten das Ufer, wie dicke Klunker, aufgereiht auf einer Perlenschnur. Als Letztes auf der linken Seite kam die Schönheitsklinik, weiß schimmerte der kastige Bau durch das Laub der Weide. Alex wollte auf den Steg zusteuern, aber Svea winkte ab, bedeutete ihm, weiter geradeaus Richtung Außenalster zu fahren. Als sie halb an der Klinik vorbei waren, wenige Meter vor der Brücke, bat sie ihn zu stoppen.

Auf dieser Höhe hatte der Paddler den Streit mitangehört. Von hier sah man auch das Fenster, an dem der Schatten gestanden hatte.

Die untergehende Sonne spiegelte sich in der Scheibe, als bewegte sich dort jemand. Svea kniff die Lider zusammen. In Gedanken schob sie abwechselnd die Silhouetten von Pahde, van den Bergen und Boularouz vors Fenster. Wie bei einem Sehtest, wenn der Optiker die verschiedenen Gläser ins Brillengestell steckte. Aber Schärfe stellte sich hier nicht ein, so oft sie die Personen auch wechselte.

Bis plötzlich Schott auftauchte. Klar umrissen sah sie ihn

vor sich, wie er ihr breitbeinig den Weg versperrte. Sie rieb sich die Augen, als könnte sie dadurch die Erinnerung verjagen.

»Was ist los?«

»Nichts«, sagte sie nach einer Pause, so lang, dass jeder Ermittler sofort misstrauisch geworden wäre. Alex schien zufrieden mit ihrer Antwort, zumindest hakte er nicht nach.

Was sollte sie ihm auch sagen? Er wusste zwar, wie sehr sie Schott verabscheute, aber von Pizolka hatte sie ihm nie erzählt, geschweige denn von Yunan, ihrem Ex-Freund aus Dortmund, der immer noch ab und zu durch ihre Träume geisterte. Dann musste sie nicht ausgerechnet jetzt davon anfangen.

»Alex, ich bin einfach nicht in der Stimmung.« Dass sie heute Abend in der Ermittlung nicht weiterkam, bedeute nicht, dass sie sofort umswitchen konnte auf eine romantische Paddeltour mit ihm. Sie sollte besser nach Hause fahren und nachdenken. Den Tag sacken lassen und abwarten, ob sich nicht doch noch jemand aus dem Nebel der Verdächtigen löste.

Wortlos paddelten sie zurück über die Außenalster. Alex riss sein Paddel durchs Wasser, als würde er ein Wettrennen fahren mit den beiden Ruderern, die rechts und links an ihnen vorbeizogen. Dennoch hatte Svea das Gefühl, als dauerte es ewig, bis sie endlich unter der Krugkoppelbrücke hindurchglitten.

Am Fähranleger angekommen, küsste sie ihn hastig auf die Wange. »Es tut mir leid.«

Als sie aus dem Kanu stieg, spürte sie seinen Blick im Nacken. Sie wusste, dass sie ungerecht war, aber sie konnte es nicht ändern. Sie musste allein sein, um ihre Gedanken und Gefühle zu ordnen.

Zumindest würde sie es versuchen.

MONTAG, 17.08.2015

1

Montagmorgen. Wie üblich drängten sich die Kollegen im Besprechungsraum. Svea kannte dahingehend keine Statistik, aber es kam ihr so vor, als passierten sonntagnachmittags die meisten Kapitalverbrechen, als hätten die Leute nichts Besseres zu tun, versorgten sie die Mordbereitschaft pünktlich zum Wochenanfang mit frischen Fällen: Vor einem Café in Harburg hatte es eine tödliche Schießerei gegeben, darum kümmerte sich Yasmina Lüdemanns Team, aus dem Eppendorfer Moor hatte die Hand einer unbekannten Männerleiche geragt. Schotts neuer Fall.

Svea saß Schott gegenüber. Während sie sein gewohntes, aber dafür nicht weniger peinliches Eigenloblied über sich ergehen ließ, stellte sie sich vor, wie er am Tatort mit seinen weißen Turnschuhen im Matsch versank. Ärgerlicherweise half ihre imaginierte Schadenfreude nicht wirklich gegen den Druck auf der Brust, den seine Nähe in ihr auslöste.

Bis jetzt hatte Schott ihren ehemaligen Dortmunder Kollegen Pizolka nicht wieder erwähnt und auch sonst keinen Spruch gegen sie losgelassen. Aber noch war die Morgenrunde nicht zu Ende.

Nach Schott war Demir an der Reihe, er hatte nicht viel mitzuteilen, musste gleich die letzten zwei Seiten seines Abschlussberichts über den versuchten Rockermord schreiben, bevor er heute Mittag zum Kurztrip nach Kopenhagen aufbrechen würde.

Nicht mal fünf Minuten später gab er das Wort an Svea weiter. Sie holte tief Luft, trotzdem klang sie atemlos, als sie mit ihrem Bericht begann. Für die Kollegen, die gestern gefehlt hatten, fasste sie die Geschehnisse der Tatnacht zusammen. Entgegen seiner sonstigen Gewohnheit wurde sie kein einziges Mal von Schott unterbrochen. Sie sah zu ihm. Er hatte ein Bein über das andere gelegt, wippte mit seinem Turnschuhfuß und spielte mit den Schnürbändern. Hörte er ihr überhaupt zu?

Sie kam zu den gestrigen Ermittlungen, fasste die bisherigen Befragungen zusammen. »Pahde und van den Bergen gehören zu den Hauptverdächtigen, auch wenn keine konkreten Beweise gegen sie vorliegen, fehlt ihnen ein Alibi«, erklärte sie. Sie dachte an den Nebel, der beide umgab, mehrfach war sie die Treffen mit ihnen durchgegangen. Hatte sie irgendetwas übersehen? Als sie von dem Streit drei Tage vor der Tat berichtete, den sowohl Pahde wie auch van den Bergen leugneten, hakte Wienecke ein:

»Was ist mit Graf?«

»Merkwürdiger Typ.« Svea konnte ihn schwer einschätzen. Sie erwähnte seinen kühlen Umgang mit Helena Pahdes Tod sowie den leeren Geldumschlag, über den er mehr zu wissen schien, als er zugab. »Trotzdem gibt es erst mal keinen Grund, sein Alibi anzuzweifeln.«

Wienecke stützte ihr Kinn in die Hand und nickte zustimmend. Schott ließ seinen Schuh los, stellte beide Füße auf den Boden und räusperte sich. Innerlich gegen eine seiner Sticheleien gewappnet, hörte Svea ihn sagen: »Das sehe ich auch so.« Sein Gesichtsausdruck war nicht wirklich freundlich, aber weit entfernt von der Herablassung, mit der er sie sonst bedachte.

Hatte sie zu viel in seine gestrigen Worte hineininterpretiert? Sie hatte lange wach gelegen, gegrübelt, was Schott über sie erfahren hatte, und nur mit Mühe die Erinnerung an Yunan verjagt.

Sollte Schott sie tatsächlich nur von Pizolka grüßen und wusste nichts über den Grund, warum sie Dortmund verlassen hatte? Oder war das seine neueste Taktik? Heute gab es Zuckerbrot, damit der nächste Peitschenschlag umso härter traf.

2

André Graf führte Svea in den Empfangsraum der Klinik.
»Betsy, das ist Frau Kopetzki«, stellte er sie der jungen Frau
hinter dem verspiegelten Tresen vor. Als Betsy ihre halb-
mondförmig tätowierten Augenbrauen hob, flüsterte er:
»Von der Kripo.«

Hörte jemand mit? Svea sah sich um. Über eine Sessellehne im Wartezimmer ragte ein Hinterkopf, halb kahl, am
Haaransatz eine Stiftmarkierung. Ein Patient für eine Haar-
transplantation?

»Betsy hat Ihnen alles ausgedruckt.« Graf griff über den
Tresen und reichte Svea zwei aneinandergeheftete DIN-A4-
Blätter. Die Patientenliste aus der letzten Woche. Svea überflog die durchnummerierten Termine, 72 bei Graf, 79 bei
Pahde, die Ärzte schienen sich Zeit genommen zu haben,
viel Zeit. Nicht die üblichen sieben Minuten, damit man auf
mindestens fünfzig Patienten am Tag kam.

»Falls Ihnen das wenig vorkommt, wir berechnen mehr
als den Kassensatz«, warf Graf ein. Hatte er ihre Gedanken
gelesen?

Svea steckte die Liste in die Hosentasche und wandte sich
an Betsy: »Wo kann ich ungestört mit Ihnen reden?« Die
Küche war bereits durch Franzi belegt, die dort nacheinander die drei Arzthelferinnen befragte.

»Hier«, antwortete Graf anstelle der Empfangsdame. In

Richtung Wartezimmer rief er: »Gehen Sie durch ins Sprechzimmer, ich bin gleich so weit.« Als der Mann außer Hörweite war, fuhr er fort: »Die nächsten beiden Patienten von Frau Pahde haben ihren Termin abgesagt, sie haben es in den Medien gehört. Hier ist Ruhe.«

Svea wartete, bis Graf verschwunden war, ehe sie sich zu Betsy hinter den Tresen setzte und die Befragung startete.

War Betsy in der letzten Woche, besonders am Freitag, etwas aufgefallen, das anders war als sonst? Betsy verneinte, weder Helena Pahde, noch einer ihrer Kollegen oder einer der Patienten auf der Liste hatte sich ungewöhnlich benommen. Höpkes Auseinandersetzungen mit Pahde hatte sie nicht mitbekommen, weil sie zu der Zeit im Urlaub gewesen war, den Garten der Klinik betrat sie nie, hatte also kein Kanu sehen können, von einem Geldumschlag in Pahdes Schreibtisch wusste sie nichts.

Antworten, die in Grafs Anwesenheit nicht unergiebiger hätten sein können. Betsy erinnerte Svea an die drei Affen: Nichts hören, nichts sehen, nichts sagen. Trotzdem musste sie Betsys Alibi ordnungsgemäß überprüfen: »Haben Sie einen Nachweis über Ihren Sylt-Aufenthalt?«

Betsy war von Freitag bis Sonntag im Hotel Silbermuschel in Westerland gewesen. Eine schriftliche Rechnung habe sie nicht, Svea könne gern dort anrufen. »Falls ich verdächtig bin«, sie krauste ihre Stupsnase.

Svea ignorierte die Spitze und bedankte sich für die Auskunft.

»Das ist alles so schrecklich. Ein Mord, hier an meinem Arbeitsplatz.« Betsy schniefte. »Muss ich jetzt Angst haben?«

Svea staunte. Betsy hatte sich keinmal nach ihrer Chefin erkundigt, bedauerte nur sich selbst. Nicht die einzige Egoistin in Pahdes Umfeld. »Noch läuft der Täter frei herum. Es schadet also nicht, wachsam zu sein«, entgegnete sie. Betsys schockierter Gesichtsausdruck tat ihr nicht wirklich leid.

»Überlegen Sie noch mal, ob Ihnen nicht etwas einfällt.« Svea erhob sich. »Wo finde ich Irina?« Die Putzfrau – eine Minijobberin, die ihre Rente aufbesserte – arbeitete normalerweise abends, aber weil am Wochenende so viele Leute durch die Räume gegangen waren, war sie von Betsy zu einer Extraschicht einbestellt worden. Bei Sveas und Franzis Ankunft hatte sie die Treppe ins Obergeschoss gewischt.

»Herrn Graf ist es lieber, wenn Sie hier warten«, sagte Betsy statt einer Antwort.

Und Svea war es lieber, wenn Herr Graf ihr keine Vorschriften machte, wann und wie sie seine Angestellten befragte. Das wurde ihr jetzt zu bunt!

In der Eingangshalle lief Svea in Irina hinein. Die Putzfrau trug dottergelbe Gummihandschuhe, die bis zum Ellenbogen reichten, in einer Hand hielt sie einen tropfenden Lappen, in der anderen Hand glitzerte etwas. »Habe ich im Klo gefunden!«

Ein Goldring mit durchsichtigem Stein! Pahdes Ring?

Die Tropfspur führte in den Toilettenraum neben der Eingangstür. Als Irina das Putzwasser wegschütten wollte, war das Klo verstopft gewesen, erzählte sie. In einer Kugel aus Toilettenpapier hatte sie den Ring gefunden.

Svea rief nach der Empfangsdame. Auch wenn schätzungsweise alle Spuren abgewaschen waren, brauchten sie ein steriles Gefäß.

Naserümpfend beugte Betsy sich über den Ring, dann blickte sie ernst zu Svea. »Der hat Frau Dr. Pahde gehört.« Sie eilte ins Obergeschoss, um die benötigten Utensilien zu holen.

Währenddessen konnte Svea mit Irina reden. Ihr Job in der Klinik sei in Ordnung, normalerweise bekam sie niemanden zu Gesicht, erzählte sie, außer dem Ring hatte sie leider nichts entdeckt. Mehrfach entschuldigte sie sich, dass sie Svea nicht weiterhelfen konnte.

Dabei war der Ring mehr als genug! Wer hatte ihn ins Klo geworfen? Jemand der wütend war und die Beziehung beenden wollte, die der Ring besiegelt hatte – Helena Pahde selbst. Oder jemand, der einen Diebstahl vortäuschen und nicht mit dem Ring in der Tasche erwischt werden wollte. Pahdes Ehemann, van den Bergen – oder jemand anderes?

Betsy kam mit einem Schraubglas nebst Pinzette zurück. Vorsichtig schob Svea den Ring hinein.

Wohin damit? Sie ging zum Tresen und stellte das Glas dort ab. Betsy sagte nichts, aber man sah ihr das Missfallen deutlich an. Etwas aus dem Klo auf ihrem silberglänzenden Tresen! Und wenn es ein 20.000 Euro teurer Diamantring war.

Die Tür zu Grafs Sprechzimmer öffnete sich, Arzt und Patient traten gemeinsam heraus. Als die beiden näher kamen, sah Svea, dass der Mann zwei verblühende Veilchen hatte. Nachkontrolle Lidstraffung, und die Haare standen noch an? Der dunkle Rand am Hinterkopf war womöglich keine Stiftmarkierung, sondern der Abdruck der Kappe gewesen, die der Mann jetzt tief ins Gesicht zog.

»Wir brauchen einen neuen Termin.« Graf beugte sich über den Tresen zu Betsy. Ein Aufblitzen in seinen Augen verriet Svea, dass er den Ring bemerkt hatte.

Nachdem er seinen Patienten zur Tür gebracht und verabschiedet hatte, stürzte er zurück. »Helenas Ring! Wie kommt der hierhin?«

Svea klärte ihn auf.

»Das Klo hat Frau Dr. Pahde nicht benutzt«, warf Betsy ein.

Grafs Augen verengten sich, als missfiel ihm Betsys Aussage. Statt sie zurechtzuweisen, räusperte er sich jedoch und sagte: »Betsy hat recht. Um sich nicht jedes Mal wegen Höpke aufzuregen, ging Helena seit Monaten nur noch auf die Toilette im Obergeschoss.«

Als es klingelte, guckte Betsy zu Graf, nachdem er genickt hatte, betätigte sie den Türsummer.

Eine vollbusige Blondine stöckelte herein. Sie hatte ihr Halstuch bis über die Nase gezogen, erst am Tresen nahm sie es ab. Sie sah aus wie das Opfer einer Prügelei. Selbst Graf schien kurz schockiert von ihrem Anblick, fasste sich aber sofort.

»Frau Jakubowitsch.« Betsy klang verwundert. »Haben Sie einen Termin?«

»Frau Dr. Pahde hat letzte Woche nach der OP gesagt, ich könne so vorbeikommen.«

Svea horchte auf, Jakubowitsch hieß auch Alex' Nachbar, der Name wäre ihr aufgefallen. Sie zog die Patientenliste aus der Hosentasche und überflog sie erneut. Kein Jakubowitsch, weder bei Pahde noch bei Graf. »An welchem Tag war die OP?«, hakte sie nach.

126

Bevor Frau Jakubowitsch antworten konnte, ging Graf dazwischen: »Meine Kollegin ist heute verhindert, wenn es Ihnen recht ist, kann ich das schnell machen.« Er schickte Frau Jakubowitsch vor in sein Sprechzimmer. Dann wandte er sich an Svea. »Helena muss vergessen haben, den Termin ins System einzugeben.«

Vergessen? Svea hatte das Gefühl, dass sie dem Grund für den Geldumschlag in Pahdes Schreibtisch auf die Spur kam. »Ich vermute, Frau Jakubowitschs OP-Termin stand mit Absicht nicht im System.«

»Was wollen Sie mir unterstellen?« Graf klang ungeduldig, bis es ihm zu dämmern schien. »Sie glauben doch nicht, dass Helena ohne Rechnung behandelt hat?«

Genau das glaubte sie. Und damit entließ sie ihn zu Frau Jakubowitsch. Im Anschluss an die Behandlung würde sie die Patientin bitten, die Rechnungen ihrer letzten Behandlungen zusammenzusuchen. Reine Routine, womöglich habe sie zu viel gezahlt, würde Svea behaupten. Mit der Aussicht auf Geld köderte man die meisten. Besonders die, die sowieso genug hatten.

»Svea, ich bin durch mit den Befragungen.« Franzi stand in der Tür zur Eingangshalle und hielt ihr Notizbuch hoch. Das Signal, dass sie Ergebnisse hatte. Svea zog sich mit Franzi ins Treppenhaus zurück, um sich auszutauschen.

Anders als Betsy hatten die drei Arzthelferinnen übereinstimmend ausgesagt, dass Pahde in der letzten Zeit angespannt gewirkt hatte, einen bestimmten Zeitpunkt konnten sie nicht festmachen. Eine von ihnen hatte einen Wortwechsel zwischen Pahde und Graf mitbekommen, durch die geschlossene Tür, deshalb hatte sie kein Wort verstanden.

War Graf ihr Erpresser? Bevor Svea den Gedanken laut äußerte, sagte Franzi. »Das war nicht am Donnerstag, da hatte sie frei.«

Auf die Frage nach unzufriedenen Patienten hatten die Helferinnen Franzi mehrere Namen geliefert. Auch an Hamid Boularouz und Liliane Skowronek erinnerten sie sich. Beide hätten eine Mordswut auf Pahde gehabt.

Betsy hatte Svea von alldem nichts verraten. War sie besonders loyal gegenüber ihren Chefs? Oder einfach nur so einfältig, dass sie tatsächlich nichts mitbekommen hatte? In jedem Fall durfte sie ihnen jetzt helfen und die Kontaktdaten der Patienten heraussuchen.

Franzi setzte sich neben Betsy und diktierte ihr die Namen. Während Betsy eifrig tippte, strahlte sie immer wieder Franzi an, einmal kicherte sie sogar. Als sie merkte, dass Svea sie beobachtete, änderte sich für einen Moment ihr Ausdruck. Abschätzig. Herablassend. Dann lächelte sie erneut Franzi an.

Was sollte das denn?

Als ein Sonnenstrahl durchs Fenster huschte, leuchtete Sveas Silhouette im Tresen auf. Strubbelkurze dunkle Haare mit erstem Grau, Falten um die Augen und auf der Stirn, ungezupfte Augenbrauen. Das knitterige T-Shirt. Sie hatte auch schon frischer ausgesehen.

Franzi hingegen in ihrer weißen Bluse wirkte wie aus dem Schwanenei gepellt. Logisch, wem die Empfangsdame ihre Sympathie schenkte.

Der Türsummer riss Svea aus ihren Betrachtungen.

Bevor sie die nächste Patientin erkannte, kitzelte sie eine zitronige Wolke in der Nase.

Das war doch nicht?

Doch, das war ihre Ex-Schwiegermutter, die im karierten Kostüm an Franzi und ihr vorbei zum Tresen schritt. Als Svea Jo nach Hamburg gefolgt war, hatte sie nicht geahnt, dass er einer hanseatischen Kaufmannsfamilie entstammte. Umso größer war der Schock gewesen, als sie Jo das erste Mal zu seinen Eltern in die Othmarscher Villa begleitet hatte. In eine Welt, in die sie nicht hineingepasst hatte – und nicht hineinpassen wollte! Nicht eine Minute hatte sie die Trennung bereut.

Umständlich nestelte Jos Mutter an ihrer überdimensionalen Handtasche, noch hatte sie Svea offenbar nicht erkannt. »Ich war zufällig in der Nähe, da fiel mir ein, dass ich noch keinen neuen Termin habe.«

»Frau Pahde ist in nächster Zeit verhindert. Möchten Sie zu Herrn Graf?«, fragte Betsy.

»Nein«, kam es nach kurzem Zögern. »Wo ist Frau Pahde denn?« Sie drehte sich um. Und erstarrte. »Svea! Was machst *du* hier? Bist du auch Patientin?« Ihr Unglauben war nicht zu überhören. Sie musterte Svea von oben bis unten, die gleiche Abschätzigkeit in ihrem Blick wie Betsy.

Svea schwieg, sollte Jos Mutter denken, was sie wollte.

»Ach!« Sie hob die Hand vor den Mund. »Du ermittelst hier?«

»Bitte Diskretion«, mahnte Betsy, als hörte noch jemand zu.

»Svea, ich will dich schon so lange treffen«, wechselte Jos Mutter urplötzlich das Thema, die Stimme süß wie vergifteter Sirup. »Was hältst du von halb drei, nachher bei Bobby Reich?«

Zu Betsy sagte sie: »Ich überlege noch mal wegen des Termins.« So unvermittelt, wie sie aufgetaucht war, rauschte sie ab.

Svea blieb in einer Parfümwolke zurück. Jetzt fiel ihr der Name ein. Chanel N° 5. Was ihr nicht einfiel, war ein einziger Grund, aus dem ihre Ex-Schwiegermutter sie treffen wollte. Bis eben hatte sie gedacht, dass ihre Abneigung auf Gegenseitigkeit beruhte.

Aber die Dinge änderten sich manchmal schnell, das sollte sie als Kripobeamtin am besten wissen. Kurz zuvor, bei Betsys Befragung, hatte sie gedacht, dass sich die Ermittlungen auf der Stelle bewegten. Und zack, stand sie vor mehr als genug neuen Fragen. Was war mit dem Verdacht auf Abrechnungsbetrug? Inwieweit hingen die Ungereimtheiten in der Klinik mit dem Tötungsdelikt zusammen?

Und besonders irritierend: War ihre Ex-Schwiegermutter in den Fall verwickelt?

3

Tamme umrundete einen Wall aus alten Toilettenschüsseln, Waschbecken und Badewannen. Wie die meisten kleinen Handwerksbetriebe, die er kannte, hatte die Klempnerei Höpke keinen extra Firmensitz. Das Büro war in der Garage von Höpkes Endreihenhaus in Eilbek untergebracht, die Einfahrt diente als Lager für ausgebaute Sanitärartikel.

EMPNER prangte in hellblauen Pinselstrichen auf der Leuchttafel über der Ladentür, K und L waren abgeblättert. Carolin Höpke hätte sich besser hier ausgetobt, statt an der Fassade der Schönheitsklinik, das hätte ihr einigen Ärger erspart – und ihm seinen Besuch bei ihr. Immerhin waren heute Morgen die Straßen frei gewesen, er war zügig durchgekommen. Trotzdem wäre er jetzt lieber mit Svea und Franzi in der Klinik als bei einer trauernden Witwe. Aber Svea hatte erneut darauf bestanden, dass er zu Höpke fuhr. Als ehemaliger Tischlerlehrling in einem Familienbetrieb könne er ihre Situation und den Ärger mit manchen Kunden sicher gut nachvollziehen und am ehesten einen Draht zu ihr herstellen. Wenn sie meinte.

Tamme gab sich einen Ruck und drückte die Klinke herunter. Ein Schiffshorn tutete, als er die Tür aufschob.

»Moin.« Die brummige Stimme kam aus Richtung Schreibtisch. Neben einem vorsintflutlichen Röhrenmonitor, zwischen Aktenordnertürmen und Papierhaufen hockte eine Frau in Tammes Alter, ihre Augen verschwammen hinter den schmierigen Brillengläsern, ein T-Shirt mit dem Logo der Klempnerei Höpke spannte über ihrem Oberkörper.

»Frau Höpke?«

»Persönlich, aber ich nehme keine Aufträge mehr an.« Sie fasste an den Aktenordnerturm, der bedrohlich schwankte. »Ich wickle das hier nur noch ab.«

Abwickeln? Für Tamme sah das eher nach Aussitzen aus. Höpkes Mann war seit über einem halben Jahr tot, Zeit genug, Ordnung in den Laden zu bringen. Tamme schluckte. Würde er wie sie enden, wenn er nicht aufpasste? Er dachte an die Lähmung, die ihn überfiel, wenn er in der Garage an Imkes altem Fahrrad, ihrer Staffelei und den Kisten mit den Malsachen vorbeiging. Wirf alles weg, hatte sie gesagt. Doch als wäre das der offizielle Stempel ihrer Trennung – Es ist vorbei! Sie kommt nicht zurück! –, hatte er sich noch nicht dazu durchgerungen. Aber jetzt, nahm er sich vor. Sobald der Fall gelöst wäre, würde er aufräumen.

»Ich brauche keinen Klempner.« Er zeigte seinen Dienstausweis. »Claußen, Kripo.«

»Meine Bücher sind in Ordnung.«

»Ich bin vom Morddezernat.«

»Endlich!« Sie griff einen fleckigen Lappen vom Tisch, nahm ihre Brille ab und wischte umständlich über die Gläser.

Hatte sie mit ihm gerechnet? wunderte Tamme sich. Er fischte in seiner Jackentasche nach einem sauberen Taschentuch für sie, seit er Vater war, hatte er meist eine Packung dabei, so auch jetzt.

Als Höpke wieder klar sehen konnte, erklärte sie ihm: »Helena Pahde hat meinen Mann umgebracht!«

Er hörte die Überzeugung in ihrer Stimme. Dabei hatte Holger Höpke eindeutig Suizid begangen, Tamme hatte als Erstes im Computer die Unterlagen zu seinem Todesermittlungsverfahren geprüft. Ohne jegliche Fremdeinwirkung hatte er sich mit einem Elektrokabel am Dachbalken erhängt. Dass Pahdes Zahlungsweigerung ihn womöglich in die Depression getrieben hatte, war eine andere Sache, aber nicht strafbar. Tamme klärte Höpke über den wahren Grund seines Besuchs auf.

»Wenn es jemand verdient hat, dann Helena Pahde! Hetzt mir noch nach ihrem Tod die Polizei auf den Hals!« Höpke lachte laut auf, nur um kurz darauf loszuschluchzen. Ihre tränengefüllten Augen glupschten hervor, ihre Unterlippe zitterte: »Sie hat mir meinen Mann genommen!«

Der Krötenfisch fiel Tamme ein, den er mit den Kindern bei Hagenbeck im Tropen-Aquarium entdeckt hatte. Höpke stieß ihn ab, dabei sollte sie ihm leidtun in ihrer Verzweiflung. Er riss sich zusammen und reichte ihr ein weiteres Taschentuch. Womöglich war auch sie selbstmordgefährdet.

Während sie sich schnäuzte, sah er sich um. Auf einem überquellenden Aktenschrank schräg hinter ihr stand ein Aquarium – das Wasser so trüb, dass Tamme nicht erkennen konnte, ob außer Algen etwas darin herumschwamm. Hoffentlich nicht! Zu seiner Rechten, über einem Haufen aus alten Farbeimern und Kanistern, hingen mehrere Medaillen an einem Haken, daneben eine gerahmte Urkunde.

Er trat näher und las. *Meisterbrief Holger Höpke, geboren am 17. August 1971.* Heute war sein Geburtstag, kein Wunder, dass seine Witwe so aufgelöst war.

Tamme fasste eine der Medaillen, ein klobiges messingfarbenes Ding, auf der Vorderseite war ein Drache mit zwei gekreuzten Paddeln geprägt, darunter stand: *Drachenboot-Regatta Berlin 1996.* Er spürte ein Prickeln im Nacken. »Sind die Medaillen von ihrem Mann oder sind das Ihre?«

»Von uns beiden.«

»Sind Sie im Paddelverein?«

»Waren«, korrigierte sie ihn. Zusammen mit ihrem Mann hatte sie über zehn Jahre im Drachenboot gepaddelt. Bis sie die Firma gegründet hatten und keine Zeit mehr fürs Training blieb, auch die Weltmeisterschaft in Australien hatten sie absagen müssen. »Dafür wollten wir seit Jahren dort Urlaub machen.« Ihre Unterlippe bebte.

Paddeln verlernt man nicht, dachte Tamme, genauso wie Radfahren. »Wo waren sie Samstagabend?«

Höpke musste nicht lange überlegen, sie hatte im Büro gesessen und Akten gewälzt. Allein. »Wo soll ich schon gewesen sein?«, schob sie resigniert hinterher.

In der Schönheitsklinik? Tat sie nur so, oder merkte sie tatsächlich nicht, dass sie sich verdächtig machte?

Oder war es ihr egal, weil ihr Leben sowieso zerstört war? Allerdings passte Höpke nicht ins Täterprofil. Zwar schien sie Tamme in der Verfassung, um ein Tötungsdelikt zu begehen. Aber eine akribisch geplante Tat wie am Samstag? Das traute er ihr nicht zu, jemand wie sie handelte im Affekt, schnappte sich einen Farbeimer, schrieb MÖRDER auf Hauswände und wurde prompt dabei erwischt.

Ihre Beweggründe für die Schmiererei an der Klinikfassade waren offensichtlich, trotzdem musste er sie fragen, warum sie es getan hatte. Wenn man die Antwort aus dem Mund der Täter hörte, tat sich manchmal etwas Neues auf. In diesem Fall erntete er nur eine erneute Schimpftirade. Höpke steckte fest in ihrer Verzweiflung, ihrer Wut und ihrer Trauer.

Und wenn das alles nur Tarnung ist? schoss es ihm durch den Kopf. Irgendetwas irritierte ihn an ihr, das hatte er gleich zu Beginn des Gesprächs bemerkt. Er wusste nur nicht was.

»Warten Sie«, unterbrach sie seine Gedanken. Sie erinnerte sich, eine Nachbarin hatte ihr durch die geöffnete Tür zugewunken. Aber ob das wirklich Samstag gewesen war? Es war auf jeden Fall sehr spät noch sehr warm gewesen, deshalb hatte sie gelüftet, obwohl das Licht in der Dunkelheit die Mücken anlockte.

Tamme sah auf die Uhr, bevor er zurück ins Präsidium musste, konnte er schnell Höpkes Nachbarin befragen, vorausgesetzt, sie war zu Hause.

Er verabschiedete sich von Höpke. In der Tür mit Blick auf den Müllwall konnte er sich einen Ratschlag nicht verkneifen: »Sie sollten einen Container bestellen.«

»Wissen Sie, was das kostet?«, brummte sie entrüstet in seinem Rücken.

Er stockte. Die Stimme! Jäh wurde ihm bewusst, was ihn irritiert hatte. Höpkes Stimme war tief für eine Frau, sehr tief. Hatte der Paddler etwa keinen Mann gehört? Hatte Pahde sich mit einer Frau gestritten? Tamme machte kehrt.

»Eins noch, Frau Höpke.« Als er zu der Frage ansetzte, wo sie am frühen Donnerstagabend gewesen war, ahnte er bereits die Antwort.

4

Svea parkte ihren Dienstpassat im Leinpfad auf der Höhe von Pahdes Villa. Sie blickte kurz hinüber. In der Einfahrt glänzte der Mercedes, ein Mähroboter irrte über den eingezäunten Rasenstreifen zum Nachbarhaus. Aber sie war nicht wegen Manfred Pahde hier, sondern wegen Bobby Reich. Das Lokal mit angeschlossenem Bootsverleih lag knapp hundert Meter entfernt auf einem Steg am Alsterufer.

Kurz vorm Eingang klingelte Sveas Handy. Der Kollege Fricke vom LKA 5? Sofort nach Verlassen der Klinik hatte sie ihm eine Nachricht hinterlassen und um Rückruf wegen des Verdachts auf Abrechnungsbetrug gebeten. Frickes Abteilung im Dezernat für Wirtschaftskriminalität kümmerte sich ausschließlich um Delikte von Ärzten und Apothekern. Wenn jemand etwas wusste, dann er.

Aber es war Franzi.

»Nächster Halt Alsterdorf«, hörte Svea im Hintergrund. Diesmal hatte Franzi die U-Bahn genommen, damit Svea es um vier zu Boularouz' Vernehmung ins Präsidium schaffte. Was sich jetzt erübrigte.

»Lass dir Zeit«, meinte Franzi. Boularouz' Flug sei gecancelt worden, er würde sich melden, falls er es heute noch schaffte.

»Warum hast du nicht gleich einen neuen Termin vereinbart?«, fragte sie, als ein weiterer Anrufer anklopfte.

Jetzt war es Fricke. Schnell verabschiedete sie sich von Franzi.

»Einen Moment.« Sie ließ zwei Männer in Shorts und Segelschuhen vorbeigehen, bis sie außer Hörweite waren, dann berichtete sie Fricke von ihrem Verdacht. Vielleicht war die Klinik auffällig geworden, ohne dass es zur Anzeige gekommen war.

»Nee.« Er klang ungläubig, zwar kannte er die Klinik, hatte sich dort behandeln lassen, aber ihm waren keine Unregelmäßigkeiten aufgefallen, geschweige denn, dass es im Dezernat irgendwelche Ermittlungen in der Richtung gab.

Hatte sie sich geirrt? Als Svea die Stufen zum Lokal hinabging, zog schreiend ein Vogelschwarm über sie hinweg. Die ersten Herbstboten.

Aber noch war Sommer. Am Steg lagen die Segel- und Ruderboote vertäut, drei Jugendliche in Streifenshirts stiegen aus einem Kanu und gingen schwatzend an Svea vorbei zu einem Kiosktresen.

Ein Bier, auf dem Steg lümmeln, die Füße im Wasser. Svea wusste, wozu sie jetzt Lust hätte.

Aber auf der angrenzenden Restaurantterrasse wartete ihre Verabredung.

Jos Mutter thronte an einem Vierertisch. Sie trug dasselbe karierte Kostüm wie heute Vormittag in der Klinik, in den Stuhl zu ihrer Handtasche hatten sich zwei schwarze Papiertragetaschen mit goldfarbenem Aufdruck gesellt. Anscheinend hatte sie sich die Zeit mit Einkaufen vertrieben. Sie war in ihr Handy vertieft und blickte erst auf, als Svea einen Stuhl vom Tisch abzog.

»Svea, du wunderst dich sicher.« Sie legte das Handy beiseite und sah Svea zu, wie sie sich setzte.

Allerdings, Svea wunderte sich. Vor vier Monaten hatte Jos Mutter sie nicht schnell genug aus der Wohnung vertreiben können, in der sie bis zur Trennung mit Jo gewohnt hatte. Seit sie an den Osdorfer Born gezogen war, hatte sie nichts mehr von ihrem Ex und seiner Familie gehört; sie hatte angenommen, alle waren genauso froh wie sie, dass mit der Trennung auch die gezwungenen Familientreffen ein Ende hatten. Hatte sie sich getäuscht? Schwer vorstellbar.

»Ich wollte in Anwesenheit der Empfangsdame nicht fragen, aber es hat sicher einen Grund, warum du in der Beautyklinik warst.« Jos Mutter guckte erwartungsvoll.

Svea schwieg. Hatte Jos Mutter vergessen, dass sie vorhin bereits gefragt, aber Svea nicht geantwortet hatte? Oder tat sie nur so? Ein Hauch Chanel N° 5 wehte herüber, vom Nebentisch roch es nach Frittiertem. Ein älteres Paar, beide mit weißen Stoffhütchen, teilte sich einen Teller Brathähnchen mit Pommes. Svea musste dringend etwas essen.

»Ich nehme das Gleiche«, sagte sie, als der Kellner kam. Sie wies zum Nebentisch. »Und ein kleines Pils bitte, alkoholfrei.«

Jos Mutter runzelte die Stirn. Ganz die diskrete Hanseatin, man zeigte nicht mit dem Finger auf andere Leute. »Danke, für mich nur einen Chardonnay«, sagte sie. Und an Svea gewandt: »Mein Auto ist in der Werkstatt, ich bin mit dem Taxi unterwegs.«

Wen interessierte das? Svea war nicht bei der Verkehrspolizei und Lust auf Small Talk hatte sie schon gar nicht. Sie blickte auf die Alster, wo ein Boot im Wasser dümpelte, die

Segel hingen schlaff am Mast, wie in Zeitlupe bewegte es sich in Richtung Steg. Sie hatte es nicht mehr eilig. Und mit unangenehmem Schweigen kannte sie sich als Kommissarin bestens aus.

Als das Boot am Steg andockte – ein kurzer Schlag, der sich bis zu dem Bretterboden unter ihren Füßen fortpflanzte –, räusperte Jos Mutter sich: »Ich nehme an, du warst nicht zu einer Behandlung in der Klinik.«

Die Frau konnte es einfach nicht lassen! Svea dachte an ihr Spiegelbild im Tresen. Seit vorhin sah sie bestimmt nicht ausgeruhter und faltenfreier aus, im Gegenteil. Aber was tat das zur Sache?

»Vielleicht habe ich etwas für deine Ermittlungen«, fuhr Jos Mutter fort. »Ich war anfangs bei Dr. Graf. Ein toller Behandler«, sie strich sich übers Gesicht. Für ihre knapp siebzig sah sie verdammt jung aus, fiel Svea plötzlich auf. Sie ahnte, was man dafür tun bzw. aushalten musste, sie hatte einen Packen Prospekte aus dem Wartezimmer mitgenommen. Fäden mit Widerhaken, um die schlaffe Wangenhaut den Gesetzen der Schwerkraft zu entziehen, gehörten zu den harmlosen Maßnahmen. Eine Schönheits-OP war das Letzte, was sie sich antun würde. Das Allerletzte!

Hatte sie ihre Gedanken laut ausgesprochen? Das entrückte Lächeln von Jos Mutter verschwand, ihr Ausdruck wandelte sich in Missfallen, ein Blick, mit dem sie Svea oft genug betrachtet hatte, wenn sie ihrer Meinung nach nicht angemessen gekleidet, frisiert oder was auch immer gewesen war.

Nachdem der Kellner die Getränke vor ihnen abgestellt hatte, erklärte Jos Mutter flüsternd, dass Graf ihr nach der zweiten Behandlung angeboten hatte, bar zu zahlen. Sie war darauf eingegangen, als sie jedoch eine Rechnung haben wollte, hatte er den Preis um die Hälfte angehoben. Darauf angesprochen, hatte er es als Missverständnis dargestellt. Aber ihr war es so merkwürdig vorgekommen, dass sie danach nicht mehr zu ihm gegangen war. »Du kennst mich, ich bin korrekt«, sagte sie, jetzt wieder laut.

»Ja«, gab Svea zu. Man konnte über ihre ehemalige Schwiegermutter denken, was man wollte, aber in Finanzdingen machte ihr so leicht keiner was vor. Nach ihrem Telefonat mit dem Kollegen Fricke hatte Svea den Verdacht auf Abrechnungsbetrug gerade erst gedanklich beiseitegelegt, trotzdem schien sich ihre Ahnung jetzt zu bestätigen. Irgendetwas war faul in der Klinik, auch wenn sie noch nicht wusste, inwieweit es etwas mit dem Tötungsdelikt zu tun hatte. »Bei Frau Pahde hatte alles seine Ordnung?«, hakte sie nach.

Nicken. »Hoffentlich ist sie schnell wieder gesund. Weißt du, was sie hat? Oder ist sie im Urlaub?« Jos Mutter legte den Kopf in die Hand, als würde sie nachdenken.

Sie hatte es offenbar geschafft, in den letzten beiden Tagen weder Zeitung zu lesen noch Radio zu hören. Was in diesem Fall vielleicht gar nicht schlecht war. Svea ließ sie in dem Glauben, dass Pahde im Urlaub sei und demnächst weiter behandeln könnte. Nicht dass sie noch ihre ehemalige Schwiegermutter über den Tod ihrer Schönheitschirurgin hinwegtrösten musste!

Spontan beschloss sie, dass sie jetzt Dringenderes zu tun hatte. Als sie aufstand, kam der Kellner mit dem Essen.

»Wollen Sie das Brathähnchen nicht mehr?«, fragte er irritiert.

»Nein, tut mir leid, mir ist nicht gut.« Sie fasste sich an den Bauch. »Was bekommen Sie?«

Der Kellner kassierte fünfzehn Euro. Sie hätte vorher in die Speisekarte gucken sollen, es kostete fast dreimal so viel wie im Imbiss. Klar, der exklusive Alsterblick war nicht umsonst.

»Svea, noch etwas, es geht um Jo.« Ihre Ex-Schwiegermutter sprach so laut, dass die Frau am Nebentisch, die gerade den Hähnchenschenkel abknabberte, sich umdrehte.

»Jo interessiert mich nicht mehr.«

»Auch nicht, dass er sich verlobt hat?«

»Na, herzlichen Glückwunsch!«

Woher kam ihr Sarkasmus? Es konnte ihr doch egal sein, was Jo machte. Außerdem hatte sie Alex.

Hatte sie?

Normalerweise schickte er morgens eine SMS oder rief an, wenn sie die Nacht nicht gemeinsam verbracht hatten. Seit gestern Abend hatte sie nichts mehr von ihm gehört.

Sollte sie ihn kurz anrufen?

Später! Sie schüttelte den Gedanken an Alex ab und eilte zurück zu ihrem Wagen.

5

Sveas Kopf steckte in einer Schraubzwinge. Auf der Fahrt ins Präsidium hatte sie ein Pochen an der linken Schläfe gespürt, als sie sich jetzt an ihren Schreibtisch setzte und ihren Computer hochfuhr, schmerzte es hinter der ganzen Stirn. Sie vertrug Chanel N° 5 einfach nicht! Oder lag es an der Schwüle? Bis heute Mittag war es warm, sonnig und angenehm windig gewesen, mittlerweile stand die Luft. Sommer in der Stadt. Anstrengend. Zumindest, wenn man arbeiten musste.

Sie zog ihre Schreibtischschublade auf. Wo waren die Schmerztabletten? Sie nahm sie selten, aber auch ohne Boularouz hatte sie einiges zu tun. Noch aus dem Auto hatte sie Graf um fünf zur Vernehmung geladen, es sei kurzfristig etwas passiert, das sie dringend persönlich mit ihm besprechen müsse. Nach kurzem Zögern hatte er zugesagt. Gönnerhaft, als hätte sie ihm die Wahl gelassen.

Da war der Blister. Leer.

Sie ging nach nebenan. »Hat einer von euch eine Kopfschmerztablette?«

Keine Reaktion. Tamme telefonierte seit ihrer Rückkehr ins Präsidium, Franzi starrte ins Leere.

»Franzi? Hallo!« Gerade erst hatte Svea ihr berichtet, was Jos Mutter angedeutet hatte, keine fünf Minuten später war sie völlig weggetreten. Drogen, schoss es Svea für einen verrückten Moment durch den Kopf. Aber Franzi war keine Sekunde allein gewesen. Trotzdem sollte Svea ein Gespräch nicht länger aufschieben, irgendetwas war mit ihrer Mitarbeiterin, auch wenn sie gestern und heute gute Arbeit geleistet hatte.

»Entschuldige.« Franzi wandte den Kopf, ihr Blick war wieder klar. »Ich habe meditiert.«

Meditiert? Im Büro?

»Ich kann dir eine Atemübung zeigen.« Franzi hielt sich ein Nasenloch zu und schnaufte. Den Daumen gegen den Nasenflügel gepresst, erklärte sie mit näselnder Stimme, dass sie einen Yogakurs mit Meditation gemacht hatte, Atemübungen wirkten Wunder gegen Schmerzen.

»Lass mal.« Svea winkte ab. Da waren ihr die ungebetenen Buchtipps doch lieber, mit denen Franzi sie nach der Trennung von Jo bedacht hatte. Zwar hatte sie keins von Franzis Ratgeber-Büchern gelesen, eins hatte aber zur Lösung ihres letzten großen Falls beigetragen, indem ein Wort im Buchtitel Svea auf die richtige Spur gebracht hatte.

»Ich habe eine Tablette.« Tamme hielt den Telefonhörer zu, während er in seiner Schublade kramte. »Hier!« Er reichte ihr eine Medikamentenschachtel.

»Willst du einen Schluck Tee?«, fragte Franzi.

»Nee, das geht so.« Bloß keinen von Franzis Gesundheitstees! Svea pulte eine Tablette aus dem Blister und schluckte sie trocken.

Endlich legte Tamme den Telefonhörer auf. »Ottenberg wusste nichts von einer Affäre!« Er klang empört, als ginge es um ihn, dabei hatte er mit Helena Pahdes Freundin gesprochen. Auch sonst war Ottenberg nichts an Pahde aufgefallen, es kam vor, dass jemand sich nicht wohlfühlte und ein Treffen verfrüht beendete.

»Dann hatte Pahde wohl Geheimnisse vor ihr«, stellte Svea fest. An der Affäre gab es für sie keinen Zweifel mehr, der Fund des Rings hatte sie darin bestärkt. Aber bevor sie zu den Neuigkeiten aus der Klinik und ihrem Verdacht gegenüber Graf kam, ließ sie Tamme berichten.

Vor dem Telefonat mit Ottenberg hatte er endlich den Busfahrer erreicht. »Traurig«, fasste er das Gespräch zusammen. Gestern war Popov den ganzen Tag in der Klinik gewesen, seine Frau hatte einen Selbstmordversuch unternommen. Nicht zum ersten Mal. Deshalb hatte er auch so schnell zu ihr nach Hause gewollt.

»Der arme Mann.« Franzi seufzte auf. »Bestimmt musste Popov bei Pahdes Anblick an seine Frau denken.«

»Kann gut sein.« Tamme nickte leicht. »Er hat sich sogar eingebildet, Pahde hätte im Sterben seinen Namen geflüstert. Außer ihm hat das allerdings niemand gehört.«

»Das könnte der Grund sein, warum er Mila gerufen hat«, überlegte Svea.

»Genau!« Franzi schnipste mit den Fingern.

Tamme brummte zustimmend. Dann fasste er seinen Besuch bei Höpke zusammen. Er betonte den desolaten Zustand der Klempnerwitwe, die Mitgliedschaft im Drachenbootverein und die auffällig tiefe Stimme. »Für Samstagabend beziehungsweise Samstagnacht hat die Nachbarin ihr Alibi bestätigt, für Donnerstag nicht«, schloss er seinen Bericht.

»Du meinst, der Erpresser ist eine Erpresserin?«, hakte Franzi nach.

»Vielleicht«, sagte Tamme.

»Möglich«, meinte Svea.

Alles war möglich. Der Täter von Samstag und der Erpresser mussten nicht dieselbe Person sein. Vielleicht gab es Komplizen, vielleicht zwei verschiedene Fälle. Zum jetzigen Zeitpunkt konnten sie nichts und niemanden ausschließen. Und wie es aussah, kamen ständig neue Verdächtige hinzu.

Sie gab Tamme einen kurzen Abriss der Geschehnisse in der Klinik, bei der Erwähnung ihrer Ex-Schwiegermutter spürte sie sofort das Stechen im Kopf. Wie lange dauerte es, bis eine Tablette wirkte?

»Welcher Dieb wirft einen 20.000-Euro-Ring ins Klo?«, sinnierte Tamme.

»Keiner«, sagte Franzi. Der Ring hatte sie endlich von der Theorie eines einfachen Einbruchs abgebracht.

War Helena Pahdes Affäre der Schlüssel?

Franzi sollte Manfred Pahde und Rafael van den Bergen für morgen aufs Präsidium laden. Es konnte nicht schaden, den Druck auf die beiden zu erhöhen.

»Ich tendiere zu van den Bergen.« Tamme. Wie immer auf der Seite des betrogenen Ehemannes.

Aber Svea musste ihm in diesem Fall recht geben, ein Anruf beim Amtsgericht hatte ergeben, dass van den Bergens Firma Triop – ein Vertrieb für Fitnessdrinks – Insolvenz angemeldet hatte. Hatte er Pahde gezwungen, ihre Lebensversicherung auf ihn umzuschreiben, und sie dann umgebracht? Aus Geldnot waren schon ganz andere Verbrechen begangen worden.

Genauso wie aus gekränkter Eitelkeit. Zum Beispiel weil das Ergebnis einer Schönheits-OP anders als gewünscht aus-

146

fiel. Franzi hatte von Betsy eine Liste mit Patienten bekommen, die sie schnellstens vorladen sollten.

»Skowronek könnten Franzi und ich einen Überraschungsbesuch abstatten«, schlug Tamme vor. »Sie wohnt in Barmbek. Da bin ich sowieso um halb sieben verabredet, und Franzi kann zu Fuß nach Hause gehen.«

»Ich bleib lieber hier und unterstütze Svea bei Grafs Vernehmung.« Franzi spielte an ihrer Oberlippe. »Für heute habe ich genug operierte Gesichter gesehen.«

»Hast du vergessen, dass Haribo vielleicht noch kommt?« Jetzt nannte Svea den Blogger auch so, hoffentlich verquatschte sie sich ihm gegenüber nicht. Wobei sie nicht davon ausging, dass er es heute noch nach Hamburg schaffte. Seit ein Sprengstoffdetektionsgerät beim Laptop eines Passagiers angeschlagen hatte, stand der Münchner Flughafen größtenteils still, wie sie unterwegs im Radio gehört hatte.

»Oh nein, das habe ich komplett verdrängt.« Franzi stöhnte. Kurz verschleierte sich ihr Blick, dann sagte sie zu Tamme: »Ich komme mit.«

6

Liliane Skowronek hatte kein Alibi für die Tatnacht. Das sagte sie sofort, nachdem sie Tamme und Franzi mit den Worten »Ich habe mich schon gefragt, wann Sie endlich kommen« empfangen hatte. Sie wollte nicht mal ihre Ausweise sehen, bat sie gleich herein in ihre kleine Dachgeschosswohnung in einem heruntergekommenen Barmbeker Backsteinbau an der Krausestraße.

»Das sollten Sie nicht mit jedem machen«, warnte Tamme sie. Er erntete ein herzhaftes Lachen.

»Sehe ich so aus?«

Wie sah man aus, wenn man jeden hereinließ? Abgesehen von ihrer vernarbten Oberlippe hatte Skowronek ein hübsches herzförmiges Gesicht; sie war klein und durchtrainiert, was ihre eng anliegende Sportkleidung betonte. Eigentlich hatte sie ins Fitnessstudio gehen wollen, stattdessen bat sie Tamme und Franzi an ihren Küchentisch.

»Hunger?« Ohne eine Antwort abzuwarten, nahm sie eine Rolle Doppelkekse von der Anrichte.

»Danke, ich gehe gleich essen«, sagte Tamme.

»Ich habe keinen Hunger«, sagte Franzi.

Skowronek öffnete die Rolle trotzdem.

»Mir ging's richtig schlecht damals.« Sie pulte einen Keks heraus. Nach der verpatzten Lippenbehandlung konnte sie wochenlang nicht arbeiten und hatte Hartz IV beantragen müssen; nur deshalb hatte sie Pahde auf Schadenersatz verklagt. »Hätte ich mir schenken können, so jemand hat natürlich bessere Anwälte als ich. Aber egal!« Sie knabberte die obere Keksschicht ab und leckte an der Schokolade, wie Tammes Töchter. »Mittlerweile habe ich mich mit der Narbe arrangiert. Was bleibt mir übrig?«

Nichts, dachte Tamme. Akzeptiere, was du nicht ändern kannst, hatte er in Franzis Trennungsratgeber gelesen. So einfach wie schwer. Ob er akzeptieren könnte, was Imke ihm nachher im La Rustica mitteilen würde? Er war sich nicht sicher. Bereits die Vorahnung kratzte an seinen frisch verheilten Wunden.

»Was arbeiten Sie denn?«, fragte Franzi.

»Unterschiedlich.« Skowronek nahm den nächsten Keks. Sie war Schauspielerin, Sängerin und Tänzerin. An zwei Abenden in der Woche trat sie in der Neuen Flora auf, eine winzige Nebenrolle beim Phantom der Oper, außerdem spielte sie in einer RTL-Vorabendserie mit, deren Namen Tamme noch nie gehört hatte.

»Sie sind die Jessica!«, sagte Franzi bewundernd.

Tamme staunte. Dass seine Kollegin so etwas guckte! Aber was wusste er schon von ihr? Das Meditationsdings war auch ihm neu gewesen.

Jetzt runzelte Franzi die Stirn. »Obwohl … die Schauspielerin heißt anders, oder?«

Skowronek nickte. »Lily Skowy. Mein richtiger Name ist den meisten zu …«, sie machte eine Kekspause, »kompliziert.«

Franzi und sie redeten bestimmt fünf Minuten über die Serie und die Sehnsucht nach Hollywood, bis Tamme sie auf ihr eigentliches Thema zurückbrachte. Helena Pahdes Tod.

»Wie ist es denn genau passiert?«, wollte Skowronek wissen.

»Das dürfen wir aus ermittlungstaktischen Gründen nicht sagen.«

»Verstehe.« Noch ein Keks. »Es tut mir leid für Frau Pahde, solch ein Ende habe ich ihr natürlich nicht gewünscht.«

Während er die letzten Routinefragen stellte, registrierte er jede von Skowroneks Regungen. War sie nervös und futterte deshalb einen Keks nach dem anderen? Aber selbst wenn, die meisten Befragten reagierten beunruhigt, auch wenn sie nichts zu verbergen hatten.

Zwar war sie nicht nur Samstagabend, sondern auch am Donnerstag allein zu Hause gewesen. Aber er konnte sich nicht vorstellen, wie sie dem Opfer die Halsverletzung zugefügt haben sollte. Trotz ihres durchtrainierten Körpers war sie – anders als zum Beispiel Höpke – viel zu klein und zart, um in ihr Täterprofil zu passen.

Zuletzt gab er ihr seine Karte und bat sie, sich zu melden, falls ihr noch etwas einfiel.

7

»Hoffentlich haben Sie gute Neuigkeiten zu dem Einbruch.« André Graf bedachte Sveas Besucher-Klappstuhl mit einem abschätzigen Blick, als wäre er beschmutzt, bevor er sich umständlich daraufsetzte.

»Danke, dass Sie so spontan gekommen sind.« Svea ging nicht auf seine Bemerkung ein. Stattdessen fragte sie ihn, was er trinken wollte, sie brauchte einen Kaffee.

Als sie wenig später mit zwei Bechern aus der Küche zurückkam, saß er noch genauso da, wie sie ihn zurückgelassen hatte. Oder wieder? Sie hatte alle wichtigen Unterlagen auf Tammes Schreibtisch gelegt und die Zwischentür abgeschlossen, ihr Computer war ausgeschaltet, neben der Tastatur lag der Block, auf den sie gut lesbar *unschuldig* gekritzelt hatte. Graf hätte sich gern umsehen können.

»Zucker?« Sie drückte ihm einen Becher in die Hand und setzte sich ihm gegenüber an ihren Schreibtisch.

»Nein, danke.« Er trank einen Schluck, ohne das Gesicht zu verziehen, dann stellte er den Becher auf die Fensterbank.

»Ich aber.« Sie schloss ihre Schreibtischschublade auf und schob klackernd zwei Bleistifte von rechts nach links. »Irgendwo muss ein Tütchen sein.« Sie kramte weiter. »Was ist das?«

Sie zog den Briefumschlag hervor, den sie aus Tammes

Altpapierkorb gefischt hatte. DIN lang, weiß, ohne Sicht-fenster, ähnlich dem Umschlag aus Pahdes Schublade.

Umständlich strich sie ihn glatt und legte ihn vor sich auf den Tisch. Dabei fixierte sie Graf. »Ist Ihnen mittlerweile eingefallen, woher das Geld in Frau Dr. Pahdes Schublade stammen könnte?«

»Deshalb haben Sie mich herbestellt?« Vor Empörung rutschte er eine Stimmlage höher. »Ihretwegen habe ich mei-nen letzten beiden Patienten abgesagt!«

Schulterzucken. In die Stille hinein gurgelte Sveas Magen und erinnerte sie an das Brathähnchen, dass sie bei Bobby Reich zurückgelassen hatte. Sie hätte den Kellner bitten sol-len, es für sie einzupacken.

»Woher kam das Geld?«, fragte sie schließlich erneut.

»Keine Ahnung.« Graf blieb bei seiner gestrigen Aussage.

»Schwarzgeld?«, schlug sie vor.

»Wie kommen Sie darauf?« Er gab sich gleichmütig, aber seine Finger, die vorher locker auf den Oberschenkeln gele-gen hatten, krallten sich in den Stoff seiner Hose und ver-rieten seine Anspannung. Ein guter Schauspieler war er nicht. Als er ihrem Blick auswich und den Kopf wandte, bemerkte sie zum ersten Mal die dünne helle Linie vor seiner rechten Ohrmuschel. Eine Narbe vom Facelifting? Seit die-sem Fall sah sie den Menschen anders ins Gesicht. Das ge-wöhnte sie sich am besten schnell wieder ab. Sie sollte schließlich nicht herausfinden, ob jemand operiert war – das war nicht strafbar –, sondern ob er in ein Tötungsdelikt ver-wickelt war.

»Jakubowitsch.« Beiläufig ließ Svea den Namen der Pa-tientin fallen, die heute Mittag ihr Misstrauen geweckt hatte. Dass Pahde sich ihrer Ex-Schwiegermutter gegenüber vorschriftsmäßig verhalten hatte, hieß nicht, dass sie es bei anderen genauso getan hatte. Vielleicht hatten die Ärzte gemeinsame Sache gemacht und Graf hatte Pahde gewarnt?

»Ich schaffe das nicht.« Graf knetete seine Finger. »Sie haben recht, Helena hat ohne Abrechnung behandelt.« Abrupt reckte er die Arme gen Zimmerdecke: »Ich kann dich nicht länger schützen, Helena!«

Ging es nicht weniger theatralisch? Als er die Arme stöhnend herunternahm, hakte Svea nach: »Und Sie?«

»Bei mir läuft alles korrekt.«

»Ich habe mehrere Zeugen, die glaubhaft das Gegenteil versichern«, bluffte sie.

»Das kann nicht sein.« Er blieb dabei, bei ihm gab es keine Unregelmäßigkeiten. Stattdessen verlangte er die Namen derjenigen, die ihn verleumdeten.

Was Svea ihm natürlich nicht verriet. »Ermittlungstaktische Gründe.« Das konnte er glauben oder nicht. Ihr ging es vor allem darum, ihn im Ungewissen darüber zu lassen, was sie wusste.

»Was wollen Sie überhaupt damit beweisen?«

»Dass das gestohlene Geld Ihnen gehörte und nicht Frau Dr. Pahde?« Keine Ahnung, woher dieser Gedanke plötzlich kam. »Oder vielleicht gab es gar kein Geld, und Sie haben sich das nur ausgedacht, um von sich abzulenken?«

»Jetzt reicht's!«, schimpfte er. »Kümmern Sie sich um Helenas Mörder, statt mir etwas anzuhängen!«

Er stand so ruckartig auf, dass der Stuhl zusammenklappte. Als er zum Abschied drohte, sich bei ihrem Vorgesetzten zu beschweren, dachte sie, dass sie zu weit gegangen war mit ihrem Bluff. Hatte sie sich getäuscht? Vielleicht hatte Jos Mutter ihn wirklich missverstanden.

Sie hatte gerade den Klappstuhl wieder aufgestellt, als eine Mail aus der KTU eintraf. Die Untersuchung von Helena Pahdes Wagen und des Laptops. Das wurde auch Zeit!

Im Stehen überflog Svea den Bericht. Abgesehen von kurzen grauen Hundehaaren auf dem Rücksitz war der Mini sauber, keine Blutspuren oder Ähnliches. Der Laptop war neu, einen Monat alt und quasi unbenutzt. Aber – und dabei merkte sie auf – er war über die Cloud mit Pahdes Handy verbunden gewesen, Fotos, Mails und der Browserverlauf waren automatisch gesichert worden, zuletzt am Samstag.

Sie zog ihren Schreibtischstuhl heran und setzte sich. Allerdings hatte Pahde außer Naomi nichts fotografiert, die Mails waren allesamt Spam. Während Svea durch den Verlauf des Handybrowsers scrollte, schwand ihre anfängliche Begeisterung. Pahde hatte mehrfach Nachrichten am Handy gelesen, die ein oder andere unverdächtige Adresse gegoogelt und nach dem Wetter geguckt. Mehr nicht.

Sie stand auf, um ihre Unterlagen aus dem Nebenzimmer zurückzuholen, als der Pförtner anrief. Ihr Besuch habe etwas vergessen.

Als sie Graf dieses Mal im Foyer abholte, war seine Selbstgefälligkeit verschwunden, er wirkte wie ausgewechselt, seine Stimme klang flehend. »Es war nicht so, wie Sie denken«, sagte er im Aufzug.

Was dachte sie denn?

Zurück in ihrem Büro, brachen die Worte aus ihm heraus,

und er gab zu, ohne Abrechnung behandelt zu haben. »Aber, bis auf eine Ausnahme, nicht um mich zu bereichern«, beteuerte er.

Nicht? Ein anderer Grund fiel ihr nicht ein. Und wer war die Ausnahme? Doch nicht Jos Mutter? Wenn er die Wahrheit sagte, war jemand auf sein Angebot angesprungen. »Haben Sie das Geld gespendet?«

Er schüttelte den Kopf.

»Was dann?«

Er zögerte. »Es gibt Menschen, die brauchen eine OP nicht aus ästhetischen Gründen.«

»Unfallopfer?«

»So ähnlich.« Flüsternd erklärte er, dass er zwei untergetauchten, politisch verfolgten Personen ein anderes Aussehen gegeben hatte. »Wenn ich ihre Identität preisgebe, bringe ich sie in Lebensgefahr!« Er sah sich um, als fürchtete er, bespitzelt zu werden.

Während Svea seinem Geständnis lauschte, rasten ihre Gedanken. Es war mehr, als sie erhofft hatte, auch wenn sie mit dieser Wendung nicht im Entferntesten gerechnet hatte. Konnte Sie ihm glauben? Andererseits: Warum sollte er sich so etwas ausdenken? Das machte keinen Sinn.

Ihr Riecher war richtig gewesen, fuhr er schließlich fort. Das Geld im Schreibtisch war seins gewesen. Pahde hatte ihn erpresst und gedroht, seine Behandlungen auffliegen zu lassen. »Seit Helena sich mit van den Bergen traf, war sie nur auf Profit aus«, klagte er. Um seine Patienten zu schützen, habe er ihr am Freitag einen Umschlag mit fünftausend Euro gegeben. Zähneknirschend zwar, aber er habe keinen anderen Ausweg gesehen.

Als er geendet hatte, sackte er auf dem Stuhl zusammen. Seine Arroganz war zusammengeschrumpelt wie ein alter Apfel.

Svea atmete tief durch. »Herr Graf, durch Ihre Aussage ergibt sich eine völlig andere Sachlage. Ab jetzt haben Sie den Status als Tatverdächtiger. Sie müssen keine Aussage machen und haben das Recht auf einen Anwalt.«

Sie griff zum Telefonhörer und rief den Kollegen Fricke an, damit das LKA 5 Grafs weitere Vernehmung übernahm. Dabei streifte ihr Blick den leeren Tablettenblister auf dem Schreibtisch. Immerhin: So anstrengend ihr Gespräch mit Graf gewesen war, ihre Kopfschmerzen hatten nachgelassen.

8

Tamme saß im La Rustica, vor sich auf dem Tisch ein leeres Bierglas, und sah zur Tür. Wo blieb Imke bloß? Sie hatte ihn um halb sieben herbestellt, jetzt war es zehn vor. Als der Kellner in seine Richtung blickte, hob er sein Glas. Auf einem Bein konnte man nicht stehen. Zumindest nicht, wenn man seine Ex erwartete, die einem etwas sagen wollte, das man schätzungsweise nicht hören wollte.

»Entschuldige bitte, ich habe keinen Parkplatz gefunden.« Imke stürzte herein, Schweiß glitzerte in ihrem Gesicht; sie trug ein Kleid, das er nicht kannte, rot und ärmellos, kürzer als früher, enger. Umständlich rückte sie ihren Stuhl zurecht und vermied es, ihn anzusehen.

»Kein Problem.« Er schielte auf ihren Bauch, ob eine Wölbung zu erkennen war. Aber Imke schien im Gegenteil schmaler geworden zu sein. Trog ihn sein Gefühl, war sie doch nicht schwanger? Hatte er sich nur eingebildet, dass sie ihm etwas Wichtiges mitteilen wollte? Vielleicht hatte sie einfach Lust, sich in Ruhe mit ihm zu unterhalten, ohne dass die Kinder jeden Moment aus ihren Zimmern kommen konnten. Ja, genau, sagte er sich, so war es!

Die Erleichterung währte kaum eine Minute, bis er die daumendicke Zornesfalte unter Imkes blondem Pony bemerkte, ein untrügliches Zeichen ihrer Anspannung. Sie zupfte eine Serviette aus dem Spender und wischte sich übers

Gesicht. Der Schweiß war weg, die Falte blieb. Fürchtete sie seine Reaktion auf das, was sie ihm zu sagen hatte?

Als der Kellner das Bier vor ihn hinstellte, trank er gierig, so schnell, dass er sich verschluckte.

Beim Öffnen der Speisekarte zitterten Imkes Finger. Sie bestellte eine Pizza Vier Jahreszeiten und vorab Bruschetta, dazu eine Weinschorle. Genau wie beim letzten Mal, an ihrem Hochzeitstag. Tamme schluckte und verkniff sich die Bemerkung, dass sie zumindest ihrem Essensgeschmack treu geblieben war. Er nahm das Angebot des Tages: ein Haussalat und eine Pizza Chef, was auch immer das war.

»Und ein Bier«, fügte er hinzu, obwohl er sein Glas noch nicht ausgetrunken hatte.

Früher hätte Imke »Muss das sein« gesagt. Jetzt zeigte sie keine Reaktion; egal wie viel oder wenig er trank, sie musste sowieso mit ihrem eigenen Auto nach Hause fahren. Er würde den Wagen stehen lassen und sich morgen früh ein Taxi nehmen. Umständlich, aber so konnte er sich etwas entspannen.

Sie unterhielten sich über das Wetter, den Straßenverkehr und das gestrige Fernsehprogramm. Ein Gespräch wie mit einem Kollegen, dem man im Aufzug begegnete, bloß dass die Fahrt nicht nach zwei Minuten endete und die Themen zwischen Imke und ihm längst erschöpft waren. Jetzt fing sie wieder von vorn an, beklagte die Schwüle am Nachmittag. Zum eigentlichen Grund ihres Treffens sagte sie nichts, und er fragte nichts, rammte nur seine Gabel mit jedem Mal fester in die schlaffen Rucolablättchen, die sich zwischen den Parmesanscheiben auf seiner Margherita-Pizza kräuselten. War der Chef Vegetarier geworden?

»Willst du was von mir?«, fragte Imke. Erst als er aufgegessen hatte, merkte er, dass sie ihre Pizza kaum angerührt hatte.

»Danke, nein!« Langsam wurde ihm die Sache unheimlich. Worüber wollte sie mit ihm reden?

Sie bestellte einen Cappuccino und er sich noch ein Bier. Er dachte an seinen Tag zurück, an seine Besuche bei Höpke und bei Skowronek und dass beide es angeblich kaum hatten erwarten können, endlich mit der Polizei zu sprechen. Und dann hatte Skowronek ihnen doch nur Kekse angeboten. Die er genauso wenig gewollt hatte wie jetzt die Pizza.

Welches Spiel trieb Imke mit ihm? Verdächtig war ihr Verhalten in jedem Fall. Wäre dies eine Vernehmung, hätte er längst gefragt, warum sie plötzlich schwieg. Aber er kannte Imke, bei ihr half diese Taktik nicht. Er konnte bloß abwarten und Bier trinken.

»Ach, Tamme«, sagte sie schließlich und hatte Tränen in den Augen.

Er hasste ihre Tränen. Anfangs hatte sie bei jeder Kindsübergabe ausgesehen, als wenn sie gleich losweinen würde. Als hätte er sie verlassen und nicht umgekehrt. Er hatte sich gezwungen, ihre Traurigkeit zu ignorieren. Sie hätte ja zurückkommen können, wenn sie gewollt hätte! Zurück ...

Seit sie vor vier Wochen aus dem Vietnamurlaub mit ihrem Neuen zurück war, strahlte sie nur noch. Die beiden hatten beschlossen, ein Haus zu kaufen, das hatte sie ihm zwischen Tür und Angel erzählt, als ginge es um eine neue Kindergartentasche für Marit. Da hatte er sich plötzlich nach den Tränen zurückgesehnt.

»Ach, Tamme«, wiederholte sie.

»Was ist los?«, rutschte ihm heraus, barscher als beabsichtigt.

»Es geht um Rike«, ihre Stimme zitterte. Sie umklammerte die Tasse mit dem Cappuccino, hielt sie so schräg, dass der Schaum überschwappte.

Was war mit Rike? »Ist ihr etwas passiert?« Als ihre mittlere Tochter heute Morgen zur Schule aufgebrochen war, war sie noch putzmunter gewesen.

»Nein.«

Was dann?

»Ich schaff's nicht«, murmelte sie. Und bestellte einen Amaretto.

»Was schaffst du nicht?« Mittlerweile überwog der Ärger seine Angst.

Imke wartete nicht, bis der Kellner den Amaretto vor sie hinstellte. Sie nahm ihn vom Tablett, kippte ihn herunter und verzog das Gesicht. Dann steckte sie dem verdutzten Mann einen Fünfzig-Euro-Schein zu.

»Es tut mir leid. Ich schicke dir eine Mail.« Sie rückte vom Tisch ab, um aufzustehen.

Wollte sie ihn verarschen? Er beugte sich vor und fixierte sie. »Raus damit!« Jetzt wurde es doch zu einer Vernehmung. Und er musste den Bad Cop geben, was sonst immer Svea übernahm.

Als Imke gestand, glaubte er zuerst, er habe sich verhört.

9

Wurde sie verfolgt? Svea blickte in den Rückspiegel. Als sie am Stadtpark auf den Ring 2 bog, hatte sie den metallicschwarzen Mercedes zum ersten Mal hinter sich bemerkt. Manfred Pahde fuhr das gleiche Modell. Sie hatte den Wagen aus den Augen verloren, sich nicht viel dabei gedacht, war mit den Gedanken bei Graf und seinem Geständnis gewesen, bis der Wagen bei Hagenbecks Tierpark wieder auftauchte. Das war vor zehn Minuten gewesen, seitdem fuhr er hinter ihr her, immer mit Abstand. Gerade hatte er zwei Fahrzeuge zwischen sie und ihn gelassen, nie kam er so nah, dass sie das Nummernschild lesen oder sehen konnte, wer hinterm Steuer saß. Der Fahrer trug eine Kappe mit Schirm, zudem hatte er die Sonnenblende heruntergeklappt. Welchen Grund hatte das um diese Zeit, außer dass man nicht erkannt werden wollte?

Vor der nächsten Kreuzung blinkte sie und fuhr auf die Linksabbiegerspur. Sie wartete, bis der Mercedes ebenfalls den Blinker setzte, dann zog sie im letzten Moment zurück auf die Geradeausspur.

Der Mercedes folgte ihr.

Jetzt war er direkt hinter ihr. Sie bremste abrupt, fast wäre er auf sie aufgefahren, die Scheinwerfer blitzen im Rückspiegel und blendeten sie. Bevor sie irgendetwas außer dem HH auf dem Nummernschild erkennen konnte, bog er an der nächsten Ecke ab.

Ihr Herz pochte bis in den Hals. Wer war das gewesen? Manfred Pahde?

Kurz überlegte sie, einen Streifenwagen zu seinem Haus zu schicken, um überprüfen zu lassen, ob der Mercedes noch in der Einfahrt stand. Dann verwarf sie den Gedanken wieder. Schätzungsweise war es Zufall, es gab bestimmt Hunderte metallicschwarze Mercedes in Hamburg.

Als sie zu Hause am Osdorfer Born ankam, hatte sich ihr Herzschlag beruhigt. Sie parkte im Lichtkegel einer Straßenlaterne und blickte zu der Hochhauswand vor sich auf. Die meisten Fenster waren hell erleuchtet, bei ihren Nachbarn in der 20. Etage flackerte es bläulich. Der Montagskrimi im ZDF? Wenn sie ihre Pizza in den Ofen geschoben hatte, schaltete sie vielleicht auch den Fernseher ein. Irgendwo lief immer ein Krimi. Meist nervte sie die unrealistische Darstellung ihrer Arbeit – in welchem Dezernat gab es bitte eine Aufklärungsquote von hundert Prozent? –, aber nach dem heutigen Tag konnte sie ein Happy End gut gebrauchen.

Ihr Schlüssel steckte schon in der Haustür, da näherten sich Schritte. Die Hand an der Pistole, wirbelte sie herum – und blickte ins Gesicht des Obdachlosen, der um diese Zeit eigentlich längst in seinem Schlafsack auf der Bank vorm Discounter lag.

»Haste 'nen Euro?«, nuschelte er und streckte ihr die Hand entgegen.

Svea gab ihm zwei, dann verzichtete sie auf den Aufzug und nahm die Treppe nach oben. Zum Joggen in den Feldern hatte sie heute keine Lust mehr.

10

DU BIST NICHT IHR VATER.

Imkes Worte dröhnten in Tammes Ohren, als er zwischen zwei hupenden Autos über die Straße vorm La Rustica taumelte. Er stolperte auf den Bürgersteig und fixierte seine Füße, um einen vor den anderen zu setzen. Sie gehorchten seinem Willen nicht, ein Verkehrsschild stellte sich ihm in den Weg. Halteverbotszone. Er ließ sich zu Boden sinken.

Hätte er Imke bloß nicht zu diesem Geständnis gedrängt. Der Französischlehrer? Nein, ein anderer Mann. Tamme kannte ihn nicht, Imke hatte auch keinen Kontakt mehr, der Mann wusste angeblich nichts von seiner Vaterschaft. Aber konnte er Imke noch irgendetwas glauben? Nachdem sie schluchzend aus dem Lokal gestürmt war, hatte die Welle aus Wut und Trauer ihn mit voller Wucht getroffen. Dass etwas mehr schmerzen könnte als die Trennung, hatte er nicht geahnt. Er hatte sich an den Tresen geschleppt. Bier reichte nicht mehr, er brauchte Schnaps.

Vergessen.

Oder ...

Taillenlanges schwarzes Haar, Klimperwimpern, Brüste im Glitzer-BH.

Er umklammerte den Mast des Halteverbotsschilds und rappelte sich auf. Tanya! Bis jetzt hatte er der Versuchung widerstanden, die Nachtclubtänzerin zu treffen, die er kurz nach der Trennung im Kuddl, seiner ehemaligen Stamm-kneipe auf dem Kiez, kennengelernt hatte. Okay, wenn er ehrlich war, hatte er noch einmal vergeblich im Kuddl nach ihr gefragt, als er nach einem Einsatz dort vorbeigekommen war. Ins Dollhouse, wo Tanya auftrat, war er nicht mehr gegangen. Wann auch? Er arbeitete, kümmerte sich um die Kinder, und wenn er frei hatte, fuhr er zu seinen Eltern nach Tating und half auf dem Hof.

Er hielt ein Taxi an und hievte sich in den Sitz. Als der Fahrer nach der Adresse fragte, zögerte er.

Farmsen-Berne oder Reeperbahn?

11

Das Telefon laut gestellt, lag Svea im Bett und lauschte Alex'
Atem am anderen Ende der Leitung. Er erwartete eine Entschuldigung oder zumindest eine Erklärung für ihr gestriges
Verhalten, das war klar. Aber wie konnte man sich für etwas
entschuldigen, das man selbst nicht verstand?

Alex hatte sich aufmerksam und unaufdringlich verhalten,
trotzdem war sie froh gewesen, als sie endlich alleine war.
Wenn sie ehrlich zu sich war, lag das nicht nur daran, dass ihr
neuer Fall sie gerade forderte.

»Tja, dann«, sagte er jetzt. »Am besten meldest du dich
wieder.«

Aufgelegt.

Halb zwölf. Müde legte sie das Telefon neben ihr Bett und
schaltete das Licht aus. Prompt tanzten Alex, Graf, Jos Mutter und all die anderen, die sie heute beschäftigt hatten, auf
ihrem Kopfkissen. Sie hätte besser nicht auf ihre spätabend-
liche Joggingrunde verzichtet. Egal wie aufregend der Tag
gewesen war und was ihr im Kopf herumging, das Laufen
erschöpfte sie in der Regel so, dass sie danach problemlos
einschlief. Stattdessen wirbelten Manfred Pahde und Rafael
van den Bergen in ihrem Kopf herum, zeigten mit den Fingern aufeinander und bezichtigten sich gegenseitig des Mor-
des. Hatte das nicht Zeit bis morgen?

Sie stieß das Kopfkissen weg und drehte sich auf die Seite.

Die Tänzer verschwanden gnädigerweise, dafür tauchte Schott auf und starrte sie an, als wüsste er, was Grafs Geständnis in ihr aufgebrochen hatte.

Was für sie noch zu tun war, nachdem die Kollegen vom LKA 5 übernommen hatten, war klar: Grafs Alibi für die Tatnacht erneut überprüfen. Er hatte gelogen, warum seine Freundin nicht auch? Das war Routine und nicht das Problem, dafür würde sie morgen früh Tamme zu Melinda Volk schicken.

Was sie plagte, war die Frage, ob sie so viel besser war als Graf. Da war diese Stimme, die ihr zuflüsterte, dass er eigentlich etwas Gutes getan hatte, auch wenn es strafbar war. Sie kannte diese Stimme viel zu gut, mit ihr rechtfertigte sie sich, wenn sich die Ereignisse in Dortmund in ihre Gedanken drängten.

Yunan.

Sie hatte die Erinnerung an ihn begraben, in einem Schrank in ihrem Inneren eingeschlossen. Ab und zu rumpelte es in dem Schrank, wenn sie nachts nicht schlafen konnte und kein Fall sie ablenkte. Sobald sich die Tür weiter als einen Spaltbreit öffnete, stand sie auf und ging Laufen. Danach waren die Ereignisse normalerweise wieder weggeschlossen, Vergangenheit, nicht zu ändern, für immer vorbei. Unnötig, sich weiter darüber den Kopf zu zerbrechen.

Vielleicht hätte Grafs Schicksal sie weniger gekümmert, wenn Schott nicht schon an ihrer Vergangenheit gerührt hätte. Vorgestern, als er sie von Pizolka gegrüßt hatte, hatte sich die Erinnerung zum ersten Mal auch tagsüber in ihr Leben gedrängt.

Yunan, das Gesicht eingefallen, pickelig, der Körper ausgezehrt vom Drogenkonsum. Svea hatte ihn über zehn Jahre nicht gesehen und nicht gewusst, wie schlecht es ihm ging, bis Emine ihr das Foto gezeigt und sie bekniet hatte, mit ihrem Bruder zu reden. Als ob Yunan sich jemals von ihr etwas hatte sagen lassen. Svea hatte sich gefühlt, als drückten zwei Fäuste ihren Brustkorb zusammen.

Genau so fühlte sie sich jetzt. Sie stieß die Decke weg, sie musste dringend etwas trinken. Im Dunkeln taperte sie in die Küche, nahm ein Glas aus dem Schrank und drehte den Wasserhahn auf. Als es kalt über ihre Hand lief, drehte sie den Hahn wieder zu. Beim Schlucken schmerzte ihre Kehle. Sie stellte sich ans Fenster, presste ihre heiße Stirn gegen die Scheibe und schloss die Augen.

Sie war wieder sechzehn, in Dortmund. Bei ihrer Gang.

Yunan, der Anführer, war ihr erster Freund gewesen. Der erste Mann, mit dem sie geschlafen hatte, mit dem sie für immer zusammenbleiben wollte. Meine fehlende Hälfte, hatte er sie genannt und ihr von Platons Kugelmenschen erzählt. Nie wieder hatte sie jemand mit solchem Hunger geliebt wie er, manchmal war es ihr fast unheimlich gewesen. Schon damals hatte er gedealt. Als sie ihm von ihrem Plan erzählt hatte, nach dem Aufbaugymnasium zur Polizei zu gehen, hatte er ihr vorgeworfen, ihn verraten zu haben, und sie vom einen auf den anderen Tag ignoriert. Wenn sie sich im Aufzug trafen, er wohnte eine Etage unter ihr und ihrer Mutter, sah er durch sie hindurch.

Als sie wegzog aus der Siedlung, hatte sie trotzdem das Gefühl, ihn im Stich zu lassen. Wäre sie keine Polizistin geworden und mit ihm zusammengeblieben, vielleicht wäre er nicht abgerutscht.

Einen Monat nachdem Emine ihr das Foto gezeigt hatte, hatte sie das Video des Apothekeneinbruchs gesehen. Auch wenn seine untere Gesichtshälfte von dem Halstuch verdeckt wurde, das sie ihm zu ihrem ersten Jahrestag geschenkt hatte, erkannte sie eindeutig Yunan. Während er die Medikamentenschubladen aus den Schränken riss, schienen seine dunklen Augen sie anzuflehen. Wenn sie ihm nicht half, würde er sterben, hatte sie plötzlich gedacht. Und wenn Reden nichts brachte, dann hoffentlich Erpressung. Sie hatte sich von Emine seine Adresse geben lassen und ihn gezwungen, endlich einen Drogenentzug zu machen. Dann hatte sie das Video vernichtet. Und war dabei von Pizolka erwischt worden.

Er hatte sie vor die Wahl gestellt, entweder sie verließ Dortmund, oder er zeigte sie an. Sie war nach Hamburg gegangen und fürs Erste davongekommen. Pizolka hatte es offenbar genügt, dass sie verschwunden und er an ihrer Stelle befördert worden war. Doch seit vorgestern plagte sie wieder die Angst, dass er sie anzeigte. Ganz abgesehen von der Scham, dass sie bei der ersten Gelegenheit ihren Eid gebrochen und sich strafbar gemacht hatte. Dabei liebte sie ihren Job und wollte ihn nicht verlieren. Manchmal dachte sie sogar, dass er ihr das Leben gerettet hatte. Sie davor bewahrt hatte, ebenfalls eine Drogenkarriere hinzulegen.

Wie es Yunan heute ging? Ob die Therapie erfolgreich gewesen war? Sie hatte es nicht gewagt, noch mal Kontakt mit ihm aufzunehmen.

»Yunan«, sagte sie leise in die Dunkelheit und öffnete die Augen.

Sie schmeckte das Salz, bevor sie die Tränen spürte, heiß rannen sie über ihre Wangen. Sie hatte nicht mehr geweint, seit Yunan sich damals von ihr getrennt hatte.

Als es vorbei war, stieß sie sich von der Scheibe ab. Halb drei. Sollte sie doch noch ihre Laufschuhe schnüren? Mit der Stirnlampe, die Alex ihr geschenkt hatte, konnte sie auch bei Nacht den Weg erkennen.

DIENSTAG, 18.08.2015

1

»Hier ist die Mobilbox von Tamme Claußen, bitte hinterlassen sie ...«

Svea legte auf. »Wo steckt er nur?«, fragte sie das Telefon in ihrer Hand, bevor sie es auf den Schreibtisch knallte. Sie stellte sich ans Fenster und sah hinaus auf den Präsidiumsparkplatz, in der Hoffnung, dass Tammes roter Toyota um die Kurve bog. Es kamen nur ein Carsharing-Smart und ein weißer Sprinter, der quer vor einem Geländewagen parkte, ein Monstrum, so breit, dass es die Anlieferungszone blockierte. Keine Spur von Tamme. Musste sie sich Sorgen machen? Bei ihrem letzten großen Fall war er in einer Kneipe auf dem Kiez versackt, während sie ihn dringend bei einem Einsatz gebraucht hätten. Dabei war seine Zeit als Milieuermittler der Davidwache, in der Kneipennächte zum Job dazugehörten, lange vorbei. Im Morddezernat begann der Dienst in der Regel morgens um acht.

Sie hatte ihm bereits drei Nachrichten hinterlassen, gestern Abend nach Grafs Vernehmung, heute Morgen gleich nach dem Aufwachen, zuletzt bei ihrer Ankunft im Präsidium. Er hatte sich bis jetzt nicht zurückgemeldet, daran würde eine vierte Nachricht nichts ändern. Dabei brauchte sie ihn dringend. Auf dem Weg ins Präsidium sollte Tamme bei Melinda Volk vorbeifahren und ihren Fernseher mitnehmen, damit die KTU die Festplatte auf mögliche Aufzeichnungen überprüfen konnte. Zwar hatte Volk den Inhalt der Fernsehsendung, die zur Tatzeit lief, korrekt wiedergegeben. Aber um Graf ein Alibi zu verschaffen, konnte sie auch nachträglich einen Mitschnitt gesehen haben.

Wenn Tamme nicht bald auftauchte, musste Svea jemand anderen losschicken. Franzi und sie hatten keine Zeit, ihnen stand ein Vernehmungsmarathon im Präsidium bevor. Erst Boularouz, der es gestern tatsächlich nicht mehr geschafft hatte, dann Pahde und van den Bergen.

Um sich warmzulaufen, hatten sie drei Patienten von der Liste befragt, die Betsy ihnen mitgegeben hatte. Alle unauffällig, bis auf den Mann, der sich beschwert hatte, dass seine Frau nicht nach seinen Vorstellungen operiert worden war. Ein widerlicher Typ, da waren Franzi und sie sich einig. Seine Frau und er waren jedoch bis Sonntag im Urlaub gewesen, zum Beweis hatte er ihnen Flugtickets und Fotos von seiner Frau auf seinem Handy gezeigt. Svea fand, dass deren Busen ziemlich groß war und vor allem unnatürlich abstand, aber das war offenbar Geschmackssache. Viel zu klein, die Titten, hatte der Mann geschimpft, seine eigenen Brüste zeichneten sich unter seinem verschwitzten T-Shirt ab. Jetzt ging er gerade über den Parkplatz, auf den Sprinterfahrer zu, der eine Palette Toilettenpapier ablud. Er gestikulierte wild, schätzungsweise gehörte ihm der zugeparkte Geländewagen. Der Lieferant fuhr ungerührt in seiner Arbeit fort.

Manchmal war das Leben gerecht. Svea hob die Arme und streckte sich. Nach einer Stunde Laufen spürte sie ihre Muskeln, aber es hatte genutzt, danach war sie endlich eingeschlafen. Und obwohl die Nacht kurz gewesen war, war sie erholt wie lange nicht aufgewacht und hatte genug Zeit gehabt, ein Brot mit Alex' selbst gemachter Erdbeermarmelade zu frühstücken. Als auf dem Weg ins Präsidium ein Wagen mit Dortmunder Kennzeichen vor ihr aufgetaucht war, war noch einmal der Gedanke an Yunan aufgeblitzt; kurz nur, weil sie sich auf den Verkehr konzentrieren musste. Zum ersten Mal hatte sie dabei keinen Druck auf der Brust verspürt.

Sie dachte an Graf, er hatte weder auf einem Anwalt bestanden, noch – abgesehen von den Namen seiner Patienten – von seinem Aussageverweigerungsrecht Gebrauch gemacht. Als sie gestern Abend kurz im Vernehmungszimmer vorbeigeguckt hatte, hatte er gelöst gewirkt und ihr lächelnd zugenickt. Das hatte sie schon öfter erlebt. Nach einem Geständnis waren viele Beschuldigte trotz einer drohenden Haftstrafe erst mal froh, die Last ihres Geheimnisses loszusein. Wie es ihr wohl gehen würde, wenn sie ihre Dortmunder Tat beichten würde? Ihren Job wäre sie jedenfalls los.

Hinter ihr öffnete sich die Bürotür. Tamme?

Aber es war bloß Franzi, die mit ihrer Teekanne aus der Küche zurückkam.

»Wo steckt Tamme nur?«, fragte Svea erneut.

»Bei Imke?« Franzi klang, als wüsste sie mehr.

2

»Was guckst du so, Papa?«, fragte Rike. Tammes Tochter saß am Küchentisch und löffelte hastig ihr Müsli. Bente war bereits losgerannt, ein Brot in der einen und ihre kleine Schwester Marit an der anderen Hand, Rike musste erst zur zweiten Stunde in die Schule.

»Nichts, entschuldige.« Tamme versenkte den Blick in seinem Kaffeebecher. Schwarz wie Rikes Haare. Als er zum Trinken ansetzte, stieg ihm der Geruch bitter in die Nase. Zum Glück hatte er der Versuchung widerstanden, gestern Abend auf den Kiez zu fahren, aber er hatte ein Bier mit ins Bett genommen und vergessen den Wecker zu stellen. Vor einer Viertelstunde war Bente aufgeregt in sein Schlafzimmer gestürzt, um ihn zu wecken. Obwohl er bestimmt sechs Stunden geschlafen hatte, fühlte er sich, als hätte ein Elefant auf ihm herumgetrampelt.

Hast du dich nie gewundert, woher Rikes dunkle Haare kommen? hatte Imke gefragt – sie war blond, Tamme rothaarig. Nein, hatte er nicht. Warum auch? Bis vor wenigen Monaten hatte es keinen Grund gegeben, Imke zu misstrauen. Die Genetik übersprang schon mal eine Generation, und Imkes Opa war früh gestorben, Tamme hatte ihn nie kennengelernt. Fotos gab es nur in Schwarz-Weiß, vielleicht war er dunkelhaarig gewesen, weiter hatte Tamme nicht gedacht.

Imkes Geständnis riss seine frisch verheilten Wunden auf. Gerade erst hatte er gelernt, trotz der Trennung auf viele schöne Jahre mit Imke zurückzublicken, und nun schien plötzlich alles Lüge gewesen zu sein. Wer weiß, was sie noch vor ihm verbarg!

In seine Gedanken schrillte die Türklingel. Er setzte den Kaffeebecher so heftig ab, dass er überschwappte. Egal!

»Ich komme!« Rike ließ den Löffel fallen, griff ihren Ranzen und flitzte zur Tür, sie hatte ihr Müsli nicht mal halb aufgegessen.

Was war denn jetzt los? Tamme eilte hinterher.

»Guten Morgen, Herr Claußen«, piepste es ihm aus dem Vorgarten entgegen, »Sie haben aber einen schönen Schlafanzug.« Die neue Nachbarstochter, sie ging in Rikes Klasse. Tamme hatte ganz vergessen, dass Rike sich mit ihr für den Schulweg verabredet hatte.

Er brachte die Mädchen zum Gartentor, schob den Riemen von Rikes Ranzen gerade und strich ihr übers Haar. »Viel Spaß in der Schule, mein Schatz«, seine Stimme brach.

»Tschüß, Papa!« Rike schmatzte ihm einen Kuss auf die Wange.

Tamme sah ihr hinterher, bis sie um die Straßenecke verschwunden war, dann ging er zurück. Nachdem er die Haustür hinter sich geschlossen hatte, schluchzte er auf. Rike, seine Rike! Jeder Mensch habe ein Recht zu wissen, wer sein Vater sei, hatte er Franzi gegenüber insistiert. Theoretisch war das immer noch seine Meinung, praktisch hatte er sich seit gestern Abend um hundertachtzig Grad gedreht. Was Imke tat, konnte er nicht beeinflussen, von ihm würde Rike nichts erfahren. Er war ihr Vater. Er! Nicht ein dahergelaufener Typ, mit dem Imke eine Affäre gehabt hatte.

Im Bad fiel sein Blick auf die Uhr, er würde über eine Stunde zu spät im Präsidium sein, hoffentlich lag nichts Dringendes an.

Schnell sprang er unter die Dusche. Zehn Minuten später trat er mit nassen Haaren und frischen Klamotten aus dem Haus. Erst beim Öffnen des Garagentors fiel ihm ein, dass sein Auto noch in Barmbek stand. Hektisch zog er sein Telefon aus der Tasche, um sich ein Taxi zu rufen – und steckte es sofort wieder ein. Er würde zum Taxistand am U-Bahnhof laufen. Das dauerte auch nicht länger, als tatenlos zu warten, bis ein Wagen kam. Und ein bisschen Bewegung konnte er jetzt gut gebrauchen.

3

Zehn nach neun. Von Tamme keine Spur.

Svea kippte den letzten Schluck kalten Kaffee hinunter und warf den leeren Becher in ihren Mülleimer. Sie hatte bereits Franzi in die Morgenrunde geschickt, um sie an Tammes Stelle zu vertreten. In zwanzig Minuten hatte Boularouz seinen Termin. Wenn Tamme sich bis dahin nicht gemeldet hatte, wovon sie mittlerweile ausging, musste sie den Kollegen Demir bitten, einen seiner Leute bei Melinda Volk vorbeizuschicken. Und vielleicht auch in Farmsen-Berne bei Tamme.

Nachdem sie erfahren hatte, dass er sich mit Imke getroffen hatte, hatte sie ihn doch noch mal angerufen – und eine Nachricht auf seiner Mobilbox hinterlassen. Keine Reaktion. Tamme kam mittlerweile häufiger zu spät, aber dass er seit über zwölf Stunden nicht per Handy erreichbar war? Das war noch nie vorgekommen, schon gar nicht während einer laufenden Ermittlung.

Franzi hatte sich nicht näher zu seiner Verabredung mit Imke geäußert, aber Svea konnte sich denken, dass dabei nichts Gutes für Tamme herausgekommen war. Imke war ihr extrem egoistisch vorgekommen, wenn Tamme von seinen Problemen mit ihr erzählt hatte. Womöglich wollte sie das Haus verkaufen, das ihr zur Hälfte gehörte. Oder sie beanspruchte das Sorgerecht für die Kinder? In seiner Hilflosigkeit hatte Tamme sein Handy in die Ecke geschleudert und jetzt war es kaputt? Oder … Schlimmeres wollte sie sich gar nicht vorstellen.

Ruckartig stand sie auf, sie brauchte einen frischen Kaffee für Boularouz' Vernehmung. Als sie gerade aus der Tür war, klingelte das Telefon auf ihrem Schreibtisch. Sie eilte zurück und riss den Hörer von der Station.

Unbekannte Nummer.

»Unverschämtheit!«, brüllte es ihr entgegen. André Grafs Erleichterung hatte offenbar nicht lange angehalten. Was sie von seiner Schimpftirade verstand, war, dass Fricke während der Vernehmung einen Durchsuchungsbeschluss erwirkt hatte und im Anschluss seine Privat- und Geschäftsräume durchsucht und alle Computer sichergestellt hatte. Graf holte Luft. »So kann ich nicht arbeiten!«

»Das verstehe ich.« Svea erklärte ihm, er müsse sich jedoch an Fricke und die Kollegen vom LKA 5 wenden.

»Weiß ich«, er klang milder. »Deshalb rufe ich nicht an. Haben Sie mittlerweile die Klempnerwitwe verhört?« Heute Morgen um kurz nach sieben, er war bereits in der Klinik gewesen, hatte er Schritte auf dem Kies im Garten gehört. Als er sich ans Fenster gestellt hatte, war die Person weggerannt. Aber er hatte sie erkannt. »Es war die Klempnerwitwe.«

»Höpke, sind Sie sicher?«

»Kein Zweifel.«

Sie versprach ihm, sich um Höpke zu kümmern. Vor Morgen würden sie allerdings kaum dazu kommen.

Nachdem sie das Gespräch beendet hatte, zeigte die Uhr in ihrem Telefon 9:28 an. Sie legte den Hörer nicht ab, sondern tippte Demirs Kurzwahl.

Als der Kollege sich meldete, näherten sich Schritte auf dem Flur. Tamme. Endlich. Schuhgröße 49 hörte sie überall heraus.

»Hat sich gerade erledigt«, informierte sie Demir.

Tammes Augen waren gerötet, aber er hatte schon schlimmer ausgesehen, außerdem roch er frisch geduscht. Svea wurde wütend. »Hast du meine Nachrichten nicht bekommen?«

Fragender Blick. Er zog sein Handy aus der Tasche. »Mist.«

Svea hatte keine Zeit für seine Entschuldigungen. So knapp wie möglich brachte sie ihn auf den neuesten Stand. Zwischendurch rief der Pförtner an und informierte sie, dass Boularouz im Foyer auf sie wartete.

Fünf Anrufe in Abwesenheit, dazu vier Sprachnachrichten. Das Symbol auf seinem Handybildschirm war kaum zu übersehen. Tamme fragte sich, warum er nicht einen einzigen Anruf gehört hatte. War er so betrunken gewesen?

Zur Kontrolle rief er mit dem Festnetztelefon auf seinem Handy an, der übliche Klingelton erklang, laut wie gewohnt. Ratlos steckte er das Handy ein und fuhr seinen Rechner hoch. Schnell noch Mails checken, bevor er sich auf den Weg nach Poppenbüttel machte, um den Fernseher einzusammeln.

Beim Klingeln von Sveas Telefon zuckte er zusammen.

Manfred Pahde. Bei der morgendlichen Gassirunde mit seinem Hund war er umgeknickt, sein Knöchel wurde immer dicker, obwohl er das Bein gleich hochgelegt und gekühlt hatte.

»Ich schaffe es heute nicht mehr aufs Präsidium.« Pahde stöhnte. »Kann Ihre Kollegin vorbeikommen?«

Tamme fürchtete, dass Svea und Franzi keine Zeit hatten. Pahdes Termin wäre um 14 Uhr gewesen, aber vorher kam noch van den Bergen. »Wir sehen zu, eine Uhrzeit kann ich nicht sagen. Aber Sie sind ja zu Hause.«

Er wollte den Rechner gerade herunterfahren, als eine Mail aus Norwegen aufpoppte. Siegfried Frecking hatte den Kollegen widerspruchslos sein Tablet ausgehändigt, wahrscheinlich nach einer Standpauke seiner Frau.

Tamme lud die angehängte Datei.

Ein Video. Das Feuerwerk, Samstagnacht und Sonntag hatte er es bereits unzählige Male und aus jeder Perspektive angesehen. Was hatten sie erwartet? Er gähnte, als eine Bewegung am Bildrand seine Aufmerksamkeit weckte.

4

Die Fotos auf Hamid Boularouz' Instagram-Auftritt hatten Svea nicht auf die Begegnung mit dem realen Menschen vorbereitet. Sofern man von real sprechen konnte bei jemandem, der sich rühmte, für 22 Schönheitsoperationen mehr als 200.000 Euro ausgegeben zu haben.

Mit seiner blondierten Haartolle, der bleistiftschmalen Nase über den Wulstlippen und den auffälligen Wangenknochen hatte sie ihn unter den Wartenden im Foyer sofort erkannt. Zur Begrüßung zog er den Mund in die Breite, der Rest seines Gesichts war eingefroren. War das ein echtes oder falsches Lächeln? Weggespritzte Zornesfalten hatte sie öfter erlebt, zuletzt bei Betsy. Aber so etwas? Wie sollte sie Emotionen an Haribos Mimik ablesen, wenn er keine hatte?

Als sie ihn ins Vernehmungszimmer führte und über seine Rechte aufklärte, zeigt er keine Regung. Er fragte nicht nach dem Grund seiner Vorladung, und als sie ihm erklärte, dass sie sich mit ihm über sein Verhältnis zu Helena Pahde unterhalten wollte, nickte er nur und zwirbelte seine Tolle.

»Ich habe gelesen, dass sie tot ist.« Er ließ sein Haar los und starrte sie an. Versuchte er Anteilnahme auszudrücken? Oder Genugtuung? Sie hatte keine Ahnung.

»Worum ging es in dem Prozess?«

»Wissen Sie das nicht?« Die meisten Menschen hätten die Stirn gerunzelt, sein Gesicht blieb glatt wie eine Maske. Als wäre es aus Plastik – und das war es wohl auch, zumindest zum Teil. Derart hervorstehende Wangenknochen hatte sie bei keinem anderen Menschen gesehen. Aber am irritierendsten war sein Blick. Nicht nur, dass er grellblaue Kontaktlinsen trug, seine Augen wirkten dauerhaft schreckgeweitet, so gestrafft waren die Lider. Gab es OP-Sucht? Dann saß ihr ein Abhängiger im Endstadium gegenüber.

»Ich möchte es aus ihrem Mund hören.«

Er erzählte, was sie so ähnlich in der Presse und in der Prozessakte gelesen hatte. Dass ihm vorgeworfen wurde, Pahde in den sozialen Medien anschwärzen zu wollen, wenn sie nicht 100.000 Euro zahlte, und dass er von ihr wegen Erpressung angezeigt worden war. Nur um schließlich zu sagen, dass es komplett gelogen war. »Ich bin das Opfer«, beteuerte er, er habe sich mit Pahde lediglich über die Rückerstattung der Kosten für eine aus seiner Sicht misslungene Operation gestritten. »Gucken Sie sich das an!« Er drehte den Oberkörper und zog sein Hemd aus der Hose.

»Lassen Sie das«, wies sie ihn an. Sie konnte ihn gerade noch hindern, ihr die OP-Narben zu zeigen. »Wo haben sie den Samstagabend verbracht?«

»Da wurde sie überfahren, oder?«

Sie antwortete nicht.

»Ich war bei der Trau Dich!« Er klang triumphierend.

»Wo?«

Als er erklärte, dass die alljährliche Hochzeitsmesse in den Messehallen in Schnelsen »Trau Dich!« hieß, fielen ihr die pinkfarbenen Plakate ein, die sie in den letzten Tagen an vielen Laternenpfählen gesehen hatte. Wie auf dem Cover eines Kitschromans küsste sich ein Paar vor einem Schloss.

Boularouz gab an, er habe auf der Modenschau von Rudolf Röösler gemodelt und bei der anschließenden Aftershowparty im VIP-Bereich gefeiert. Gegen eins sei er von Rudolfs Chauffeur nach Hause gebracht worden. In einer weißen Stretchlimo.

Zum Beweis gab er ihr sein Handy und sie wischte durch die Fotos: Er im lila Anzug auf dem Laufsteg, im silbernen Anzug backstage, Arm in Arm mit dem Designer vor dem Plakat, beim Tanzen mit einer Frau im Abendkleid. Als er mit derselben Frau auf einem muschelförmigen Sofa saß, vor sich eine Magnumflasche Sekt, war eine Uhr im Hintergrund zu sehen.

Sie zoomte näher. Die Zeiger standen auf kurz vor elf. Laut Anzeige in der App war das Foto um 22:48 Uhr geknipst worden. Heutzutage konnte man alles manipulieren. Aber wozu, wenn es sowieso zahlreiche Zeugen gab?

Sie wischte weiter. War das dieser Pressefotograf von der Morgenpost? Sie hatte ihn zweimal bei einer PK im Präsidium gesehen. Wenn er bestätigte, dass Boularouz zur Tatzeit in Schnelsen Sekt gesüffelt hatte, brauchte sie sich nicht weiter um die anderen Zeugen zu kümmern.

Sie rief einen Kollegen an, der die Handydaten überspielen sollte, in der Zwischenzeit stellte sie Boularouz die letzten Fragen. Er bestritt, nach dem Prozess Kontakt zu Pahde gehabt zu haben. Am Donnerstag – sie verriet ihm nicht, warum sie wissen wollte, was er zwischen 18 und 19 Uhr gemacht hatte – war er zu Hause gewesen. Schließlich kamen sie auf die Modenschau zurück.

»Diese Stoffe, die Rudolf verarbeitet«, schwärmte Boularouz, »etwas Edleres gibt es nicht«. Er fuhr sich über seinen nackten, haarlosen Unterarm, als streichelte er eine Kaschmirziege, und erklärte ihr die verschiedenen Stoffqualitäten.

Sie ließ ihn reden; manch einer vergaß beim Small Talk, dass er auf dem Präsidium war, und plauderte unfreiwillig etwas aus, das ihn später überführte. Boularouz gab allerdings nur eine Belanglosigkeit nach der nächsten von sich. Als der Kollege mit dem Handy zurückkam, wusste Svea alles über Fadenstärken, Kleidergrößen und schmeichelnde Schnitte.

Boularouz setzte zu einer Erklärung über Rööslers neue Kollektion an, die alles bisher Gezeigte in den Schatten stellen würde, als sich die Tür hinter ihm erneut aufschob.

Tamme. Hätte ihr Mitarbeiter nicht längst in Poppenbüttel sein sollen?

»Kannst du kurz unterbrechen? Die Norweger haben das Video geschickt.«

»Nicht nötig, wir sind sowieso fertig«, beschloss sie spontan, von Boularouz würde nichts Wichtiges mehr kommen, das spürte sie. »Ich bringe Hari…«, sie brach ab, »Herrn Boularouz nur schnell nach unten.«

Als sich die Sicherheitsschleuse hinter ihm schloss, atmete sie auf. Sie war Mordermittlerin, keine Hochzeitsplanerin! Frackanzüge und Seidenkleider mit Schleppe gingen ihr sonst wo vorbei. Aber das hatte sie offenbar gut verborgen, zum Abschied hatte Boularouz sich für ihr Interesse bedankt.

Als hätte er ein Verkaufsgespräch geführt. Dämlicher Typ!

Im Aufzug rekapitulierte sie die Befragung. Auch wenn sie aus Boularouz' Mimik nichts ablesen konnte, gab es

Stimme und Gestik. Leider ebenfalls unergiebig, er hatte weder zu schnell losgeredet, wie jemand, der sich bereits seine Antworten zurechtgelegt hatte, noch auffällig gezögert. Seine Hände hatte er ruhig gehalten. Kein Zittern, kein Fingerkneten. Sie zweifelte nicht, dass sich sein Alibi für Samstag bestätigte – nur weil sie ihn nicht mochte, machte ihn das nicht automatisch zum Mörder.

Obwohl er natürlich einen Mord in Auftrag gegeben haben konnte. Genauso wie jeder andere Verdächtige, der zur Tatzeit nachweislich in Gesellschaft gewesen war. Aber wo führte das hin, wenn sie anfing, jedes Alibi anzuzweifeln? Nachdem Franzi nicht mehr auf Bandenkriminalität beharrte, musste sie jetzt nicht mit der nächsten abwegigen Theorie anfangen. Denn ihr Gefühl sagte ihr etwas anderes. Sie hatten es mit einem Einzeltäter zu tun.

Als sie aus dem Aufzug stieg, stolperte sie beinahe über Schott. Hatte der Kollege ihr aufgelauert?

»Deine Süße hat uns in der Morgenrunde deine Theorie eines geplanten Tötungsdelikts unterbreitet«, er lächelte süffisant. »Wenn du mich fragst, habt ihr euch komplett verrannt. Das Ganze riecht nach einem missglückten Einbruch mit Opferkontakt, mehr nicht.«

»Ich frage dich aber nicht«, sie drängte sich an ihm vorbei.

Diesmal versucht er nicht wie Sonntag, sie aufzuhalten. Dafür rief er ihr hinterher: »Wienecke ist der gleichen Meinung.«

»Da bin ich.« Svea hob die Stimme.

Tamme reagierte nicht, er saß am Schreibtisch und starrte auf seinen Monitor. Selbst als Svea neben ihn trat, blickte er nicht auf. Was war so dringend gewesen, dass er immer noch nicht nach Poppenbüttel aufgebrochen war?

»Das ist er, oder?« Ruckartig drehte Tamme sich um, er haute seine Faust auf den Tisch. »Das Schwein, mit dem sie ihren Ehemann betrogen hat.«

»Du meinst van den Bergen?« Tammes Schultern versperrten die Hälfte des Videos auf dem Bildschirm. Außer einer Straßenlaterne, die im Dunkeln aufleuchtete, konnte Svea nichts erkennen. Ein Schwenk auf den Nachthimmel über der Alster, danach stoppte das Video.

»Wen sonst?«

Überdeutlich zuckte Svea die Achseln. Tamme tat, als ginge es um ihn. Sein Abend mit Imke war wohl wirklich schlimm gewesen.

»Sorry.« Tamme stöhnte auf und rückte zur Seite. »Ich zeig's dir von vorn.«

Wackelige Aufnahmen aus dem Bus heraus: Eine einzelne Leuchtkugel schoss in den Himmel über der Alster, explodierte am höchsten Punkt, kurz war es taghell, dann geriet der Lichtschweif ins Trudeln, erlosch über dem nachtschwarzen Wasser. Das hatten sie in den letzten Tagen gefühlt hundertmal gesehen.

»Gleich kommt's«, sagte Tamme. Klang er atemlos?

Der Bus fuhr an, das Ufer glitt vorbei, ein Schwenk auf die andere Seite. Eine Haltestange durchkreuzte das Bild. Svea erkannte die Schönheitsklinik, das Nachbarhaus. Unter einer Straßenlaterne parkte ein Pkw, die Tür öffnete sich, ein Mann in kurzen Hosen stieg aus.

»Da!« Tamme stoppte und zoomte näher auf sein Gesicht.

Van den Bergen. Eindeutig. Was suchte er am Tatort? Er hatte angegeben, im Kino gewesen und anschließend direkt nach Hause gefahren zu sein. Offensichtlich eine Lüge.

»Es wird noch besser.« Tamme ließ das Video weiterlaufen.

Van den Bergen wandte sich in Richtung Klinik, nach den ersten Schritten stoppte er abrupt, als wäre er gegen eine Wand geprallt. Dann sprintete er los. Aber nur, um drei Schritte weiter abermals innezuhalten, sich taumelnd umzuwenden und zurück zu seinem Wagen zu eilen. Bevor er einstieg, endete das Video.

Svea stieß die Luft aus. Sie hatte keine Hoffnung in das Tablet aus Norwegen gesetzt, und dann das! Ermittlungsarbeit war mühsam, wer etwas anderes behauptete, log. Aber das Gefühl, wenn man plötzlich auf etwas stieß, entschädigte für alles, stundenlange ermüdende Videosichtungen genauso wie Gespräche über Hochzeitsanzüge. Auf dem Sportplatz würde sie Tamme jetzt ein High Five geben. Sie beließ es bei einem Schulterklopfen.

»Warum kehrt er um? Haben wir die Uhrzeit?«

»22:59 Uhr. Er hat den Busunfall bemerkt.«

Und lief weg? Jeder andere würde schreiend zu seiner Geliebten stürzen. Aber hatte sie nicht schon bei ihrem Besuch eine angemessene Verzweiflung und Trauer an van den Bergen vermisst?

Was verbarg er vor ihnen? Svea rieb sich die Augen, als könnte sie dadurch klarer sehen. Wenn van den Bergen kam, würde sie ihn nach dem Inhalt des Schlumpffilms fragen. Ob darin auch ein Bus vorkam, der eine heimliche Geliebte überfuhr?

5

Ohne die knallpink lackierten Zehennägel, diesmal lugten sie aus silbernen Riemchensandalen heraus, hätte Tamme Melinda Volk fast nicht wiedererkannt. Ihr Gesicht war sorgfältig geschminkt, der Mund glänzend wie eine reife Kirsche, dunkelrot und saftig; ihre Haare, am Sonntag strähnig und ungekämmt, waren eine seidig schimmernde Woge, die vor seinen Augen hin- und herschwang und ihn schwindeln ließ. Was vielleicht auch daran lag, dass Volk ihren Morgenmantel gegen einen schulterfreien Stoffschlauch getauscht hatte, der mehr von ihren Rundungen entblößte als verdeckte. Wie auf einem Laufsteg stolzierte sie vor ihm her ins Schlafzimmer. Hatte sie sich ausgehfertig gemacht? Um die Zeit? Es war gerade mal eins. Oder lief sie immer so herum, wenn sie nicht krank war?

»Wann bekomme ich den Fernseher zurück?« In einem ungebotoxten Leben hätte sie die Stirn krausgezogen, so fixierte sie ihn unbewegt, während er den Stecker zog und das Kabel um den Bildschirm wickelte. Er hätte an einen Karton denken sollen, oder wenigstens eine Decke.

»Spätestens übermorgen.«

»Sehr gut«, sie strich sich über die Hüften. »Ich verpasse ungern Germany's Next Topmodel.«

Die Frau hatte Sorgen! Warum er das Gerät mitnahm, schien sie nicht zu interessieren, zumindest fragte sie nicht. Aber Tamme hätte ihr den Grund sowieso nicht verraten dürfen. Er klemmte sich den Fernseher unter den Arm und war keine zwei Meter gegangen, da löste sich das Kabel. Er stolperte, fing sich im letzten Moment, stieß mit dem Knie gegen die Bettkante.

»Vorsicht!« Volk kreischte auf. »Mein Fernseher.«

Das Pochen in seinem Knie kümmerte sie wohl nicht. Er umklammerte den Fernseher und ließ sich rückwärts auf einen Stuhl neben dem Bett sinken.

»Tut's weh?« Sie klang schon besorgter.

»Ist auszuhalten«, brummte Tamme, mit einem Ruck richtete er sich auf.

»Passen Sie bitte mit dem Gerät auf«, ermahnte sie ihn erneut. »Es war teuer.«

»Jetzt hören Sie mir mal zu!« Tammes Stimme dröhnte in dem schmalen Flur. Volk zuckte zusammen wie ein angeschossenes Tier, was ihn nicht daran hinderte, im gleichen Ton fortzufahren. »Wir ermitteln in einem Tötungsdelikt. Seien Sie froh, dass ich nur Ihren Fernseher mitnehme und nicht Sie!«

Volks Kirschmund stand offen. Gleich würde sie in Tränen ausbrechen.

Tamme erschrak vor sich selbst. Woher kam seine plötzliche Wut? Es fehlte nicht viel und er hätte den Fernseher gegen die Wand geschleudert. Er musste zusehen, dass er hier wegkam.

»Es kann sein, dass Sie Ihre Aussage von Sonntag auf dem Präsidium wiederholen müssen«, gab er Volk noch schnell zum Abschied mit. »Unter Eid.«

Was war in ihn gefahren? fragte er sich, als er den Fernseher schwer atmend auf der Rückbank verstaute. Es sah

doch alles danach aus, als hätten sie ihren Täter bereits über-
führt. Und mit van den Bergen hatte Volk nun wirklich
nichts zu tun.

6

»Schlümpfe?« Wie zum Gebet faltete van den Bergen die Hände im Schoß, seine Finger glänzten speckig. Seit Svea sich mit ihm ins Vernehmungszimmer gesetzt hatte, war er sich im Minutentakt durch die gegelten Locken gefahren.

»Am Tatabend haben Sie *Die Schlümpfe 3* im Kino gesehen«, rief sie ihm sein Alibi ins Gedächtnis.

»Ich … das muss ein Blackout sein.« Ein Blick wie ein getretener Hund. »Ich weiß nicht mehr, worum es ging.« Helenas Tod würde ihn stark mitnehmen, erklärte er. Anfangs habe er unter Schock gestanden; seit ihm klar sei, dass er seine Geliebte nie wiedersehen, nie mehr in seinen Armen halten würde, könne er nachts kein Auge mehr zumachen. »Ich sehe sie vor mir, bei unserer letzten Begegnung. Sie war so … schön, so besonders … lebendig …«, stammelte er und brach dann ab.

»Wann war das?«

»Samstag vor einer Woche«, kam die prompte Antwort.

»Danach haben Sie sie nicht mehr«, Svea machte eine Pause, um dem folgenden Wort Gewicht zu verleihen: »Gesehen?«

Kopfschütteln.

Wem wollte er etwas vormachen? Es gab den Videobeweis für seine Anwesenheit am Tatort. Was er dort von Pahde gesehen hatte, war vielleicht besonders gewesen, jedoch weder schön noch lebendig.

»Aber im Kino waren Sie?«, hakte sie nach.

Nicken.

»Und anschließend sind Sie nach Hause gefahren?«

»Das habe ich doch schon gesagt.«

Immerhin, an seine eigenen Worte erinnerte er sich. Wahrscheinlich, weil er sie in Erwartung einer Polizeibefragung auswendig gelernt hatte; dummerweise hatte er vergessen, sich über den Inhalt des Films zu informieren, den er angeblich gesehen hatte.

»Noch mal fürs Protokoll«, fuhr sie fort. »Sie waren im Kino, erinnern sich nicht an den Film und sind danach nach Hause gefahren. Ohne Umweg.«

»Ja!«, er klang zunehmend gereizt. »Wie oft soll ich das noch sagen?«

So lange, wie du mich anlügen willst, dachte Svea. Sie nahm die Mappe vom Tisch neben sich. »Herr van den Bergen, können Sie mir bitte erklären, warum Sie Samstagabend um kurz vor 23 Uhr nahe der Schönheitsklinik gesehen wurden, wie Sie aus Ihrem Auto gestiegen sind?«

»Kann nicht sein!« Er stöhnte auf. »Außerdem war es dunkel, wer will mich da gesehen haben?«

»Haben Sie vergessen, dass Sie unter einer Laterne geparkt haben? Wir haben Kameraaufnahmen von Ihnen. Gestochen scharf.«

Er bestand darauf, dass es sich um eine Verwechslung handelte.

Egal, was sie sagte, wie oft sie fragte, er blieb bei seiner Aussage, dass er im Kino gewesen war und sonst nirgendwo.

Genug gezappelt, entschied sie. Sie schlug die Mappe auf und reichte sie ihm herüber.

Verschiedene Screenshots von van den Bergen, daneben jeweils ein Foto vom Tatort, das so gut wie möglich seinem Blickwinkel in der Nacht entsprach. Zuletzt eine Nahaufnahme von Helena Pahdes Gesicht. Eine nette, kleine Fotocollage, die eine Kollegin aus der KTU schnell für sie zusammengestellt hatte.

Als van den Bergen begriff, was er da vor sich hatte, fuhr er zusammen, als hätte sie ihn geschlagen, und ließ die Mappe los. Sie plumpste zu Boden, die Bilder flatterten heraus, blieben zu seinen Füßen liegen, reglos wie die Tote, die darauf abgebildet war.

»Liegenlassen!«, befahl sie, als er sich bückte. »Zum letzten Mal, wo waren Sie zur Tatzeit?«

Keine Antwort. An seinem zuckenden Wangenmuskel sah sie, wie es in ihm arbeitete. Offenbar nicht genug, er schwieg hartnäckig.

Wir haben ihn, hatte Tamme gesagt. Ist das nicht ein bisschen voreilig, hatte sie abgewiegelt. Aber womöglich lag er richtig. Was hätte van den Bergen sonst für einen Grund zu schweigen?

Ihr Blick schweifte durchs Zimmer. Vier Stühle, auf zweien saßen van den Bergen und sie sich gegenüber, neben ihr der Tisch, an der Wand ein leeres Regal: ein normaler, harmloser Besprechungsraum. Bestimmt hätten sie es leichter, wenn es mehr wie im Fernsehkrimi aussehen würde, ein fensterloser Raum mit fahlem Licht und venezianischem Spiegel, hinter dem heimlich weitere Kollegen standen und die Vernehmung verfolgten! Ein Gedanke, der ihr nicht zum ersten Mal kam.

Vielleicht half es, wenn sie van den Bergen in einer Zelle auf die erkennungsdienstliche Behandlung warten ließ. Es gab diese Sorte Mensch, die erst beim Blick auf Gitterstäbe den Ernst der Lage begriffen und geständig wurden. Mit etwas Glück gehörte van den Bergen dazu.

7

Svea rammte den Fuß auf die Bremse. Franzi schreckte auf. Beinahe hätten sie das Eichhörnchen erwischt, das unter einem geparkten Auto auf die Fahrbahn geflitzt war und jetzt den Stamm einer Linde auf der anderen Straßenseite erklomm. Sie waren auf halber Höhe des Leinpfads, nicht mal ein Kilometer bis zu Pahdes Villa; die Sonne schien, da vorn lockte eine freie Parklücke.

Im ersten Moment hatte Svea geflucht, als sie von Manfred Pahdes Absage erfahren hatte. Dann hatte sie gedacht, dass sie nebenbei einen Blick auf seinen Wagen werfen könnte, falls es irgendwie passte, bei ihm vorbeizufahren. Jetzt passte es. Franzi war früher als gedacht fertig geworden mit der Befragung der Patienten, van den Bergen hockte in der Arrestzelle.

»Ich hab dir noch nicht von der Morgenrunde berichtet.« Franzi schlug die Autotür zu. »Schott war in seinem Element.« Sie erzählte, wie sie mit dem Kollegen aneinandergeraten war, nachdem sie von Grafs Vernehmung berichtet und ihre Theorie dargelegt hatte. Auch Wienecke war plötzlich der Meinung gewesen, sie sollten verstärkt in Richtung Einbruch ermitteln.

Es stimmte also, was Schott Svea hinterhergerufen hatte. Normalerweise hätte sie sich aufgeregt, aber van den Bergens Vernehmung hatte ihr bestätigt, dass sie auf dem richtigen Weg waren. Sollte Schott reden!

»Armes Schwein, musste er wieder seinen Minderwertigkeitskomplex kompensieren«, sagte sie, normalerweise Franzis Standardsatz.

»Sag ich doch!«, entgegnete die prompt.

So einig waren sie sich lange nicht mehr gewesen. Sie schlenderten am Ufer des Alsterlaufs entlang, zwei gute Kolleginnen in der Mittagspause, fehlte nur ein Eis in der Hand.

Als ein riesiger Schwan aus weißem Kunststoff übers Wasser glitt, beim Näherkommen entpuppte er sich als Tretboot mit zwei kichernden Mädchen, lachten sie gleichzeitig auf. Was es alles gab!

Vor Pahdes Villa stand der Mercedes in der Einfahrt. Svea umrundete ihn. An der Fahrerseite war die Sonnenblende heruntergeklappt, wie bei dem Wagen, der gestern Abend hinter ihr gefahren war. Aber was bewies das schon?

»Was ist?«, fragte Franzi.

»Ach, nichts.« Bloß nicht ihren Verfolgungswahn zugeben, der sie gestern Abend kurzfristig befallen hatte. Mittlerweile kam ihr ihre Angst unwirklich vor. Eine Stressreaktion. Mehr nicht.

Als auf ihr wiederholtes Klingeln niemand öffnete, drehte sie sich erneut zu dem Mercedes um. Hatte Manfred Pahde gelogen, war er gar nicht zu Hause? Oder war er so schwer verletzt, dass er nicht aufstehen konnte? Svea zückte ihr Handy, um ihn anzurufen, da öffnete sich die Haustür.

Pahde hatte Schweißtropfen auf der Stirn. Gestützt auf Krücken, balancierte er auf einem Bein, das andere Bein hielt er angewinkelt, der Knöchel ein blutunterlaufener Tennisball. Es sah nicht aus, als simulierte er.

»Sie?« Er klang verwundert. »Ihr Kollege sagte, Sie schaffen es nicht.«

»Wen hatten Sie erwartet?«

»Niemand.« Er schwankte und lehnte sich gegen die Wand im Flur. »Gehen Sie vor, Sie kennen sich ja aus.«

Im Wohnzimmer ließ Pahde sich in seinen Sessel fallen, aufstöhnend zog er das Hundesofa zu sich heran, legte den verletzten Fuß ab und bat Franzi, ihm ein frisches Coolpack aus dem Kühlschrank zu holen.

Wo war Naomi? Durch die geöffnete Terrassentür blickte Svea in den Garten. Zwischen akkurat geschnittenen niedrigen Hecken und Buchskugeln spazierte der Mops mit erhobener Schnauze umher, eine Hundeprinzessin in ihrem Mini-Versailles. In dem französischen Lustschloss gab es keine Toiletten, hatte Svea in der Schule im Geschichtsunterricht gelernt, wer musste, hatte in die Ecke oder in den Garten gemacht. So wie sich Naomi jetzt neben eine Buchsbaumkugel hockte.

Svea wandte sich Pahde zu: »Ist Ihnen jemand eingefallen, der Ihnen beim Gassigehen begegnet ist, Donnerstagabend oder Samstag?«

Er verneinte.

»Danke, junge Frau«, sagte er, als Franzi zurückkam und ihm ein Coolpack um den Knöchel legte. »Um mich kümmert sich ja niemand mehr.« Kinder hatten sie nicht, der Bruder seiner Frau lebte in den USA. Helena und er hatten sich selbst genügt. »Na ja«, berichtigte er sich, »zumindest sie hat mir genügt.«

Svea ging nicht darauf ein. »Herr Pahde, Sie erwähnten einen Diamantring. Können Sie den genauer beschreiben?«

»Ein normaler schlichter Goldreif mit einem eingefassten Zweikaräter.«

Normal? Svea betrachtete ihre nackten Hände. Selbst wenn sie jemals heiraten sollte, würde sie sich alles an den Finger stecken, aber ganz bestimmt keinen Ring für 20.000 Euro. Was man mit dem Geld alles machen könnte!

Sie zeigte ihm ein Foto auf ihrem Handy, der erstbeste Ring, den sie im Internet gefunden und abfotografiert hatte.

»Nein, das ist er nicht.«

»Oh, ich habe etwas vertauscht«, entschuldigte sie sich und wischte weiter zum nächsten Foto, es zeigte den Ring, der sicher in der Asservatenkammer ruhte.

»Das ist er!« Pahdes Antwort kam prompt.

Als sie ihm erklärte, dass sie den Ring in der Klinik gefunden hatten, dachte er an das Sprechzimmer seiner Frau, bevor sie ihm verriet, dass der Ring in der Toilette gelegen hatte. Die Details verschwieg sie ihm.

»Vielleicht hat Helena ihn zum Händewaschen abgenommen?«

»Nein, alles spricht dafür, dass jemand ihn absichtlich weggeworfen hat.«

»Warum das?« Seine Verwunderung wirkte echt.

Die Fotos waren ein Test gewesen, hätte er anders reagiert, hätte sie ihn womöglich aufs Präsidium bringen lassen, zur Not mit einem Krankenwagen. Aber sie schienen bei ihm wirklich auf der falschen Fährte zu sein.

Sie fragte ihn, ob sie noch etwas für ihn tun könnte, wünschte ihm gute Besserung und versprach, dass er den Ring zurückbekam, sobald der Fall abgeschlossen wäre. Es sei denn, seine Frau hatte den Ring jemand anders vererbt. Aber das sagte sie nicht. Pahde tat ihr leid.

Dass er sich doch noch als ihr Täter entpuppte, daran glaubte auch Franzi nicht. »Er wirkte ehrlich ahnungslos«, meinte die Kollegin, als Svea mit ihr zurück zum Wagen ging, einträchtig wie lange nicht.

Svea rief im Präsidium an und erkundigte sich bei dem wachhabenden Kollegen vom LKA 26, ob van den Bergen nach ihr gefragt hatte. Hatte er nicht. Er musste wohl noch etwas schmoren.

Und sie hatten Zeit für eine kurze Pause in der Sonne. Weiter hinten am Alsterlauf erkannte Svea das Schild eines Cafés.

Svea tunkte gerade den Löffel in die Sahne auf ihrem Eiskaffee, Franzi fischte den Beutel aus ihrem Tee, als Sveas Handy klingelte. Der Fotograf von der Morgenpost. Vor van den Bergens Vernehmung hatte sie ihm eine Nachricht auf der Mailbox hinterlassen.

Sie stand auf und suchte sich ein ungestörtes Plätzchen am Rand des Anlegers, dann fragte sie den Fotografen, ob ihm bei der Trau-Dich-Messe Boularouz aufgefallen sei.

»Der ist ja nicht zu übersehen.« Er lachte auf, lästerte über Boularouz' Wangenknochen, auf denen man ein Schnapsglas abstellen konnte, letztendlich bestätigte er die Anwesenheit des Bloggers bei der Modenschau und der anschließenden Party.

Svea hatte nichts anderes erwartet, trotzdem spürte sie eine leise Enttäuschung. Als sie zurückkam an ihren Tisch, war das Eis in ihrem Kaffee geschmolzen. Eine hellbraune Suppe.

»Svea?« Franzi knetete den Teebeutel zwischen ihren Fingern. »Ich brauche eine Pause.«

»Machen wir doch gerade.« Svea hielt ihr Gesicht in die Sonne, während sie die Suppe löffelte. Sie schmeckte besser, als sie aussah.

»Nein, länger.«

Urlaub? »Du hast gerade drei Wochen frei gehabt.«

»Ich würde gern ein Sabbatical machen.«

»Was?« Svea rutschte der Löffel aus der Hand, die Eissuppe spritzte auf die Tischdecke. Nach nicht mal zwei Jahren im Job ein ganzes Jahr Pause? Ging das überhaupt?

»Ich ertrage den Job im Moment nicht mehr. Es ist mir alles zu oberflächlich«, erklärte Franzi. Vielleicht machte sie eine Ausbildung zur Yogalehrerin. Yoga. Meditation, inneres Wachstum. Das war es, wofür sie brannte. Stattdessen musste sie sich bei ihrem aktuellen Fall ständig mit Menschen abgeben, die sich nur um Äußerlichkeiten scherten.

Als der Kellner an den Tisch kam, um zum Schichtwechsel zu kassieren, war die Leichtigkeit des Nachmittags restlos zerronnen. Was war nur mit Franzi los? fragte Svea sich besorgt. Bis gerade hatte sie angenommen, dass die Kollegin genauso wie sie den Ausflug an die Alster genoss, und dann das. Ihre Intuition hatte sie komplett im Stich gelassen. Warum hatte sie nicht bemerkt, wie schlecht es Franzi hinter der Fassade ging? War es wirklich nur der Job? Einmal mehr wurde Svea klar, wie wenig sie über Franzis Privatleben wusste.

8

Tamme gähnte, dass sein Kiefer knackte. Er saß in der Kantine, allein in der Reihe am Fenster, vor sich auf dem Tisch Kaffeebecher Nummer drei. Ein vergeblicher Versuch, fitter zu werden. Nachdem er den Fernseher in der KTU abgegeben hatte, hatte ihn eine Schwere überfallen, wie er sie noch nie gespürt hatte. Als wäre er jäh um Jahrzehnte gealtert, hatte er sich in die Kantine geschleppt. Er wurde doch nicht krank?

Vor dem Fenster stritten zwei weiße Tauben um irgendwelche Krümel. Die größere schlug mit den Flügeln, hackend verjagte sie die andere. Kaum hatte sie die Krümel für sich, landete eine Krähe neben ihr und plusterte sich auf. Tamme senkte den Blick in seinen Becher. Das Kreischen der Krähe schmerzte in seinen Ohren. Konnte nicht mal fünf Minuten Ruhe sein?

Frieden. Er seufzte. War das zu viel verlangt?

Er setzte den Becher an, aus dem Augenwinkel sah er die Krähe davonfliegen. Streitsüchtige Vögel!

Während er abwechselnd an seinem Kaffee nippte und in sein Mettbrötchen biss, malte er sich aus, wie van den Bergen in der Zelle saß. Ohne Kaffee, ohne Essen, auf der harten Pritsche. Mitgefühl hatte er nicht, im Gegenteil.

Aber auch, wenn er unbewusst richtig gelegen hatte mit seinem Verdacht gegen Helena Pahdes Geliebten, musste er seinen Hass auf Ehebrecher bremsen. Sonst gefährdete er nicht nur die Ermittlungen, sondern auch sich selbst. Hass war etwas, das einen langsam auffraß, ein unersättliches Wesen, das in ihm wütete, bis nichts mehr übrig war außer seiner äußeren Hülle.

Akzeptanz hieß das Zauberwort aus Franzis Trennungsratgeber. Seit gestern war er wieder meilenweit davon entfernt.

Wenn er sich nicht zusammenriss, endete er doch noch wie Höpke, allein, um sich selbst, um sein Leid und seine Wut kreisend. Er nahm den letzten Bissen von seinem Mettbrötchen – und hätte sich fast verschluckt.

Höpke.

Er hatte Höpke vergessen.

Was drei Becher Kaffee nicht geschafft hatten, erledigte sein Schreck in Sekundenschnelle: Er war hellwach. Zum Glück hatte er Höpkes Nummer in seinem Handy gespeichert. Hastig tippte er auf Anrufen.

9

Sprich mit unserem psychologischen Dienst, hatte Svea beim Verlassen des Café Leinpfad gebeten. Sie hätte nicht gedacht, dass sie diesen Satz jemals zu einem ihrer Mitarbeiter sagen musste. Und dann ausgerechnet zu Franzi, die gern die Psychologin spielte und Svea mehr als einmal ihre Ratgeberbücher aufgedrängt hatte. Aber offenbar bewahrte einen das nicht davor, selbst in eine Krise zu geraten. Auch wenn Franzi gerade wieder tat, als wäre nichts.

Svea saß bei Tamme und ihr im Zimmer, sie hatten ihre Abschlussbesprechung für heute vorgezogen. Zwar hatte van den Bergen mittlerweile nach Svea verlangt, aber wer wusste, wie lange die erneute Vernehmung dauern würde; und Tamme musste pünktlich los, ein Rezept für seine Tochter beim Arzt rausholen.

Als Erstes fasste Franzi die Patientenbefragungen vom Vormittag zusammen. Unergiebig, bis auf einen Mann, dem Graf angeboten hatte, seine Lidstraffung bar zu zahlen, und der bereit war, unter Eid auszusagen. Grafs Angebot angenommen zu haben hatte bislang keiner zugegeben.

Aber das war jetzt Sache der Kollegen vom LKA 5. Svea hatte den Kollegen Fricke vor ihrer Besprechung angerufen und sich nach dem Zwischenstand seiner Ermittlungen erkundigt: Graf war erneut vernommen worden, zwar leugnete er weiter hartnäckig, im großen Stil Abrechnungsbetrug begangen zu haben, aber Fricke gab sich zuversichtlich, was die beschlagnahmten Computer anging. Seine Techniker hatten erste Hinweise auf Manipulationen an einzelnen Dateien entdeckt, man hielt sie auf dem Laufenden.

Wichtiger für sie war Grafs Alibi für die Tatnacht. Was machte der Fernseher?

Tamme berichtete, dass er das Gerät abgeholt und in der KTU abgegeben hatte, ein Ergebnis gab es frühestens morgen. Ansonsten nichts Neues, Melinda Volk war bei ihrer Aussage geblieben. »Wie sie ausgesehen hat, komplett verwandelt, dieses knappe Kleid …«

Als Tamme wortreich ausholte, um die äußere Veränderung von Grafs Freundin zu beschreiben, unterbrach Svea: »Sonst noch was? Hast du Höpke erreicht?«

Kopfschütteln. »Nein.« Tamme wirkte sichtbar zerknirscht. Er hatte mehrfach bei Höpke angerufen, seit Svea ihn am Morgen damit beauftragt hatte, hatte sie aber nicht erreicht.

»Sobald die Kinder im Bett sind, kann ich bei ihr vorbeifahren«, bot er an.

Svea winkte ab. »Es reicht, wenn du dich morgen darum kümmerst.« Hoffentlich mit neuer Kraft, dachte sie, so zusammengesunken wie Tamme vor ihr saß. Abgesehen davon hatten sie nichts als Grafs Behauptung, dass er Höpke heute früh im Garten gesehen hatte. Selbst wenn es stimmte, gab es Spuren, die sie dringender verfolgen mussten. Viel dringender.

Der Nebel um ihre Verdächtigen hatte sich gelichtet, ein Mann war deutlich daraus hervorgetreten.

»Ich war nicht im Kino«, gab van den Bergen zu. Svea saß ihm im Vernehmungszimmer gegenüber, sie hatte ihn über seine Rechte belehrt, das Band lief.

»Also hat Frau Dr. Pahde Sie gar nicht angerufen?« Fangfrage. Aber woher sollte er wissen, dass sie mittlerweile ihre und seine Verbindungsdaten überprüft hatten? Demnach hatten Pahde und er von 19:34 bis 19:42 Uhr miteinander gesprochen, worüber auch immer.

»Doch«, meinte er, er hatte mit ihr telefoniert. Anders, als bisher behauptet, hatte Helena Pahde jedoch nicht abgesagt, im Gegenteil. Ein bisschen Dirty Talk hatte die Vorfreude auf ihr Treffen erhöht. Nur war es dazu nicht mehr gekommen. Sein anzügliches Grinsen verschwand so schnell, wie es gekommen war.

»Ich bin ausgestiegen, in dem Moment ist der Unfall passiert. Grauenhaft, seitdem erscheint mir Helena beim Einschlafen, in meinen Träumen, beim Aufwachen.«

Das kam ihr bekannt vor. Außer dass Yunan schätzungsweise noch lebte. »Und dann? Sind sie zur ihr gerannt und haben sich um sie gekümmert?«

Wie in Trance schüttelte er den Kopf, sein Mund stand offen. »Warum nicht?«

Er zuckte die Achseln, murmelte vor sich hin, sie verstand kein Wort.

»Lauter bitte«, insistierte sie.

»Um Helenas Andenken nicht zu beschmutzen. Mehr konnte ich nicht für sie tun. Verstehen Sie das nicht?«

Sie verstand vor allem eins nicht: »Wieso Andenken? Sie konnten doch zu dem Zeitpunkt nicht wissen, ob sie tot war. Sie hätte überleben können.«

Ertappt. Sein Gesicht bekam die Farbe von Fensterkitt.

»Herr van den Bergen, noch mal, warum sind Sie umgekehrt?«

»Muss ich antworten?«, fragte er. Hatte er vergessen, dass sie ihn über sein Aussageverweigerungsrecht belehrt hatte?

Statt einer Antwort erklärte sie ihm, dass er über Nacht in Schutzgewahrsam kommen könnte und sie morgen die Vernehmung fortführen würden. »Ich habe längst Feierabend«, erklärte sie ihm und dass sie es nicht erwarten konnte, nach Hause zu fahren und es sich dort mit einer guten Flasche Wein gemütlich zu machen.

Eine Viertelstunde lang sah sie zu, wie es in ihm arbeitete, dann griff sie zum Telefon. »Ich rufe den Staatsanwalt an, und wir machen morgen früh weiter.«

»Nein, warten Sie.«

»Worauf?« Sie tippte die erste Ziffer.

»Ich ...« Ein Blick, als erwartete er, geschlagen zu werden.

Sie gab die restlichen Ziffern der Telefonnummer ein und stellte auf Lautsprecher. Das Freizeichen erklang.

Noch bevor der Staatsanwalt sich meldete, platzte es aus van den Bergen heraus. Seine Worte bestätigten, was sie bei ihrer ersten Begegnung vermutet hatte, er hatte ein Alkoholproblem, auch wenn er deshalb noch nicht aktenkundig geworden war. Und nicht nur das. Er gab an, zu Hause eine Flasche Wein getrunken zu haben, bevor er zur Klinik gefahren war – und er hatte zudem ein Tütchen Koks eingesteckt. Deshalb war er abgehauen. »Unfallflucht sozusagen.« Er lachte bitter. »Das ist die Wahrheit, leider. Ich bin nicht stolz drauf, das können Sie mir glauben.«

Sie glaubte ihm. Zumindest Letzteres.

Aber war er wirklich erst kurz vor dem Unfall am Tatort angekommen? Die Videoaufnahme setzte in dem Moment ein, als er aus seinem Wagen stieg. Theoretisch hätte er auch schon länger dort parken und zwischenzeitlich im Gebäude gewesen sein können. Nachdem er Pahde mit dem Messer verletzt hatte, hätte er sich das Kanu schnappen können, wäre wenig später wieder an Land gegangen und zurück zu seinem Wagen gerannt.

Vielleicht hatte van den Bergen an dem Abend nicht nur wegen der Hitze kurze Hosen getragen, sondern weil er kurz durchs Wasser gewatet war?

Als Svea die Szene vor ihrem inneren Auge abspulte, hakte der Film jedoch. Kein Wunder: Zwischen Messerstich und Busunfall lagen laut Aussage des Rechtsmediziners höchstens zehn Minuten. Viel zu knapp für die Kanutour. Aber was, wenn Pahde und van den Bergen sich zunächst wie verabredet getroffen hatten? Dann kam es zum Streit, und er war mit dem Kanu verschwunden. Wie in der ersten Version, ging er kurz darauf wieder an Land. Aber diesmal rannte er zur Klinik zurück, um Pahde umzubringen, und erst dann zu seinem Wagen.

Möglich war es.

10

»Everything's gonna be alright«, sang Svea zusammen mit Bob Marley. Zufrieden mit dem Ergebnis der Vernehmung, bog sie in die Elbgaustraße und fuhr der untergehenden Sonne entgegen. Nur schade, dass Schott ihr nicht mehr über den Weg gelaufen war. Wahrscheinlich schwang er längst seinen Schläger auf dem Golfplatz.

Sie ließ sich die letzten Stunden durch den Kopf gehen. Van den Bergens Schweigen, seine Reaktion, als sie den Kollegen im LKA 26 angerufen hatte, sein bitteres Lachen zum Schluss. Nach seiner Aussage hatte es keinen triftigen Grund gegeben, ihn noch länger auf dem Präsidium zu behalten. Sie hatte ihn zur Pforte gebracht und sich erneut das Video aus Norwegen angeguckt. Seine Gestik und Mimik, bevor er umkehrte, passte zu dem, was er erzählt hatte. Zum ersten Mal hatte sie auch seine leichte Gangunsicherheit bemerkt, ein minimales Schwanken, kaum wahrnehmbar, es sei denn, man suchte bewusst danach. Sein Alkohol- und Drogengeständnis schien der Wahrheit zu entsprechen; auch wenn sie ihn im Nachhinein verdächtigte, nur so schnell gestanden zu haben, weil er dringend nach Hause wollte, um ebenfalls eine Flasche Wein zu öffnen. Blieb die Frage, ob er am Tatabend vorher zu Hause oder in der Klinik gewesen war.

Darum würden sie sich morgen kümmern. Jetzt fuhr sie erst mal nach Hause. Sie würde sich keinen Wein aufmachen, wie sie es van den Bergen gesagt hatte, um ihm den Mund wässrig zu machen. Aber im Kühlschrank stand noch ein angebrochenes Sixpack. Sie würde sich auf ihren Balkonstuhl setzen, die Beine auf die Brüstung legen und in den Himmel gucken. Vielleicht rief sie Alex an und fragte ihn, ob er ihr Gesellschaft leisten wollte.

Als sie das Aufheulen eines Motors hinter sich bemerkte und den schwarzen Mercedes im Rückspiegel auf sich zurasen sah, war es bereits zu spät. Blitzschnell hatte der Wagen die Spur gewechselt, um sie von rechts zu überholen. Nur dass er nicht an ihr vorbeizog, sondern sie am Kotflügel touchierte.

Sie geriet ins Schleudern, versuchte das Lenkrad herumzureißen.

Ohne Erfolg.

Sie schoss auf den Bürgersteig, prallte gegen einen Verteilerkasten, drehte sich einmal um die eigene Achse und blieb stehen. Ihr Oberkörper lehnte auf dem Airbag, durch die zersplitterte Windschutzscheibe sah sie den Mercedes davonbrausen.

Ihre Finger suchten den Türgriff. Als sie aussteigen wollte, hielt etwas ihren rechten Fuß umklammert, ihr Turnschuh saß fest zwischen Gas- und Bremspedal.

Mit einem Ruck zog sie den Fuß aus dem Schuh und kletterte aus dem Auto heraus. Beim Auftreten durchfuhr sie ein Stechen, sie taumelte, suchte vergeblich nach Halt. Und stürzte.

Hoffentlich hatte sie niemanden angefahren, war ihr letzter Gedanke, bevor sie mit dem Hinterkopf auf den Asphalt schlug. Ein greller Schmerz, dann wurde es dunkel um sie herum.

»I got lost on the way

But I'm a supergirl

And supergirls don't cry.«

»Einen wunderschönen guten Abend, hier spricht Hanno von Wiedemann, sie hörten Platz fünf in den Charts. Supergirl von Anna Naklab.«

Sveas Dienstpassat war ein Trümmerhaufen. Der Himmel sah aus, als lief Blut aus ihm heraus. Das Radio war unversehrt.

MITTWOCH, 19.08.2015

1

»Du hast Glück gehabt.« Alex saß an Sveas Krankenbett, Besorgnis lag in seinen braunen Augen.

»Wie man's nimmt.« Sie tippte sich an die Stirn. Neben ein paar harmlosen Blutergüssen hatte sie eine Schürfwunde an der Schläfe vom Airbag, außerdem eine Quetschung am Mittelfuß – ein bis zwei Wochen schonen und am besten nicht voll auftreten, danach sollte es wieder gut sein. Aber beim Aussteigen aus dem Wagen war sie gestürzt und auf den Hinterkopf gefallen. Das hatte zumindest die Ärztin gesagt, die sie heute Nacht untersucht hatte. Svea selbst erinnerte sich nicht.

Nach ihrem Sturz war sie bewusstlos gewesen und erst auf der Trage im Rettungswagen zu sich gekommen. Ihre letzte Erinnerung war, dass sie vom Farnhornweg in die Elbgaustraße abgebogen war. Dazu die Musik von Bob Marley. Retrograde Amnesie, hatte die Ärztin gemurmelt, eine Gedächtnislücke für den Unfall und die Zeit davor, typisches Symptom eines Schädelhirntraumas. Sie sollte sich keine Sorgen machen, meist kam die Erinnerung nach und nach zurück. Die Frau hatte gut reden.

»Ich bin jedenfalls froh, dass du dich noch an mich erinnert hast.« Alex beugte sich vor und küsste sie. Wenn das eine Anspielung auf ihr verunglücktes Telefonat von Montag war, so ließ er sich nichts anmerken. Während sie ihm das

Wenige berichtete, das sie wusste, streichelte er immer wieder ihre Hand.

Einzelheiten zum Unfallhergang verdankte sie einem Rentner, der gegenüber der Unfallstelle wohnte. Er hatte in seinem Rollstuhl am Fenster gesessen und gesehen, wie ein Raser gegen ihren Wagen geprallt und davongebraust war. Sofort hatte er die 112 angerufen. Leider hatte er die Automarke nicht erkannt; groß und dunkel war alles, worauf er sich festlegen ließ. Die Kollegen vom Verkehrsunfalldienst hatten wenig später schwarze Lackspuren am Unfallort und am rechten vorderen Kotflügel von Sveas Wagen gesichert. Der Anstoß war so stark gewesen, dass die Seite bis zum Motorblock eingedrückt war.

War es nur ein Unfall? Was, wenn es derselbe Wagen gewesen war, der Montagabend hinter ihr hergefahren war? Und der Raser es auf sie abgesehen hatte, um die Ermittlungen zu sabotieren? Als heute früh ein Verkehrsermittler vorbeigekommen war und sie zum Unfallhergang befragt hatte – zumindest hatte er es versucht, sie erinnerte sich ja an nichts –, hatte sie ihn gebeten, Manfred Pahdes Wagen zu überprüfen. Nur zur Sicherheit. Vielleicht ging es dem trauernden Witwer nicht so schlecht, wie er sie hatte glauben lassen.

»Ist das nicht euer Fall?« Alex griff die Zeitung, die aufgeschlagen auf dem Nachttisch des Nachbarbettes lag. Die Patientin war heute Morgen entlassen worden, ihr Altpapier hatte sie liegenlassen.

»Zeig her.«

Fassungslos starrte Svea in die Augen einer jüngeren Version von Rafael van den Bergen. Sein Porträtfoto füllte die obere Hälfte der Seite, darunter ein Foto von Helena Pahde und ihrem Mann an einem Restauranttisch, der Kellner war halb abgeschnitten.

»Tödliches Liebesdreieck«, lautete die Überschrift. Mit jeder Zeile, die Svea las, wurde sie wütender.

Ihre Pressestelle hatte eine kurze Mitteilung herausgegeben zu dem Busunfall vor der Klinik, in dessen Folge eine Person verletzt aufgefunden worden war. Das hatte der Autor zum Anlass genommen, schamlos in Pahdes Privatleben zu wühlen.

Svea dachte an van den Bergens Worte. Wenn irgendetwas das Andenken an Helena Pahde beschmutzte, dann dieser Artikel.

»Drecksblatt«, schimpfte sie.

»Ihnen geht's ja wieder gut!« Lachen. Lautlos hatte eine Frau mit Schürze das Zimmer betreten.

»Heute habe ich etwas für Sie zusammengestellt.« Sie stellte ein Tablett auf den Nachttisch. Zwei Scheiben Toast, ein Päckchen Butter, Marmelade, eine Tasse Kaffee, Milch und Zucker.

Svea spürte ihren Hunger. Wann hatte sie zuletzt etwas gegessen? Sie nahm eine Toastbrotscheibe und biss hinein.

»Ab morgen können Sie hier auswählen.« Die Frau legte eine Karte zum Ankreuzen neben das Tablett.

Morgen? Svea spülte das trockene Brot mit einem Schluck Kaffee herunter. »Dann bin ich hier raus.« Spätestens. Vierundzwanzig Stunden hatte die Ärztin gesagt. So lange musste Svea im Anschluss an die Gehirnerschütterung mindestens überwacht werden. Gestern Abend war als Erstes eine Computertomografie durchgeführt worden, um eine Blutung im Gehirn auszuschließen. Jede Stunde fragte ein Pfleger nach ihrem Befinden, fühlte ihren Puls und überprüfte den Blutdruck, nachher musste sie noch zum Neurologen.

2

Läuft, dachte Kai Schott. Er warf einen Euro in den Kaffee-
automaten im Flur des Morddezernats und drückte auf Ex-
tra-Milch.

Während der Kaffee in den Becher plätscherte, drehte
Schott sich halb um die eigene Achse und simulierte den per-
fekten Golfschwung. Gestern hatte er ein sensationelles
Hole in One gespielt und wurde vom ganzen Club gefeiert.
Obwohl er erst seit einem Jahr spielte, hatte er bereits ein
Single Handycap. Ein Naturtalent, hatte sein Flightpartner
gestern gelobt. Wenn er so weitermachte, wäre er bald wert-
vollstes Mitglied der ersten Mannschaft.

Nicht nur sportlich lief es bestens.

Zufällig war er heute früh gleichzeitig mit Wienecke im
Präsidium angekommen. Als sie beim Warten auf den Aufzug erwähnt hatte, dass Svea in den nächsten Tagen ausfiel,
hatte er nur schwer sein Grinsen verbergen können. Wienecke schien zum Glück nichts gemerkt zu haben. Hoffentlich nichts Ernstes? hatte er gefragt – und das Gegenteil gehofft.

Er hatte sich zu einem betroffenen Gesicht gezwungen
und Anteilnahme geheuchelt: die arme Kollegin, und das
während einer laufenden Mordermittlung! Seinetwegen
hätte der Unfall zwar noch schlimmere Folgen haben können als nur ein Schädelhirntrauma und einen gequetschten

Fuß, aber er sollte es nicht übertreiben. Vielleicht reichte das, um Svea den Kopf zurechtzurücken.

Er nahm den Kaffee aus dem Automaten und wandte sich in Richtung Konferenzraum. Der Giftzwerg aus dem Ruhrgebiet ging ihm seit dem ersten Tag auf die Nerven. Sie benahm sich ihm gegenüber, als wäre sie etwas Besseres, und pinkelte ihm ans Bein, wo's ging. Der fiese Terrier seines Nachbarn war nichts dagegen.

Ab jetzt wurde zurückgepinkelt.

Erst mal nur ans Bein von Sveas Stellvertreter Tamme. Dieses Weichei! Welcher echte Mann brüstete sich damit, jedes seiner Kinder in einer Babytrage vor dem Bauch herumgeschleppt zu haben? Kein Wunder, dass Tamme die Frau davongelaufen war. Jemand wie er verdiente kein Mitleid.

Schott griff sich in den Schritt, bevor er pfeifend die Tür öffnete.

3

Tanya.

Wie sie auf ihm hockte, ihr langes schwarzes Haar um sie herum ausgebreitet, über ihm nichts als ihre wippenden Brüste. Seine Haut prickelte immer noch von ihren Berührungen. Nicht so schnell, hatte sie gesagt, als er ausgehungert über sie herfallen wollte, nicht so schnell. Mit ihrer Zunge hatte sie ihn geneckt, seine Lust langsam gesteigert, bis er sich nicht mehr zurückhalten konnte. Nicht ein Mal, sondern mehrfach.

In Gedanken bei der letzten Nacht, wartete Tamme auf den Beginn der Morgenrunde. Genüsslich lehnte er sich in seinem Stuhl zurück. Er sollte öfter Sex haben! Geschlafen hatte er kaum, trotzdem fühlte er sich energiegeladen wie lange nicht.

Als er gestern Abend die Arztpraxis in Steilshoop verlassen hatte, war er auf dem Bürgersteig in Tanya hineingerannt. Er hatte sie sofort erkannt und sie ihn auch, sie kam von ihrer Mutter und hätte Zeit für einen Drink, erklärte sie. Tamme konnte seinen Blick nur schwer von ihrem Ausschnitt abwenden, aber er musste nach Hause, Abendessen für die Kinder machen. Als sie vorschlug, später bei ihm vorbeizukommen, dachte er, sie würde es nicht ernst meinen. Bis um Punkt zehn ein Taxi vor seinem Haus stoppte. Die Kinder schliefen seit über einer Stunde, vorsichtig hatte er ihre Zimmertüren geschlossen und war mit Tanya direkt in sein Schlafzimmer geschlichen. Unter die Türklinke hatte er einen Stuhl geschoben. Falls die Kinder aufwachten und in sein Bett wollten, hätte Tanya Zeit genug, zu verschwinden. Abgesehen davon, dass Tanya genauso wie er nur ein bisschen Spaß wollte, war es viel zu früh, den Kindern eine neue Frau zu präsentieren. Aber es war gut gegangen, und bevor er die Kinder wecken musste, war Tanya längst gegangen.

Zum Beweis, dass er nicht geträumt hatte, klimperte ihr Ohrring in seiner Hemdtasche. Nimm den anderen auch noch, hatte Tanya zum Abschied gesagt, und ihm das Pendant zu dem goldenen Clip mit den rosafarbenen Steinen in die Hand gedrückt, den sie nach ihrer ersten gemeinsamen Nacht im Frühjahr bei ihm vergessen hatte.

»Moin, Kollege.« Schotts Stimme dröhnte, er zog sich einen Stuhl heran und setzte sich neben Tamme. »Darfst du ausnahmsweise ran?«

»Moin, Kai.« Tamme ignorierte die Spitze. Wie ein schützender Film umhüllte ihn der Gedanke an Tanya.

»Warst du mit deinen Kindern beim Ponyreiten?« Schott zupfte ein schwarzes Haar von Tammes Rücken, spannte es zwischen den Fingern und ließ es zu Boden schweben. »So lange Haare hat jedenfalls keine Frau.«

Keine Ahnung, der Kollege! Tamme fasste an den Ohrring.

Mit einem Aktenstapel unterm Arm kam Uta Wienecke als Letzte hereingerauscht. Noch bevor sie sich setzte, informierte sie die versammelten Mordbereitschaftsleiter über Sveas Unfall. Wie die Kollegin ihr heute früh um sechs mit-

geteilt hatte, fiel sie wohl länger aus. »Weißt du schon mehr?«
Wienecke blickte zu Tamme.

Er nickte. Bei Sveas erstem Anruf heute Morgen hatte er
sich große Sorgen um sie gemacht, abgesehen davon, war er
nicht scharf darauf, sie tagelang in der Morgenrunde zu vertreten. Aber als er ihr vor zehn Minuten mitgeteilt hatte, dass
Pahdes Mercedes keinerlei Unfallspuren aufwies, hatte sie
zuversichtlich geklungen, noch am Abend entlassen zu werden.

»Hat Svea geglaubt, der Alte ist der Täter?«, hakte Schott
nach. »Sie sollte ihren Verfolgungswahn mitbehandeln lassen, wenn sie schon mal im Krankenhaus ist.«

»Kai!«, mahnte Wienecke.

Tamme ging nicht darauf ein. Er fasste die Ergebnisse der
gestrigen Vernehmungen zusammen und berichtete über das
weitere Vorgehen. Sie konzentrierten sich aktuell auf van
den Bergen, bei Höpke vorbeizufahren würde er wegen
Sveas Ausfall heute wohl nicht mehr schaffen, an Graf waren
jetzt die Kollegen vom LKA 5 dran. Je nachdem, was die
Untersuchung des Fernsehers ergab, würden sie sich Graf
aber noch mal vornehmen.

Wienecke nickte zustimmend.

Schott verzog das Gesicht. »Falsche Spur, wenn ihr mich
fragt.« Für ihn ergab sich kein Tötungsvorsatz. »Wozu gibt
es die Statistik?« Eine rhetorische Frage, er redete sofort
weiter: »Die Straftatengruppen mit den meisten erfassten
Fällen sind Diebstahl, Betrug und Sachbeschädigung. Kapitalverbrechen machen dagegen nur einen kleinen Anteil
aller Fälle von Kriminalität aus. Helena Pahde hatte Pech,
weil sie dem Einbrecher begegnet ist. Mehr nicht.« Beifall-

heischend, als hätte er den Fall gelöst, blickte er in die Runde.

Tamme wollte widersprechen, als sein Handy in der Hosentasche vibrierte.

Die Schule. »Entschuldigung, ich muss kurz rangehen.«

»Kein Problem, Kai, machst du weiter«, bat Wienecke.

Mit dem Telefon am Ohr verließ Tamme den Raum. Rike lag weinend auf der Liege im Sanitätsraum und klagte über Bauchweh, berichtete die Sekretärin. »Wir haben Ihre Frau nicht erreicht. Können Sie Ihre Tochter abholen?«

Tamme versuchte mit Rike zu sprechen, außer einem Wimmern bekam er keine Antwort.

»Ich bin gleich bei dir, mein Schatz«, versprach er. Ihr Leid schnitt in sein Herz.

»Rike ist krank, ich muss sofort los«, informierte er Wienecke, er ging gar nicht zurück in den Raum, sondern blieb gleich in der Tür stehen.

Bildete er sich die Blicke nur ein? Er hatte das Gefühl, alle starrten ihn an, als hätte er sie bei etwas Verbotenem ertappt.

Keiner sagte ein Wort, bis Schott sich unvermittelt auf die Schenkel schlug: »Kennt ihr den? In den vier Ecken eines Fußballfeldes steht jeweils ein Arzt: ein schlechter Orthopäde, ein guter Orthopäde, ein Chirurg und ein Radiologe. In der Mitte des Spielfelds liegen 10.000 Euro. Wer nach dem Startschuss zuerst in der Mitte ist, gewinnt das Geld. Wer ist es?«

Tamme wartete die Antwort nicht ab. Von Schotts Humor hatte er für heute genug.

Rike war mit Abstand die sensibelste von seinen Mädchen, dachte er, während er zum Aufzug eilte. Wenn sie etwas belastete, bekam sie sofort Bauchweh. Von wem hat sie das? hatte er sich immer gefragt. Jetzt war ihm klar, dass Rikes Empfindlichkeit das Erbe eines Fremden war.

Aber was belastete Rike aktuell? Beim Einsteigen in den Aufzug fiel ihm ein, wie sie Samstagnacht nach der Babysitterin gefragt hatte. War sie heute Nacht auch wach geworden, ohne dass er es bemerkt hatte, und hatte ihn mit Tanya gesehen?

4

Svea hatte die Rückenlehne des Betts hochgestellt und surfte auf ihrem Handy durch die Hamburger Nachrichtenkanäle. Zwischendurch sah sie aus dem Fenster. Sie wusste nicht genau, was sie suchte. Eine Meldung zu ihrem gestrigen Unfall?

Sie scrollte weiter. Bei der Überschrift »Verfolgungsjagd im Drogenrausch: Mercedes-Fahrer ohne Führerschein flüchtet« stoppte sie, mit angehaltenem Atem klickte sie die Meldung an. Und stieß die Luft aus. Die Tat war bereits am Montag passiert, auf der anderen Alsterseite in Eilbek, außerdem hatten die Kollegen den Raser aus dem Verkehr gezogen und das Fahrzeug sichergestellt. Der Text bestätigte lediglich ihre Vermutung, dass es unzählige schwarze Mercedes in Hamburg gab. Aber das half ihr auch nicht weiter.

Sie legte ihr Handy auf den Nachttisch. Am Himmel lieferten sich zwei Wolken ein Wettrennen, am liebsten wäre sie aufgesprungen und losgelaufen. Raus, nur raus hier! Stattdessen musste sie in diesem Bett hocken.

Sie hätte tot sein können oder schwerer verletzt, hatte die diensthabende Ärztin sie vorhin gemahnt. War sie aber nicht. Abgesehen von ihrem gequetschten Fuß und der fehlenden Erinnerung fühlte sie sich bestens, keine Übelkeit, nur leichte Kopfschmerzen, kein Vergleich zu vorgestern. Und deshalb sollte sie mindestens vierundzwanzig Stunden zur

Überwachung im Krankenhaus bleiben? Mitten in einer Mordermittlung? Sie konnte schlecht die Verdächtigen zur Vernehmung an ihr Bett laden!

Aber die Ärztin hatte nicht mit sich reden lassen. Wenn Svea jetzt das Krankenhaus verließ, riskierte sie im schlimmsten Fall ihr Leben. An der Tür hatte die Ärztin sich noch einmal umgedreht: Am besten lassen Sie das Handy in Ruhe, damit sich Ihr Gehirn erholen kann! Kopfschüttelnd hatte sie das Zimmer verlassen.

Svea rieb sich die Stirn. Bis jetzt hatten die Verkehrsermittler nichts entdeckt, woraus sich schließen ließ, dass sie gestern mit Absicht von der Straße gerammt worden war. Hoffentlich fanden sich bald weitere Zeugen! Sie fluchte. Wenn sie sich doch nur erinnern könnte.

Sie zog das Handy zu sich heran und googelte: *Gehirnerschütterung Erinnerung, zurück*. Eine Viertelstunde und mehrere Medizinseiten später war sie nicht viel schlauer als nach ihrem Gespräch mit der Ärztin. Außer dass sie nun wusste, dass, wenn sie Pech hatte, die Erinnerung an den Unfall und die vorangegangenen Minuten nie zurückkam.

Als sich Schritte auf dem Gang näherten, schob sie das Handy schnell unter die Bettdecke. Kurz stoppten die Schritte vor ihrer Tür, dann ging die Person ohne einzutreten weiter.

Im Nachhinein konnte Svea nicht sagen, warum sie anschließend nach getöteten Ärzten gesucht hatte. Auf der Suche nach Parallelen zu anderen Fällen hatten sie sich bislang auf den Modus Operandi des Einbruchs beschränkt, eine Mordserie hatte bislang keiner von ihnen in Betracht gezogen. Aus einem Impuls heraus googelte sie *Einbruch*

Arztpraxis und *Mord Arztpraxis*. Zu Letzterem gab es überraschenderweise die meisten Ergebnisse.

Sie klickte den ersten Link an. Ein Dreifachmord in einer Heidelberger Arztpraxis, Tatmotiv war Habgier. Bei dem Raubmord vor knapp dreizehn Jahren waren am Tag vor Heiligabend ein Kinderarzt, seine Frau und eine Arzthelferin gefesselt und erdrosselt worden, der Täter war sechs Wochen später gefasst worden. Als Nächstes ein Fall aus Hamburg, das war es auch schon mit den Parallelen: Ein schizophrener Täter hatte erst seinen Psychiater und dann sich selbst erschossen. Weiter unten in der Liste stieß sie auf einen Kollegen von Pahde, einen Münchner Schönheitschirurgen, der gefesselt und erschlagen in seiner Praxis gelegen hatte. Seine vierzig Jahre jüngere Ehefrau hatte später gestanden, dass sie einen Auftragskiller auf ihn angesetzt hatte. Alles aufgeklärte Fälle, die Täter tot oder verurteilt.

So kam sie nicht weiter, sie tippte zusätzlich *ungeklärt* in die Suchmaske. Ein rätselhafter Doppelmord an einem Berliner Hausärzteehepaar, ein Wanderer hatte die beiden erdrosselt in einer abgelegenen Schweizer Berghütte gefunden. Das klang ziemlich hart, passte aber nicht zu ihrem Täterprofil.

Einen weiteren unaufgeklärten Fall gab es im sauerländischen Schmallenberg, allerdings war das Ganze fünfundzwanzig Jahre her, ein Tierarzt war in seiner Praxis an den Folgen einer Sturzverletzung gestorben. Jedoch stand nicht fest, ob es sich überhaupt um ein vorsätzliches Tötungsdelikt handelte.

Trotzdem, irgendetwas berührte der Artikel in ihr. Sie las noch einmal von vorn, diesmal blieb sie bei dem Ortsnamen hängen.

Schmallenberg.

Sie hatte den Namen der Kleinstadt im Sauerland erst kürzlich gehört, das spürte sie. Nur in welchem Zusammenhang?

»Schmallenberg«, murmelte sie, »Schmallenberg?« Nichts. Sie kam nicht drauf. War ihre Amnesie doch umfangreicher?

Sie war so vertieft in ihre Überlegungen, dass sie den Pfleger erst bemerkte, als er mit dem Rollstuhl gegen ihre Bettkante stieß.

»Frau Kopetzki, ich soll Sie zur Untersuchung abholen.«

Schmallenberg, dachte sie, während er sie durch den Flur zum Aufzug schob. Schmallenberg. Vielleicht war es doch keine schlechte Idee, dass der Neurologe ihr Gehirn noch mal richtig durchcheckte.

5

Kein Wunder, dass die Kollegen ihn angestarrt hatten. Tamme stand am Waschbecken der Männertoilette und grinste seinem Spiegelbild zu. An seinem Hals prangte ein Fleck, als hätte ihn ein Karpfen geknutscht. Tanya und er hatten es wild getrieben.

Während er seine Hände einseifte, überlegte er, was als Nächstes zu tun war, vielleicht schaffte er es doch zu Höpke. Er war nicht mal zwei Stunden weg gewesen. Als er in der Schule angekommen war, ging es Rike schon wieder besser. Sie war von der Krankenliege gehüpft und hatte sich in seine Arme geschmiegt, als wollte sie ihn nie mehr loslassen. In dem Moment kam Imke angestürmt. Was machst du hier? hatte sie gefragt. Das sollte ich dich fragen, hatte er entgegnet. Und dass er sich um seine Tochter kümmerte, weil ihre Mutter nicht erreichbar gewesen war.

Tamme, es tut mir leid, wirklich, hatte Imke ihn beschworen, sie waren kurz allein, weil Rike ihre Sachen packte. Er wusste nicht, wie oft Imke das schon gesagt hatte, doch plötzlich konnte er es annehmen. Als sie zu einer Erklärung ansetzte, würgte er sie trotzdem ab. Nicht weil er es nicht ertragen konnte, es interessierte ihn nicht. Aber er sagte dankend Ja, als sie anbot, mit Rike nach Hause zu fahren und auf sie aufzupassen, bis Tamme Feierabend hatte. Vielleicht konnten sie irgendwann einfach Freunde werden.

Was eine einzige Nacht mit Tanya ausmachte! Er hielt seine Hände in den heißen Wind des Trockners. Hätte er das geahnt, hätte er eher seiner Sehnsucht nachgegeben, stattdessen war er zu vernünftig gewesen, hatte nur an die Kinder und nie an sich gedacht. Das war jetzt vorbei.

Um den Knutschfleck zu überdecken, klappte er seinen Hemdkragen hoch – und runter. Sollte die Kollegen reden! Hauptsache, ihm ging es gut!

»Wienecke will dich sehen«, informierte Franzi ihn, als er in ihr Büro kam. Vor sich hinsummend ging er zur Chefin.

»Cem übernimmt vorübergehend die Leitung eures Teams.« Wienecke spielte mit dem Kugelschreiber in ihren Fingern. »Dann kannst du dich in Ruhe um deine Kinder kümmern.« Sie legte den Kugelschreiber zur Seite und fixierte ihn.

Tamme schwieg. Erwartete sie, dass er Danke sagte?

Cem Demir war auf dem Rückweg aus Kopenhagen, spätestens am Nachmittag wäre er im Präsidium, erklärte Wienecke. Das Ganze sei Schotts Idee gewesen, der Kollege hätte selbst ausgeholfen, aber er hatte zu viel zu tun mit seinen eigenen Fällen.

Zum Glück! Auch wenn es Tamme nicht gefiel, dass er ungefragt abgesetzt wurde, mit Demir hatte er – anders als mit Schott – kein Problem.

»Bis Cem sich bei euch meldet, kannst du weitermachen, wie du es in der Morgenrunde berichtet hast.« Mit diesen Worten entließ Wienecke ihn. Keine fünf Minuten hatte ihre Audienz gedauert.

Er hätte wütender sein sollen, dachte Tamme, Wienecke widersprechen sollen. Wie es gelaufen war, war nicht korrekt. Kaum ging man aus dem Raum, wurde am Stuhl gesägt. Andererseits kam ihm Wieneckes Anordnung insgeheim gelegen. Wenn er sich entscheiden müsste, was wichtiger wäre, Rike oder die Suche nach Pahdes Mörder, war seine Antwort immer noch klar. Seine Kinder. Ganz abgesehen davon, dass er heute Abend bei Tanya vorbeifahren könnte, während Demir die Fallakte wälzte.

Zurück in seinem Zimmer, er hatte sich gerade an seinen Schreibtisch gesetzt und seinen Rechner hochgefahren, stand Schott plötzlich neben ihm.

»Ich schulde dir noch etwas.« Der Kollege gab ihm einen Klaps auf die Schulter.

»Lass gut sein, Kai.« Tamme war noch nicht bereit, eine Entschuldigung anzunehmen.

Schott ließ sich nicht abwimmeln. Er setzte sich auf die Kante von Tammes Schreibtisch und sagte: »Der schlechte Orthopäde.«

Tamme reagierte nicht.

»Hast du den Witz vergessen? Welcher der vier Ärzte ist nach dem Startschuss zuerst in der Mitte des Fußballfelds? Die Antwort ist: der schlechte Orthopäde. Gute Orthopäden gibt es nicht, der Chirurg hat die Regeln nicht begriffen und der Radiologe rennt für 10.000 Euro gar nicht erst los.« Schott schlug sich auf die Schenkel.

»Sehr witzig, Kai. Lässt du mich bitte in Ruhe. Ich habe zu tun.« Fester als nötig hackte Tamme auf die Tastatur, um sich einzuloggen. Er hätte sich denken können, dass Schott sich nicht entschuldigen wollte.

»Kein Humor, der Tamme.« Schott rutschte vom Tisch und verschwand grußlos.

Hatte Schott gegen ihn intrigiert, um ihrem Team eins auszuwischen, oder steckte mehr dahinter? fragte Tamme sich. Bevor er weiter über Schotts Verhalten nachdenken konnte, klingelte sein Telefon.

»Ich habe den Mann!«, brüllte eine Männerstimme.

Welchen Mann? »Mit wem spreche ich?« Tamme hielt den Hörer weg von seinem Ohr. Schlimm genug, dass die Leute nie ihren Namen nannten, wenn sie im Präsidium anriefen. Jetzt schrien sie ihn auch noch an.

»Popov, Igor.« Der Busfahrer.

»Geht es Ihrer Frau besser?«

»Mila.« Seine Stimme wurde weich. »Sie ist wieder zu Hause, ich habe eine Woche Urlaub und kümmere mich um sie.«

Kaum nahm Tamme das Telefon zurück an sein Ohr, brüllte Popov erneut: »Der Mann ist schuld!«

»Herr Popov, beruhigen Sie sich bitte. Welchen Mann meinen Sie?«

»Den Freund von der Ärztin. Er wollte Mila umbringen!«

Tamme musste dreimal nachhaken, bis er begriff, dass Popov von van den Bergen sprach.

Popov hatte dessen Foto in der Bildzeitung entdeckt und war sich sicher, dass er ihn Samstagabend gesehen hatte, nicht am Tatort, sondern im Mühlenkamp. Gegen 22:45 Uhr, glaubte er, genauer konnte er es nicht sagen, er hatte erst später auf die Uhr gesehen, aber mit dem Bus brauchte er etwa zehn Minuten für die Strecke vom Mühlenkamp in die Schöne Aussicht.

Mit Mühe folgte Tamme den stakkatohaften Worten von

Popov. Er verstand, dass van den Bergens Auto die Straße versperrt und Popovs Bus aufgehalten hatte, sodass Popov es zum Finale des Feuerwerks nur bis auf die Feenteichbrücke geschafft hatte. Normal wäre er um 23:00 Uhr am Samstag längst weiter gewesen, stellte Popov klar, Pahde wäre nicht vor seinen Bus gerannt, und er wäre rechtzeitig bei Mila gewesen, um zu verhindern, dass sie die Tabletten schluckte. »Der Mann wollte Mila umbringen!«

Das glaubte Tamme nicht. Wenn überhaupt, hatte van den Bergen nur Helena Pahde umgebracht; aber auch das schien zweifelhaft. Nach Popovs Aussage umso mehr. Tamme überschlug die Zeitangaben: Gegen 22:45 Uhr hatte Popov van den Bergen im Mühlenkamp gesehen, um 22:58 Uhr war er auf den Kamerabildern zu sehen. Selbst wenn Popov um wenige Minuten danebenlag, hätte van den Bergen in Lichtgeschwindigkeit vom Mühlenkamp in die Schöne Aussicht gelangen müssen, um seine Geliebte umzubringen und dazu noch eine Kanutour zu machen.

Ohne es zu wollen, hatte Popov ihnen womöglich gerade van den Bergens Alibi bestätigt. »Können Sie Ihre Frau allein lassen und zur Gegenüberstellung vorbeikommen?« Er würde van den Bergen aufs Präsidium laden und sich dann bei Popov melden.

Als er aufgelegt hatte, winkte Franzi vom gegenüberliegenden Schreibtisch.

»Gerade ist eine Mail von der KTU gekommen.« Sie las vor: »Die Festplatte von Volks Fernseher ist unberührt wie eine weiße Leinwand.«

Waren die Kollegen unter die Hobbydichter gegangen? »Sprich: Sie hat noch nie etwas aufgenommen«, meinte

Tamme. Grafs Alibi war in dem Punkt also weiterhin stichhaltig.

Während er die Fallakte aktualisierte, klackerten Franzis Finger über die Tastatur.

»Ist das nervig!« Franzi stöhnte auf.

»Was machst du da eigentlich?«

»Einbruchsmethoden vergleichen. Ich soll bei den Kollegen aus Niedersachen und Schleswig-Holstein im Umkreis von hundert Kilometern nachfragen, ob sie ähnliche Fälle haben.«

»Hat Svea das angeordnet?«

Franzi schüttelte den Kopf. »Wienecke.«

Tamme schlug mit der Hand auf den Tisch. Das war auf Schotts Mist gewachsen, war er sich sicher. Aber statt aufzuspringen und sich den Kollegen vorzuknöpfen, blieb er sitzen.

Was, wenn Schott recht hatte? fragte er sich jäh. Auf der Suche nach dem Täter stocherten sie wiederholt im Nebel, die drei Männer in Helena Pahdes Leben – Graf, van den Bergen und ihr Ehemann – ließen sich nicht fassen. Es schien nicht so abwegig, dass es sich doch um einen simplen Einbruch handelte, bei dem Pahde das Pech hatte, dem Einbrecher in die Quere zu kommen.

Hoffentlich kam er mit Höpke weiter. Als sie wieder nicht ans Telefon ging, beschloss er, nach dem Mittagessen bei ihr vorbeizufahren. Dank Demir hatte er auch dazu mehr als genug Zeit.

6

Kai Schott saß an seinem Stammtisch in der Schlachteplatte in Hummelsbüttel, vor sich eine Riesencurrywurst mit Pommes, dazu ein alkoholfreies Weizen. Das hatte er sich verdient!

In der Kantine war heute Veggieday. Wer sich den Scheiß ausgedacht hatte? Freies Essen für freie Bürger!, hatte er die Alte hinterm Tresen angemacht, irgendwo musste 'ne Wurst oder 'nen Schnitzel für ihn versteckt sein. Aber nichts.

Da war er spontan in die Schlachteplatte gefahren. Den Kollegen hatte er gesagt, er wolle sich im Eppendorfer Moor umsehen. Wer weiß, vielleicht fuhr er im Anschluss tatsächlich dort vorbei. Kleiner Verdauungsspaziergang.

Er spießte zwei Pommes und ein Stück Wurst auf die Gabel und fuhr durch die Soße. Gerade als er sich seinen selbstgebastelten Minischaschlik in den Mund geschoben hatte, klingelte sein Telefon.

»Hmmm«, meldete er sich.

»Wie läuft's?«, kam es vom anderen Ende der Leitung.

»Hmmm«, sagte er erneut, schluckte runter und sah sich um. Die meisten Gäste saßen draußen auf der Terrasse, außer ihm hielten sich nur drei ins Gespräch vertiefte Handwerker im Gastraum auf, dazu Kristina hinterm Tresen, sie war mit Gläserputzen beschäftigt.

Er senkte seine Stimme. »Der Giftzwerg ist im Kranken-haus, und das Weichei habe ich vom Thron gekickt, der kümmert sich jetzt um seine Kinder. Will sagen, die Ermitt-lungen stocken.«

»Und die kleine Blonde?«

»Tippt sich die Finger wund, auf der Suche nach Überein-stimmungen bei der Einbruchsmethode.«

»Nicht schlecht! Halt mich auf dem Laufenden.«

»Sehen wir uns Sonntag?«

»Kann ich noch nicht sagen. Ich muss Schluss machen.«

Aufgelegt. Schott nahm sein Besteck auf und schnitt den nächsten Bissen von seiner Wurst.

Es ging doch nichts über ein gutes Netzwerk.

7

Gefüllte Paprika mit Reis, Gemüse und Schafskäse. Tamme stieg aus dem Aufzug und rieb sich den Bauch. Er hatte zweimal einen Nachschlag genommen, so gut hatte es ihm geschmeckt. Auch wenn er sich jedes Mal auf die allwöchentliche Currywurst am Donnerstag freute, hatte er sich schnell mit dem kürzlich eingeführten vegetarischen Mittwoch angefreundet – anders als manche Kollegen, die sich ereiferten, als hätte man sie zum Hungertod verurteilt. Ein Tag ohne Fleisch, na und? Er verstand die Aufregung nicht.

»Hast du kein Handyverbot?« Franzis erstaunte Stimme drang bis auf den Flur. Hatte sie eins seiner Kinder am Apparat? Er ging schneller.

»Nein, mache ich nicht!« Franzi stand an seinem Platz und hielt den Telefonhörer ans Ohr gepresst. »Wir kriegen das schon hin.« Ungeduld in ihrer Stimme.

Mit wem redete sie?

»Du sollst dich erholen!« Pause. »Ja, er ist gerade reingekommen.« Entnervt reichte sie ihm das Telefon. »Für dich, Svea.«

Was war los? »Alles okay?«

Svea stöhnte. »Endlich ein vernünftiger Mensch. Franzi wollte mir nicht zuhören, dabei bin ich topfit, alles klar im Kopf.«

Erleichtert setzte er sich. »Du erinnerst dich wieder?«

»Nein.«

»Okay«, sagte er gedehnt. »Was dann?« Als Franzi sich an die Stirn tippte, hatte er das Gefühl, als vermittelte er zwischen zwei bockigen Kindern.

»Ich habe im Internet recherchiert. Du musst mich dringend abholen«, beschwor Svea ihn.

»Ich wollte eigentlich gleich zu Höpke.«

»Die kann warten. Hol mich hier raus!«

»Jetzt? Du solltest doch vierundzwanzig Stunden überwacht werden.«

»Tamme!«

»Vielleicht erklärst du mir mal, worum es geht?« Er suchte Franzis Blick und tippte sich auch an die Stirn.

Die Kollegin nickte zustimmend.

»Kann ich gerade nicht sagen.« Svea fing an zu flüstern, war kaum noch zu verstehen. »Ich bin nicht allein im Zimmer.«

Er seufzte. Franzis Abwehr wunderte ihn nicht, auch wenn er es ungern zugab – es fühlte sich an, als fiel er Svea in den Rücken –, grenzte ihr Verhalten mittlerweile wirklich an Verfolgungswahn. Konnte sie nicht die paar Stunden im Krankenhaus bleiben und sich heute Abend von ihrem Freund abholen lassen? Tamme hatte sich auf einen frühen Feierabend eingestellt, auf Zeit mit den Kindern, für sich und für Tanya. Taxi spielen für Svea stand nicht auf seinem Plan.

Hatte Alex keine Zeit? Er setzte an zu seiner Frage, aber Svea unterbrach ihn, ihre Bettnachbarin war zur Toilette gegangen.

Mit offenem Mund hörte Tamme sich an, was sie ihm zu sagen hatte.

Klar, er würde kommen und sie aus dem Krankenhaus abholen, so schnell wie möglich. Er musste sich vorher nur um einen Babysitter kümmern. Mit Glück hatte Imke Zeit und konnte länger bei den Kindern bleiben.

»Du hältst hier die Stellung«, sagte er zu Franzi, während er die Liste aus der KTU einsteckte, um die Svea ihn gebeten hatte.

Ihr Stirnrunzeln zeigte ihm deutlich, was sie dachte: Jetzt war er auch verrückt geworden.

8

Keine Sehstörungen, Svea konnte alles bewegen, spürte alles, und auch die Koordination funktionierte. Sie war von Kopf bis Fuß neurologisch durchgecheckt worden, mit ihrem Gehirn schien alles okay zu sein. Trotzdem sollte sie sich die nächsten Tage ruhig verhalten, mit einem Schädelhirntrauma war nicht zu spaßen.

Der Neurologe hatte noch mal auf die Amnesie hingewiesen, sie hatte nur halb zugehört. Als hätte die Untersuchung einen Knoten gelöst, fehlte zwar immer noch die Erinnerung an den Unfall, aber ihr war eingefallen, woher sie Schmallenberg kannte.

Von Helena Pahde.

Als Svea die Auswertung ihrer Handydaten überflogen hatte, war ihr daran nichts weiter aufgefallen. Sie hatte die Liste innerlich abgehakt.

Bis sie vorhin über den getöteten Tierarzt gestolpert war. In Schmallenberg. Neben mehreren Adressen in Hamburg und auf Sylt hatte Pahde letzte Woche den Namen der Kleinstadt im Sauerland bei Google Maps eingegeben.

Zufall? Gut möglich – trotzdem kam Svea die Sache etwas verdächtig vor, auch wenn sie noch keine Ahnung hatte, wie der Tod des Tierarztes mit Pahdes Ermordung zusammenhängen konnte. Aber was suchte jemand, der sich normalerweise für Blankenese oder Kampen und Rantum auf Sylt interessierte, in Schmallenberg? Das 25.000-Einwohner-Städtchen im Hochsauerlandkreis war für Wander- und Familienurlaub in der Natur bekannt, außerdem lockte ein Besuch im Schieferbergbaumuseum, hatte Svea gegoogelt. Von Dortmund war es nicht weit ins Sauerland, aber in Schmallenberg war sie noch nie gewesen.

Doch das wollte sie umgehend ändern. Sie hatte weitere alte Zeitungsmeldungen gegoogelt, darin tauchte der Name eines jungen Tierarztes auf. Ingo Schulte war in der Praxis angestellt gewesen und direkt nach Beginn der Ermittlungen verschwunden. Von Schulte gab es nur das immer gleiche unscharfe Passbild mit einem Balken über den Augen. Dafür hatte ein Reporter eine junge Frau mit wilder Lockenfrisur aufgespürt: *Die verzweifelte Verlobte*, lautete die Bildunterschrift.

Schmallenberg, ein unaufgeklärtes Tötungsdelikt in einer Arztpraxis, ein untergetauchter Verdächtiger, der bis heute nicht wieder aufgetaucht war. Hatte der Mann etwa auch Helena Pahde getötet?

Das ist doch fünfmal um die Ecke gedacht, hatte Franzi Sveas Verdacht abgetan. Du und dein Gefühl! War sie Svea noch böse, dass sie sie zum psychologischen Dienst schicken wollte? Tamme hatte sich zum Glück gleich überzeugen lassen.

Svea blickte auf die Uhr. Wo blieb Tamme nur? Vom Präsidium ins Krankenhaus dauerte es höchstens eine halbe Stunde. Es war doppelt so lange her, dass sie mit ihm telefoniert hatte.

Danach hatte sie sofort ihr Krankenhaushemd aus- und ihre alten Sachen angezogen. Die Jeans war dreckverschmiert, ihr T-Shirt am Ellenbogen aufgerissen, das ließ sich jetzt nicht ändern. Alex hätte nachher frische Sachen mitgebracht, aber darauf konnte sie nicht warten.

Als sie Zahnbürste und Zahnpasta in ihren Rucksack stopfte, den die Kollegen aus dem Unfallauto geborgen hatten, kommentierte ihre Bettnachbarin: »Ich dachte, Sie müssen bis morgen hierbleiben. Hat die Ärztin das nicht gesagt?«

Svea ignorierte die Einmischung. Alles okay, hatte die diensthabende Ärztin gemeint, trotzdem allerdings empfohlen, dass Svea noch die nächste Nacht zur Überwachung im Krankenhaus bleiben sollte. Falls die Kontrollen weiter unauffällig waren, könnte sie gleich morgen früh nach Hause. Empfehlung, kein Befehl, hatte Svea gedacht, nachdem sie auf Schmallenberg gekommen war. Sie war auf ihren Krücken ins Schwesternzimmer gehüpft und hatte erneut die Ärztin verlangt. Fünf Minuten später hatte sie unterschrieben, dass sie gegen ärztlichen Rat das Krankenhaus verließ. Sie sollte bloß aufpassen, dass Sie nicht auf den Hinterkopf fiel, hatte die Ärztin ihr hinterhergerufen, als sie mit einer Krücke auf dem frisch gewischten Boden weggerutscht war und sich Halt suchend am Essenswagen festgeklammert hatte.

Sveas Bettnachbarin räusperte sich. »Ist das nicht verboten, einfach so nach Hause zu gehen?«

Konnte die Frau sich nicht um ihre Angelegenheiten kümmern? »Ist das nicht verboten, seine Bettnachbarin auszufragen?«, rutschte es Svea raus.

Die Frau schnaubte beleidigt. In dem Moment stürzte Tamme ins Zimmer.

»Sorry, ich habe im Stau gestanden.«

9

In den letzten Tagen musste ich improvisieren, öfter, als mir lieb war. Das kann ich, keine Frage. Trotzdem ist es besser, wenn es wie geplant läuft, zumindest nach Plan B.

Mein ursprünglicher Plan ist fehlgeschlagen. Aber daran darf ich nicht zu oft denken. Das ist schlecht, macht einen schwach.

Vergangenes vergessen, nach vorne gucken.

In den letzten Tagen wollte mir das nicht recht gelingen. Wie ein Video in Endlosschleife lief die Tat immer wieder vor meinen Augen ab, der Moment, in dem die Klinge abrutscht. Hatte ich nicht genug Kraft? War es der falsche Winkel? Das falsche Messer? Woran lag es?

Gedanken, die zu nichts führen, die einen schwächen, sonst nichts.

Jetzt habe ich alles abgeschüttelt und bin konzentriert. Ganz bei mir. Bereit für Plan B.

Ich ziehe die Handschuhe aus der Tasche, das dünne Leder schmiegt sich um meine Finger wie eine zweite Haut. Ein letztes Mal sehe ich mich um. Die Nachbarn auf der linken Seite sind gestern in den Urlaub gefahren, die zur rechten bei der Arbeit. Als ich sicher bin, dass mich niemand beobachtet, öffne ich die Tür zur Garage.

Wo habe ich nur die Kanister gesehen? Da! Ich hebe den obersten hoch, schüttele ihn. Zu wenig.

Der nächste ist schwerer, das sollte reichen. Als ich ihn zur Kontrolle aufschraube, steigt mir der säuerlich scharfe Geruch in die Nase. Perfekt.

Ich wickele den Kanister in eine Plastiktüte, knote sie zu und stecke das Päckchen in meinen Rucksack. Nicht dass mich jemand sieht, wie ich mit einem Kanister die Garage verlasse.

Sicher ist sicher.

Und sonst kommt Plan C zum Einsatz.

10

Im Kofferraum des Toyota klirrte es, als Tamme in Othmarschen auf die A7 bog. Svea rutschte fast vom Beifahrersitz und fasste den Haltegriff, Bierdunst zog zu ihr nach vorn. Tamme hatte die verengte Kurve mit solchem Schwung genommen, dass die Tüten mit den Pfandflaschen umgekippt waren.

»Abgase oder Alkohol?«, ließ er ihr die Wahl bei der Einfahrt in die Elbtunnelröhre.

»Dann lieber Bier«, entschied sie, und drückte die Umlufttaste.

Als sie vor einer Viertelstunde mit ihm zu seinem Wagen gehumpelt war, hatte er entschuldigend die Schultern gehoben, neben seinem Job und den Kindern kam er zu nichts. Auf ihre Krücken gelehnt, hatte sie zugesehen, wie er die beiden Plastiktüten mit den Flaschen und einen Korb mit Altpapier vom Beifahrersitz in den Kofferraum stopfte. Die Rückbank des Toyota war bereits belegt gewesen mit zwei klebrig aussehenden Kindersitzen, leeren Süßigkeitenverpackungen, noch mehr Plastiktüten, einem Turnschuh, Pferdezeitschriften und einer Tasche, auf der ein pinkfarbenes Pony galoppierte. Als hätten Tamme und die Kinder kein Zuhause.

Immerhin war eine der Plastiktüten jetzt leer. Svea trug eine Reithose und ein frisch gewaschenes Sweatshirt von Bente. Tammes Älteste hatte etwa die gleiche Größe wie sie, hatte Tamme mit Blick auf ihre schmutzigen, kaputten Klamotten gemeint. Nicht dass sie mit ihrem Aussehen in Schmallenberg Misstrauen weckte.

Nachdem sie sich bei den dortigen Kollegen auf der Wache gemeldet hätten, würden sie als Erstes der ehemaligen Verlobten des Verschwundenen einen Überraschungsbesuch abstatten. Während Svea auf Tamme gewartet hatte, hatte sie im Präsidium angerufen. Nicole Sondermann wohnte im Zentrum von Schmallenberg, hatte nie geheiratet und lebte allein, zumindest laut Melderegister.

»Meinst du, der Untergetauchte ist unser Täter?«, sprach Tamme aus, was Svea dachte. Sie hatte es bislang nicht laut geäußert, damit er sie nicht für verrückt erklärte und es sich anders überlegte.

»Möglich«, sagte sie jetzt, »dass es eine Verbindung zu unserem Fall gibt.« Als Tamme sie abgeholt hatte, hatte sie sofort die Liste aus der KTU durchgesehen. Nicht dass sie sich doch geirrt hatte, so ganz traute sie ihrem Gehirn gerade nicht. Aber ihre Erinnerung stimmte, heute vor zwei Wochen hatte Pahde Schmallenberg gegoogelt.

»Da ist noch etwas«, sagte Tamme, als sie aus dem Tunnel herausfuhren. Melinda Volk hatte bei seinem ersten Besuch bei ihr erwähnt, dass Graf ihr ein Medikament gegen die Übelkeit mitbringen wollte. »Maloxitant hat sie gesagt, ich dachte, sie meint Maaloxan, aber vielleicht hat sie auch Maropitant gemeint, das ist ein Mittel aus der Veterinärmedizin.« Tamme kannte es vom Hof seiner Eltern. Er hatte dem keine Bedeutung beigemessen, bis Svea vorhin den Tierarzt erwähnt hatte. »Vielleicht hat Volk sich nicht verhört, sondern Graf hat sich versprochen?«

»Willst du damit sagen, dass Graf Tierarzt ist? Unser Tierarzt?«

»Ist vielleicht ein bisschen weit hergeholt.« Er zuckte die Achseln. »Hast du Wienecke Bescheid gesagt?«

»Sie war nicht erreichbar. Ich versuch's später noch mal. Solange kannst du gern mein Chef bleiben.« Svea kurbelte das Fenster herunter, um Frischluft hereinzulassen. Am Terminal wurde ein gigantisches Schiff entladen, wie rotblaue Dinosaurier hielten die Containerbrücken ihre Beute in den Krallen. Obwohl Svea anfangs mit Hamburg gehadert hatte – und teilweise immer noch haderte –, der Hafen hatte ihr sofort gefallen. Der raue Industriecharme erinnerte sie ans Ruhrgebiet ihrer Kindheit und Jugend.

»Danke.« Tamme lachte bitter. »Deine Meinung zählt leider nicht.« Er berichtete ihr von seinem Gespräch mit Wienecke und Schotts Einmischung.

»Arschlöcher, alle beide«, schimpfte Svea. Hätten Tamme und sie es nicht so eilig, würde sie sofort im Präsidium vorbeifahren und klarstellen, dass sie ab sofort wieder die Leitung ihrer Mordbereitschaft übernahm.

Aber auch wenn der Fall in Schmallenberg fünfundzwanzig Jahre her war, wollte sie keine Zeit verlieren. Der Täter hatte sein nächstes Opfer womöglich längst im Visier. Svea war immer noch überzeugt, dass ihr gestriger Unfall kein Zufall gewesen sein konnte.

»Ich verstehe nicht, warum Wienecke überhaupt auf Schott hört«, sagte sie. Im selben Moment fiel ihr wieder ein, wie Schott sie von Pizolka gegrüßt hatte. Steckte doch mehr hinter den Gerüchten, dass er Wienecke erpresste? Die Chefin hatte einiges zu verlieren, von ihrem Gehalt musste sie einen Mann und zwei Kinder ernähren und ein Haus in Groß Borstel abbezahlen. Svea hatte nur sich und ihre Zweizimmerwohnung, und trotzdem hatte sie sich kurzzeitig von Schott aus der Fassung bringen lassen. Und noch ein Gedanke kam ihr: War Schotts Intrige gar nicht nur gegen Tamme, sondern vor allem gegen Svea gerichtet? Um ihr und ihrem Team zu schaden?

»Was fährt Schott für einen Wagen«, fragte sie. »Eine dunkle Limousine?«

Tamme hatte keine Ahnung. »Musik?«

Er schaltete den CD-Spieler ein. Hufgetrappel, wummernde Bässe, »Das sind Bibi und Tina, auf Amadeus und Sabrina«, sang eine Männerstimme.

Svea lachte. Jedes Mal, wenn sie bei Tamme mitfuhr, lief dieselbe CD mit Kinderliedern, und Tamme summte mit.

Aber jetzt stöhnte Tamme, er drückte auf Eject und riss die CD heraus. »Guck mal im Handschuhfach nach was Ordentlichem.«

Der brave Tamme, dachte Svea, während sie die Tasche mit den CDs durchsah. Irgendetwas war mit ihm passiert. Als sie gefragt hatte, wie lange er Zeit hatte, hatte er gesagt, die ganze Nacht, Imke passt auf die Kinder auf. War Imke zurückgekehrt zu ihm? Seine bessere Laune war ihr ebenso aufgefallen wie der Knutschfleck an seinem Hals. Aber sie fragte nicht. Wenn er wollte, würde er es ihr erzählen – wenn nicht, auch gut.

»Wie wär's mit Dire Straits?«

Tamme nickte und sie schob die CD in den Spieler.

»Money for Nothing«, das hatte sie gehört, als sie zum ersten Mal bei Alex im Auto gesessen hatte.

Alex! Fast hätte sie vergessen, ihm Bescheid zu sagen, dass er sie nicht aus dem Krankenhaus abzuholen brauchte. Weil er nicht ans Telefon ging, schickte sie ihm eine SMS.

Pass auf dich auf, simste er zurück.

Als sie kurz vor Hannover auf die A2 fuhren, drehte sie den Sitz nach hinten. »Stört es dich, wenn ich schlafe?«

Aber sie schlief nicht. Bevor sie die Augen schloss, fuhren sie unter einem Schild hindurch, auf dem neben Bielefeld und Garbsen auch Dortmund angezeigt war.

Plötzlich war ihre Heimatstadt ganz nah. Und mit ihr die Erinnerung an Yunan. Ihre letzte Begegnung, als sie ihn in seiner versifften Wohnung besucht hatte. Wie sie sich in seiner Umarmung geborgen wie früher gefühlt hatte. Bis sie ihm erklärte, warum sie gekommen war. Sein hasserfüllter Blick, als er zustimmte, den Entzug zu machen. Hätte sie das nicht bei ihrem Sturz auf den Hinterkopf vergessen können?

Irgendwann war sie doch eingeschlafen.

Als sie wieder aufwachte, war es kurz vor halb sechs. Tamme berührte sie am Arm.

»Wir müssen noch den Kollegen in Schmallenberg Bescheid sagen. Rufst du auf der Wache an?«

Svea gähnte. »Mach ich.« Vorher versuchte sie es bei Wienecke. Nichts. Sie tippte eine SMS: *Bin wieder auf den Beinen. Svea.* Sollte Wienecke denken, was sie wollte.

Als Tamme von der Autobahn auf die Landstraße fuhr, kribbelte ihre Kopfhaut. Hoffentlich hatte sie sich nicht geirrt.

11

»Ich wünschte, Ingo wäre tot.« Nicole Sondermann kraulte die lachsrote Perserkatze auf ihrem Schoß. »Nichts ist so schlimm wie die Ungewissheit.«

»Das verstehe ich.« Svea legte Anteilnahme in ihre Stimme.

Tamme und sie hockten auf der Eckbank an Sondermanns Esszimmertisch. Sondermann war zu Hause gewesen, als sie um halb sieben den Türklopfer an ihrem Fachwerkhäuschen betätigt hatten. Auch wenn ihre Locken ergraut waren und das Gesicht spitzer als auf dem Zeitungsfoto, hatte Svea die zierliche Frau in der viel zu großen Strickjacke sofort wiedererkannt. Nach einem kurzen Blick auf ihre Dienstausweise hatte Sondermann sie hereingebeten, ohne Zögern, als hätte sie die Polizei erwartet. Dass es so reibungslos klappen würde, hatte Svea nicht zu hoffen gewagt. Einzig enttäuschend war, dass Ingo Schulte auf dem Foto, das Sondermann hervorgeholt hatte, keinem ihrer Tatverdächtigen glich. Am wenigsten Graf. Wobei er sich das Gesicht hätte operieren lassen können. Aber würde Graf, wenn er ihr Täter war, sie mit der Nase auf seine Tarnung stoßen? Wohl kaum! Wenn überhaupt, dann hatte Graf vielleicht Schulte umoperiert. Aber auch das schien ihr weit hergeholt. In jedem Fall mussten sie mehr über Schulte erfahren, Pahde hatte Schmallenberg nicht zufällig gegoogelt, davon war Svea weiterhin überzeugt.

»Wann haben Sie Ingo zum letzten Mal gesehen?«

»Am Tag bevor er verschwand.« Sondermann beschrieb den letzten gemeinsamen Nachmittag so detailliert, als wäre er nicht fünfundzwanzig Jahre, sondern wenige Tage her. Wie sie im Supermarkt fürs Wochenende eingekauft hatten. Fleisch für Rouladen und Kartoffelpüree, fünf Packungen, weil das gerade im Angebot gewesen war. Sie hatten die Einkäufe zu ihm nach Hause gebracht – nach dem Unfalltod seiner Eltern hatte er einen Ortsteil weiter bei seinen Großeltern gewohnt – und waren an der Lenne spazieren gegangen. Um kurz nach sieben hatten sie sich getrennt, Sondermann hatte zur Arbeit gemusst, sie war damals Nachtschwester im Krankenhaus in Meschede gewesen. Ingo hatte ein halbes Jahr zuvor seine tierärztliche Prüfung bestanden – sein Vater hatte immer gewollt, dass Ingo Arzt würde, er wäre so stolz auf ihn gewesen. Seitdem hatte Ingo jedenfalls in der Praxis in Schmallenberg mitgearbeitet. »Zum Abschied an dem Abend hat er mich geküsst und meine Locken gewuschelt.«

Sie strubbelte sich mit beiden Händen durch die Haare. Die Katze machte einen Buckel, sprang zu Boden und huschte ins Nebenzimmer. Sondermann sah ihr hinterher. »Manchmal fühle ich seine Hände an meinem Kopf. Als wäre die Zeit stehen geblieben.« Sie räusperte sich. »Ist sie natürlich nicht.«

»Ist Ihnen irgendetwas an ihm aufgefallen?«

»Nichts. Ich habe immer wieder nachgedacht, es gab nicht den geringsten Hinweis, dass er mich verlassen wollte. Wir waren glücklich.« Sondermann zog die Ärmel ihrer Strickjacke um sich. »Deshalb war es ja so ein Albtraum.«

Nach Schultes Verschwinden war sie in eine Depression gefallen, aus der sie nie ganz herausgekommen war. Seit einem Selbstmordversuch vor acht Jahren machte sie eine Therapie und nahm Medikamente, seitdem ging es ihr besser. Aber nicht so gut, dass sie in ihrem alten Beruf arbeiten konnte. Sie bezog eine kleine Erwerbsunfähigkeitsrente und verdiente sich ein Zubrot beim Pflegedienst. Heute hatte sie frei.

Sie legte den Kopf schief und fixierte Svea: »Sie haben nicht schon mal angerufen, oder?«

»Nein, warum fragen Sie?« Svea tauschte einen Blick mit Tamme. War Helena Pahde nicht nur auf Schmallenberg, sondern auch auf Sondermann gestoßen?

Vor ein paar Tagen hatte sie ein Anruf bekommen, berichtete Sondermann, die Frau hatte ihren Namen nicht genannt. »Sie wollte mich über Ingo ausfragen. Als ich das gemerkt habe, habe ich aufgelegt.« Die Frau hatte es nicht noch mal versucht, Sondermann fragte sich, ob es eine Polizistin gewesen war, »eine verdeckte Ermittlerin oder …« Sie wurde von einem dumpfen Poltern aus dem Raum über ihnen unterbrochen.

Ein Geräusch, als hätte jemand eine Tasche fallenlassen. War noch jemand im Haus? Svea griff unter dem Tisch nach ihrer Waffe. Tamme machte Anstalten aufzustehen.

»Bleiben Sie sitzen.« Sondermann lächelte: »Das ist nur die Katze.« Sie war dagegen gewesen, fuhr sie fort, dass die Ermittlungen damals eingestellt wurden. »Selbst wenn er tot ist oder schuld am Tod seines Chefs, wäre mir das egal. Hauptsache, dieses Kapitel findet endlich einen Abschluss.« Ihre Stimme nahm einen beschwörenden Klang an: »Ich spüre, dass Ingo noch da ist, ich weiß nur nicht wo. Manchmal erscheint er mir nachts.« Pause. Seufzen. »Vielleicht wurde er entführt, oder er hatte einen Unfall und sein Gedächtnis verloren.«

Svea erschauerte.

»Sie gucken, als glaubten Sie mir nicht.«

»Mehr als Sie denken, ich hatte eine Amnesie.« Nähe herstellen zum Befragten, nichts leichter als das. Auch wenn das »hatte« nur Sveas Wunschdenken entsprang, noch war ihre Amnesie nicht verschwunden.

»Wir werden alles tun, um Ingo zu finden!«, bekräftigte Tamme.

»Haben Sie weitere Erinnerungsstücke an ihn?« Svea tippte auf das Foto zwischen ihnen auf dem Tisch. Manchmal bewahrten die Leute die verrücktesten Dinge auf; sie hatte jahrelang eine Haarsträhne von Yunan in ihrem Portemonnaie gehabt. »Wir haben heute ganz andere technische Mittel als damals«, erklärte sie. Zum Beispiel könnten sie Schultes DNA mit den Datenbanken abgleichen.

»Ich habe alles weggeworfen!«, sagte Sondermann bestimmt, doch ein Zucken um die Augen verriet sie.

»Wir können ihn nur finden, wenn Sie uns helfen.«

Sondermann senkte den Blick und wiegte sich vor und zurück. Svea machte Tamme ein Zeichen, ruhig zu bleiben.

»Das ist …« Sondermann blickte auf, sprach stockend, »… nicht einfach für mich. Den Mund zerrissen haben sich die Leute. Konservative Gegend hier im Sauerland. Ich war jung damals.« Als wäre Jungsein eine Entschuldigung für alles.

Mit einem Nicken forderte Svea sie zum Weiterreden auf. Stattdessen kicherte sie. War Sondermann kränker, als sie zugab?

Abrupt, wie es gekommen war, stoppte das Kichern. Sondermann stand auf. »Kommen Sie mit, es ist im Keller.«

Im Keller? Was passierte hier gerade? Svea fröstelte, als wäre die Temperatur im Raum jäh um zehn Grad gesunken. Beim Aufstehen von der Bank stieß sie eine ihrer Krücken um. Ein Knall auf dem Dielenboden, sie zuckte zusammen.

»Was ist mit Ihnen?« Sondermanns Blick huschte zwischen Sveas Fuß und dem Pflaster am Kopf hin und her. Als hätte sie die Verletzungen erst jetzt bemerkt.

»Unfall.« Svea zeigte auf Bentes Hose, die sich über ihrem muskulösen Oberschenkel spannte. »Beim Reiten. Ich bin gestolpert und äh … gegen die Box geschlagen.«

»Und ihr Fuß?«

»Mein Pferd hat mir auf den Huf getreten.«

Irritation bei Sondermann.

»Sie meint, ihr Fuß ist unter den Huf des Pferdes geraten«, korrigierte Tamme.

»Genau!« Svea nickte, das hatte sie sagen wollen. War in ihrem Kopf doch mehr durcheinandergeraten?

Sondermann war zu dem Läufer vorm Fenster getreten. Als sie ihn zur Seite schob, kam eine Bodenklappe zum Vorschein. Sie fasste den ins Holz eingelassenen Griff. Ein Ruck, die Scharniere kreischten auf, modrig kalte Luft schwallte ihnen entgegen.

Svea nieste. Schimmel? Verwesung? Sie konnte den Geruch nicht einordnen.

Sondermann hakte die Klappe an der Wand fest, dann ging sie vor ins Dunkel, die hölzerne Stiege knarzte unter ihren Schritten. Unten angekommen, schaltete sie das Licht ein. »Kommen Sie«, rief sie.

Svea gab Tamme ihre Krücken und ließ ihn vorgehen, sie hüpfte auf einem Bein hinterher, die Hand am Geländer. Der Keller war so niedrig, dass Tamme sich krümmte wie Sveas rückenkranke Nachbarin.

Ein schmaler Gang, der Putz platzte von den Wänden, lag in dicken Schuppen auf dem Boden. Sondermann verschwand hinter einer Ecke.

Als die Bodenklappe über Svea zuschlug, wankte der Boden. Das Letzte was sie sah, war, wie Tamme in seine Tasche fasste. Dann erlosch das Licht.

Durch Sveas Ohren rauschte ein Tsunami, sie ließ eine Krücke los, lehnte sich gegen die Wand und griff nach ihrer Waffe. Ihre Gedanken explodierten. Versteckte Sondermann den Verschwundenen in ihrem Haus? Hatte sie Pahde umgebracht? Glaubte sie, dass sie ihr auf die Schliche gekommen waren? Hatte sie sie nur so schnell hereingelassen, um sie auszuschalten?

Die Kollegen bei der Wache in Meschede fielen ihr ein. Als sie vorhin in Schmallenberg angerufen hatte, war sie umgeleitet worden in die nächstgrößere Kreisstadt. »Wir haben uns übrigens bei den Kollegen in Meschede angemeldet«, rief sie ins Dunkel. Ihre Stimme hallte. Niemand antwortete.

Im Nachhinein hatte es höchstens zwei Sekunden gedauert, bis sie mit der anderen Hand die Taschenlampe an ihrem Handy eingeschaltet hatte.

»Leuchten Sie mir bitte mal«, sagte Sondermann. Sie war zurückgekommen in den Gang, in der Hand hielt sie eine Glühbirne. Mit spitzen Fingern schraubte sie die Reste der zersplitterten Birne aus der Fassung und die neue hinein.

Als das Licht brannte, stieß Svea die Luft aus.

Sondermann wandte sich um. »Habe ich Sie erschreckt? Das tut mir leid. Die Klappe fällt manchmal zu, der Haken sitzt nicht mehr fest in der Wand.«

Tamme bückte sich nach Sveas Krücke. »Alles okay?«

Als sie nickte, guckte er zweifelnd.

Sondermann führte sie zu einem Gefrierschrank. Svea tauschte einen Blick mit Tamme, er legte die Hand an seine Waffe.

Sondermann öffnete die Tür, zog eine Schublade nach der nächsten heraus und wühlte sich durch Kartons und Tüten mit tiefgefrorenem Gemüse und Obst.

Neben sich registrierte Svea, wie Tamme die Waffe zog.

»Da!« Triumphierend zog Sondermann eine rissige lila Plastikdose hervor. Sie pulte den Deckel ab. Wie bei einer russischen Puppe steckten zwei weitere Dosen darin. In der letzten lag ein zeigefingergroßes Röhrchen.

»Sie können es haben. Ich bin langsam zu alt dafür.«

Als Svea eine Stunde später mit Tamme zum Auto humpelte, spürte sie noch ihr Herzklopfen. Nachdem Tamme die Bodenklappe aufgedrückt hatte, waren sie von der miauenden Katze begrüßt worden. Der Haken hatte auf dem Boden inmitten von Putzbröseln gelegen; Sondermann schien die Wahrheit gesagt zu haben, das Loch in der Wand sah aus wie immer wieder mit Spachtelmasse repariert. Während Svea mit ihr in der Küche gewartet hatte, hatte Tamme das ganze Haus durchsucht. Nichts. Niemand.

»Ich hab gedacht«, Tamme hielt Svea die Autotür auf, »Schulte liegt zerstückelt in dem Gefrierschrank.«

Svea lachte und konnte nicht mehr aufhören, dann schluchzte sie, zitterte. Und ließ es zu, dass Tamme den Arm um sie legte und ihr in den Sitz half.

»War ein bisschen viel in den letzten vierundzwanzig Stunden«, meinte er, als er auf die Landstraße bog.

Sondermann hatte ihr das Röhrchen in die Hand drücken wollen, aber Svea war zurückgewichen wie vor einem brennenden Feuerwerkskörper. Darin steckte Ingos Sperma, hatte Sondermann erklärt, sie hatte es heimlich aus einem Kondom gerettet; ob man damit noch ein Kind machen konnte, wusste sie nicht, es hatte vor ein paar Jahren einen Stromausfall gegeben, aber Ingos DNA, die könne man bestimmt analysieren. Nach dieser Erklärung hatte Svea ihr das Röhrchen geradezu entrissen.

Jetzt steckte es sicher in ihrem Rucksack. Svea spürte, wie Tamme beschleunigte, sie kurbelte ihren Sitz zurück und schloss die Augen. Wer auch immer der Täter war, sie kam ihm näher.

DONNERSTAG, 20.08.2015

1

Drei Uhr früh, und er musste noch bis ans andere Ende der Stadt. Tamme gähnte und gab Gas.

Auch wenn er Franzis Meinung über den Osdorfer Born überzogen fand, hatte er Svea bis vor ihre Wohnungstür im zwanzigsten Stock gebracht. In ihrem Zustand konnte er sie nicht allein über den dunklen Parkplatz humpeln lassen, egal wie spät es war, egal ob Osdorfer Born oder Othmarschen.

In seiner Hemdtasche klimperte es. Er hatte Svea überredet, ihm das Probenröhrchen zu überlassen. Wienecke hatte sich bis jetzt nicht bei ihnen gemeldet. Noch war Svea nicht wieder offiziell Teil ihres Teams, geschweige denn die Leitung, und Wienecke legte bekanntermaßen großen Wert auf die Einhaltung des Dienstwegs.

Nachher im Präsidium würde er als Erstes das Röhrchen ins Labor geben und den Inhalt analysieren lassen. Nur was, wenn darin kein Sperma war, oder zumindest nicht das von Schulte? Aber Svea war sich sicher gewesen, dass Sondermann die Wahrheit gesagt hatte, hoffentlich lag sie richtig. Nach ihrem Ausflug in den Keller war sie ganz schön durch den Wind gewesen, so kannte er sie gar nicht. War ihre Gehirnerschütterung schuld? Wenn sie nicht voll leistungsfähig war, würde Wienecke ihr die Leitung der Mordbereitschaft bestimmt nicht zurückgeben; wo sie Tamme schon degradiert hatte, weil er sich um sein krankes Kind gekümmert hatte.

Als er eine halbe Stunde später auf die Bramfelder Chaussee fuhr, schlug die Müdigkeit wie eine Riesenwelle über ihm zusammen. Die ganze Zeit war er fit gewesen, er würde doch nicht auf den letzten Metern schlappmachen! Er ließ die Fenster auf beiden Seiten herunter, inhalierte die frische Nachtluft und dreht das Radio lauter.

»Cause she needs somebody to tell her
That it's gonna last forever
So tell me have you ever really
Really, really ever loved a woman?«

Erst beim Refrain fiel Tamme auf, zu welchem Lied er den Takt aufs Lenkrad trommelte. Imkes und sein Hochzeitslied. Ständig dudelte es irgendwo im Radio, einmal hatte es ihn sogar im Supermarkt erwischt. Ohne es zu merken, hatte er den Sahnebecher zerquetscht, den er gerade aus der Kühlung genommen hatte, hinterher im Auto waren ihm die Tränen gekommen. Nicht wegen der Sauerei, nein.

Und jetzt? Ein schönes Lied aus seiner Vergangenheit. Mehr nicht! Er gähnte noch mal, dann summte er mit: »Just tell me have you ever really, really, really ever loved a woman?«

Die Erinnerung an seine Hochzeit und all das Gute während seiner Ehe mit Imke würde er sich nicht nehmen lassen, egal, wie es geendet hatte oder was Imke noch an Geheimnissen bereithielt! Franzis Beziehungsratgeber fiel ihm ein. So war das wohl in Phase drei. Er hatte seine Trauer und seine Wut überwunden und war dabei, sich neu zu orientieren. Wobei die nächste feste Beziehung das Letzte war, was er gerade wollte. Ab und zu Tanya treffen genügte, um seine Laune zu bessern und seine Lebensgeister zu wecken.

Mit Schwung parkte er vor seinem Haus. Im Wohnzimmer brannte Licht, die Stehlampe, Imkes Leselicht. Wahrscheinlich war sie mit dem Buch auf dem Bauch eingeschlafen.

Bevor er den Schlüssel ins Schloss stecken konnte, riss sie die Tür auf. Ihre Haare standen in alle Richtungen, die Augen waren gerötet.

Hatte sie die ganze Zeit wachgelegen und auf ihn gewartet?

»Das kommt nicht wieder vor«, entschuldigte er sich. »Aber wir haben eine neue Spur.« Mehr durfte er ihr nicht sagen.

»Kein Problem.« Imke schlüpfte in ihre Schuhe. Als sie ihre Jacke vom Haken nahm, schluchzte sie auf.

»Was hast du?« War was mit den Kindern?

»Nichts.« Sie schluchzte erneut, diesmal heftiger.

Tamme war zu müde, um ein zweites Mal nachzufragen. Gähnend schloss er die Tür hinter ihr.

Er ging in die Küche und nahm sich ein Bier aus dem Kühlschrank. Als er die Schublade aufzog, um den Flaschenöffner herauszunehmen, dachte er kurz an Sondermann. Was, wenn die Beziehung zu Schulte gar nicht so glücklich gewesen war, wie Sondermann behauptete? Wie sehr man sich in einer geliebten Person täuschen konnte, wusste niemand so gut wie er. Vielleicht hatte sie Schulte im Streit umgebracht, weil er kein Kind von ihr wollte? Jemandem, der das Sperma aus einem benutzten Kondom jahrzehntelang heimlich aufbewahrte, traute er einiges zu!

Mit einem Zischen öffnete er die Flasche, Flüssigkeit schäumte über, floss auf seine Hand, seine Hose und den Fußboden.

Hatte er sich nicht vorgenommen, künftig ohne Bier ins Bett zu gehen? Er nippte einmal an der Flasche, dann hielt er sie über die Spüle und goss sie aus.

2

Ich parke zwischen zwei Laternen in der Auguststraße. Nah genug, um auf dem Weg nicht zu vielen Menschen, im besten Fall niemandem, zu begegnen. Entfernt genug, um nicht gleich mit Plan B in Zusammenhang gebracht zu werden.

Bei jedem Schritt höre ich das Schwappen. Es kommt aus dem Rucksack auf meinem Rücken. Ich fingere nach den Feuerzeugen in meiner Hosentasche, zwei, eins zur Reserve. Dazu zwei Anzünder, in der anderen Hosentasche.

Schwapp, macht es hinter mir. Schwapp. Ein Knacken unter meinem rechten Fuß, als ich auf einen Zweig trete. Oder ist es eine vom Herbst übriggebliebene Buchecker? In der Ferne das Aufheulen eines Motors. Sonst ist alles still.

Am Ende der Straße liegt die Alster, glatt und schwarz wie polierte Kohle. Die wenigen Lichter derjenigen, die um diese Zeit wach sind, leuchten wie Glutnester in einem heruntergebrannten Feuer.

Ich bin etwa zweihundert Meter auf dem Uferweg gegangen, als sich ein Auto nähert, ich ducke mich hinter einer Hecke, bis es wieder verschwunden ist. Noch wenige Meter, einmal quer über die Straße, dann bin ich am Ziel.

In zwei Stunden wird die Sonne aufgehen, die Gassigeher mit ihren Hunden und die Jogger hervorlocken. Noch kann ich im Schutz der Dunkelheit über das Tor klettern. Gebückt renne ich in Richtung Haus, am Eingang vorbei, nach links zu dem hölzernen Unterstand mit den Mülltonnen.

Die blaue Tonne ist zu zwei Dritteln gefüllt. Zeitungen, Zeitschriften, aufgefaltete Pappkartons, Briefumschläge. Bestes Brennmaterial.

Ich schiebe sie dicht an die Hauswand, nehme den Rucksack ab, den Kanister heraus und setze den Rucksack wieder auf.

Dann schütte ich den Kanister über der geöffneten Tonne aus, bis zum letzten Tropfen, und schleudere ihn weit weg ins Gebüsch.

Jetzt das Feuerzeug unter den ersten Anzünder, auflodernd lasse ich ihn in die Tonne fallen. Als mir die Flammen entgegenzüngeln, werfe ich den zweiten hinterher.

Sicher ist sicher.

Damit mein Feuer die Nacht erhellt.

3

Auf der Alster dümpelte der Riesenschwan. Zum Glück hatte Svea ihn vorgestern schon als ein aus der Art gefallenes Tretboot erkannt. Sonst hätte sie bei seinem Anblick angenommen, dass ihr Kopf doch einen größeren Schlag abbekommen hatte.

Sie humpelte über das Kopfsteinpflaster vor der Schönheitsklinik, bei jedem Schritt guckte sie nach unten, nicht dass sie mit ihren Krücken in die Fugen rutschte. Fühlte man sich so auf High Heels?

Tammes Anruf hatte sie um kurz vor sechs aus dem Tiefschlaf gerissen. Ein Brand in der Klinik, Genaueres wusste er nicht. Sie hatte sich sofort ein Taxi gerufen und war jetzt als Erste von ihrem Team am Tatort. Soweit es schon wieder ihr Team war. Wienecke hatte sich noch nicht auf ihre SMS zurückgemeldet, Demir, den sie als Sveas Stellvertreter eingesetzt hatte, lief allerdings nirgendwo herum. Genauso wenig wie Franzi oder Tamme. Die Kollegin sollte jeden Moment eintreffen, Tamme hatte erst ins Präsidium gewollt, das Probenröhrchen abgeben. Keine Zeit verlieren mit der DNA-Analyse.

Hoffentlich gab Graf ihnen freiwillig eine Speichelprobe. Ein Versprecher seiner kranken Freundin würde kaum als Gefahr im Verzug gelten. Und um einen richterlichen Beschluss beantragen zu können, müsste Svea zuvor offiziell von Wienecke die Teamleitung zurückübertragen bekommen. Abgesehen davon, dass das zu viel Zeit kostete, zweifelte die Chefin, so wie sie sich zuletzt verhalten hatte, womöglich an Tammes und ihrer Theorie. Hinzu kam: Svea glaubte zwar nicht, dass Sondermann ihnen etwas vorgespielt und noch Kontakt zu dem Untergetauchten hatte, ihn gar gewarnt hatte. Aber glauben war nicht wissen, bislang gab es Vermutungen, keine Beweise. Genauso wie sie schnellstens nach Schmallenberg gewollt hatte, wollte sie jetzt den DNA-Abgleich!

»Hallo, was ist Ihnen passiert?« Ein Schutzpolizist, derselbe, der Samstagnacht den Eingang bewacht hatte, kam ihr entgegen.

Ohne ihre Antwort abzuwarten, sprach er weiter. Svea unterbrach ihn nicht, offenbar hielt er sie immer noch für die Leiterin der Mordbereitschaft.

Der Brand war schnell gelöscht worden, berichtete er, während sie neben ihm herhumpelte. Ein nächtlicher Paddler hatte die Flammen gesehen, die Feuerwehr gerufen und so Schlimmeres verhindert. Trotzdem war das Dach des Mülltonnenunterstands zusammengestürzt.

Er führte Svea ums Haus herum. Wie abgebrannte Riesenstreichhölzer ragten die Reste der Stützpfeiler aus dem Boden. Zwischen den zerstörten Mülltonnen hockte ein Kriminaltechniker der Spurensicherung und scharrte in der feuchten Asche, in seinem Anzug erinnerte er Svea an ein weißes Riesenhuhn. Ihr Blick folgte der Rußspur an der Hauswand, durch die Hitze des Feuers waren zwei Fenster im Treppenhaus gesprungen.

»Brandstiftung?« Sie wandte sich an die Brandermittlerin vom LKA 45, die zu ihnen getreten war.

»Ziemlich sicher.« Die Kollegin wies auf den kniehohen blauschwarzen Klumpen vor ihnen. Die ehemalige Altpapiertonne, zerflossen wie Lava und wieder erstarrt.

»Sonst irgendwelche Spuren?«

»Zwei Schuheindrücke.« Die Kollegin trat zu einem schmalen lehmigen Streifen zwischen Rasen und Kiesweg. »Ob die vom Täter sind oder von jemandem, der den Müll weggebracht hat, lässt sich so nicht sagen.«

Auf den ersten Blick sahen die Spuren aus wie diejenigen, die Freder Samstagnacht gesichert hatte. Als Svea sich auf ihren Krücken vorbeugte, um sie sich genauer anzusehen, geriet sie ins Taumeln, instinktiv stützte sie sich auf dem rechten Fuß ab. Ein stechender Schmerz, sie schrie auf, fasste Halt suchend an die Hauswand. Kurz war ihr schwarz vor Augen, dann blitzte die Elbgaustraße vor ihrem inneren Auge auf. Sie saß in ihrem zerstörten Auto und versuchte herauszuklettern, aber irgendetwas hielt sie fest. Ihr Schuh! Er klemmte zwischen den Fußpedalen, als sie herausschlüpfen wollte, riss der Film ab. Sie keuchte. Ihre Erinnerung kam zurück! Wenn auch nur stückweise, der Unfall selbst lag noch im Dunkeln.

»Alles okay?« Die Brandermittlerin klang besorgt.

Svea zwang sich zu einem Nicken.

Der Kollege von der Schutzpolizei kam hinzu. »Gibt's ein Problem?«

»Nein«, krächzte sie. Zumindest nicht mit ihrem Fuß. Wenn sie aus Versehen auftrat, machte sie nichts kaputt, hatte man ihr bei der Entlassung aus dem Krankenhaus mit auf den Weg gegeben.

Nach dem Gesichtsausdruck der Kollegen zu urteilen, hatte sie sich nicht besonders überzeugend angehört. Trotzdem verabschiedete sich die Brandermittlerin, der nächste Tatort rief.

Auch der Kollege kümmerte sich nicht weiter um Svea, sondern rannte los, um einen Schaulustigen zu vertreiben, der mit gezückter Handykamera über die Absperrung getreten war. Nur dass der Mann kein dahergelaufener Eindringling war, sondern André Graf.

»Den können Sie durchlassen«, rief sie und humpelte ihm entgegen.

Graf schüttelte den Schutzpolizisten ab wie einen läufigen Rüden und stürzte auf sie zu. »Das wird Höpke teuer bezahlen!«

Wie kam er auf Höpke? »Sie meinen, dass sie den Unterstand angezündet hat?«

»Wer sonst? Sie ist hier herumgelaufen. Verhaften Sie sie endlich.«

»Ohne Beweise? Oder haben Sie welche?«

»Haben Sie sich verletzt?«, fragte er statt einer Antwort.

»Umgeknickt, beim Aussteigen aus dem Auto«, log sie und fügte hinzu: »Wir kümmern uns um Höpke.« Aber warum sollte Höpke die Mülltonnen anzünden? Die Kritzelei, okay. Für einen Brandanschlag fehlte Svea das Motiv.

Trotzdem fragte sie sich plötzlich, ob es ein Fehler war, dass sie den Besuch bei Höpke hintangestellt hatten. Was Wienecke sagen würde, wusste sie: Zu Höpke, die vorgestern am Tatort gesehen worden war, schafften sie es nicht. Stattdessen fuhren Tamme und sie Hunderte Kilometer, um ein Spermaröhrchen zu holen, das über ein Vierteljahrhundert alt war und von dem keiner wusste, was es mit ihrem Fall zu tun hatte.

Svea fixierte Graf. Abgesehen von seinem linken Ohr, das genau wie bei Schulte ein wenig abstand, hatte er keinerlei Ähnlichkeit mit dem Tierarzt. Allerdings hing Schultes Ohrläppchen auf dem Foto frei, Grafs war angewachsen. Die Narbe fiel ihr ein, die sie am Montag bei seiner Vernehmung bemerkt hatte, aber die war an seinem anderen Ohr und, wenn man genau hinsah, auch jetzt zu erkennen.

»Stimmt was nicht mit meinem Ohr?« Graf hatte ihren Blick bemerkt.

Zum Glück traf Tamme in diesem Moment ein, zeitgleich mit Franzi.

Sie bat Graf ins Haus zu gehen. Auch wenn er in diesem Fall das Opfer war, handelte es sich immer noch um eine Mordermittlung, und er gehörte zum Kreis der Verdächtigen.

Dann wandte sie sich an Tamme: »Abgegeben?«

Tamme nickte. »Du hast wohl recht. Zumindest was den Stoff an sich angeht.«

»Habt ihr Geheimnisse?«, fragte Franzi.

»Lass uns mal das Gelände angucken«, entgegnete Tamme. Graf war noch in Hörweite.

Kaum war die Haustür hinter ihm ins Schloss gefallen, Tamme und Franzi waren noch nicht losgegangen, näherte sich ihnen ein zweiter Spurensicherungsmitarbeiter. Er kam Richtung der Rhododendronhecke, die an den Zaun zum Nachbargrundstück grenzte, und schwenkte einen schmutzigweißen Plastikkanister in der Hand.

Der Aufkleber war abgerissen, der Deckel abgeschraubt. Spiritus, roch Svea.

»Brandstiftung!«, sagte Franzi.

»Sieht aus, als wäre der Kanister weggeworfen worden«, erklärte der Kollege. »Keine Schuhspuren, dafür zwei abgeknickte Rhododendronzweige in der Flugbahn.«

»Darf ich mal sehen«, bat Tamme. Der Kanister kam ihm bekannt vor, er hatte ihn schon mal gesehen. Nur wo?

»Im Baumarkt«, schlug der Schutzpolizist vor, der ebenfalls herbeigelaufen war. »Da stehen die Dinger massenhaft rum.«

Tamme ignorierte die Bemerkung. »Ich weiß es nicht. Aber es fällt mir noch ein.«

Jedenfalls sah der Kanister aus, als fänden sich auf seiner Oberfläche reichlich Fingerabdrücke und DNA.

Hatte Svea sich vorhin noch gefragt, unter welchem Vorwand sie Graf eine Probe abnehmen konnte? »Ich brauche sofort ein Speichelproben-Set.«

Natürlich nur zu seiner Entlastung – um ihn ganz sicher als Täter ausschließen zu können –, würde sie Graf erklären. Obwohl sie dank der Kollegen vom LKA 5 mittlerweile wussten, dass es mit den Finanzen der Klinik nicht zum Besten stand; Graf wäre weder der Erste, noch der Letzte, der auf die Idee kam, sich mit einem Versicherungsschaden zu sanieren. Den anderen Grund für die Speichelprobe würde sie verschweigen.

4

»Ich brauche einen Schnaps.« Zurück von ihrer Audienz bei Wienecke, ließ Svea sich auf ihren Bürostuhl fallen.

Wie erwartet war sie wegen des Ausflugs ins Sauerland gerügt worden. Dass sie ohne richterlichen Beschluss eine Speichelprobe von Graf genommen hatte, hatte Wienecke überaschenderweise nicht gestört. Svea hatte ihr allerdings vorenthalten, dass sie Graf weniger wegen Brandstiftung, sondern wegen einer möglichen falschen Identität verdächtigten. Auch dass sie noch unter Erinnerungslücken litt, hatte sie unerwähnt gelassen. Was nicht leicht gewesen war, weil Wienecke die Sprache mehrfach auf den Unfall gebracht hatte, es gab keine weiteren Zeugen, die Verkehrsermittler hatten keine neuen Erkenntnisse. Fahrerflucht ja, aber kein Indiz für ein versuchtes Tötungsdelikt, oder war Svea etwas eingefallen? Offenbar wollte Wienecke den Fall zu den Akten legen. Aber – und das war das, was zählte – sie hatte ihr die Leitung der Mordbereitschaft zurückübertragen.

»Geht auch Kaffee statt Schnaps?« Tamme stellte einen Becher auf Sveas Schreibtisch. Fragend sah er sie an.

»Noch mal Glück gehabt.« Der Kaffee war lauwarm, sie kippte ihn in einem Zug herunter. »Was liegt an?«

Tamme hatte Druck in der KTU gemacht, die Auswertung der DNA-Proben gab es trotzdem frühestens am Mittag. Er sah auf seine Uhr, in fünf Minuten kam Popov zur Wahlgegenüberstellung mit van den Bergen.

»Okay, fährst du zu Höpke?«, wandte Svea sich an Franzi.

»Ich bin längst nicht durch mit dem Abgleich der Einbruchsmethoden. Schleswig-Holstein fehlt zur Hälfte.«

Svea stöhnte. Davon hatte Wienecke sich auch nicht abbringen lassen. »Vielleicht schaffe ich es nach der Morgenrunde.« Dabei wollte sie eigentlich im Präsidium bleiben. Dafür, dass sie ihren Fuß schonen sollte, war sie mehr als genug herumgelaufen. Außerdem musste sie Schulte polizeimäßig abklären, auch wenn sie nicht glaubte, etwas anderes über ihn zu finden, als in den Zeitungsartikeln stand.

»Ich mach das mit Höpke«, meinte Tamme ungewohnt bestimmt. »Aber jetzt muss ich los.« Je nachdem, ob Popov van den Bergens Alibi bestätigte oder nicht, war die Sache schnell erledigt. Oder van den Bergen musste gegebenenfalls im Präsidium auf seine weitere Vernehmung warten. In jedem Fall fuhr er heute nach Eilbek.

»Zeig mir noch mal das Foto von Schulte«, bat Franzi, als Tamme gegangen war.

Svea zückte ihr Handy, Sondermann hatte das Foto nicht hergeben wollen, aber Svea erlaubt, es abzufotografieren.

»Ich weiß nicht«, Franzi zögerte, bewegte das Handy hin und her, als wäre das Bild dreidimensional und sie könnte Schulte hinter die Stirn gucken. »Vielleicht das Philtrum.«

»Das was?«

»Die Rinne zwischen Nase und Oberlippe.« Sie verlief bei Graf ähnlich wie bei Schulte, fand Franzi. Aber sonst sah sie keine Übereinstimmung. Sie gab Svea das Handy zurück.

»Tut mir leid.« Sie schien nicht überzeugt, dass an Sveas und Tammes Verdacht etwas dran war.

Heute Mittag wussten sie hoffentlich mehr.

»Hallöchen«, dröhnte Schotts Bassstimme von der Tür. »Du bist nicht gut zu Fuß, habe ich gehört. Soll ich dich zur Morgenrunde mitnehmen?«

Das fehlte ihr gerade noch. »Nicht nötig.« Sie gab sich keine Mühe, höflich zu sein. Schott blieb unbeeindruckt stehen.

»Was ist mit dieser Klempnerwitwe?« Er lehnte sich in den Türrahmen. »Da muss doch schnellstens einer vorbeifahren, soll ich das übernehmen?«

Woher wusste er das schon wieder? War er bei Wienecke gewesen? »Tamme ist unterwegs«, behauptete sie.

Sie wartete, bis Schott verschwunden war, dann rief sie im PK 31 an und schickte einen Streifenwagen zu Höpke.

Das hätte sie längst tun sollen! Auch wenn sie dafür jetzt zu spät zur Morgenrunde kam, und das nach ihrem heutigen Gespräch mit Wienecke.

So schnell wie möglich humpelte sie Richtung Konferenzraum.

5

»Nummer drei.« Igor Popov zeigte Daumen, Zeige- und Mittelfinger. An seinem Hals blühten hektische Flecken.

Tamme war mit ihm vor den venezianischen Spiegel getreten, im Raum dahinter standen sechs Männer in einer Reihe. Fünf Kollegen, die van den Bergen in Größe, Alter, Statur und Erscheinung ähnelten, bis auf dass alle das Haar kürzer trugen und einer blond war – aber wozu gab es Perücken? Hinzu kam van den Bergen selbst. Er hielt ein Schild mit der Nummer drei in den Händen.

»Sicher?«, hakte Tamme nach.

»Sicher? Was heißt das?« Popov kratzte sich im Nacken. »Ein Leben wette ich nicht.«

»Sie meinen, Sie sind nicht ganz sicher?«

Popov nickte. Hätte er gewusst, was passiert, hätte er am Samstag genauer hingesehen, beteuerte er. Aber wer hätte das ahnen können? Zum Glück ging es seiner Mila von Tag zu Tag besser, heute Morgen hatte sie zum ersten Mal gelächelt. »Ein Lächeln von ihr ist die Sonne.«

»Herr Popov«, unterbrach Tamme die Schwärmerei. »Ist das der Mann, dessen Wagen den Mühlenkamp blockiert hat?«

»Ich glaube.« Popov senkte die Lider und murmelte vor sich hin, Tamme verstand kein Wort. War es Ukrainisch?

Als Popov wieder aufblickte, sagte er mit fester Stimme: »Es ist der Mann zu neunzig Prozent.«

Zehn Prozent Restzweifel. Zehn Prozent zu viel.

Tamme ließ van den Bergen und die Vergleichspersonen zu einem zweiten Durchlauf mit vertauschten Nummern antreten.

Van den Bergen war die Nummer sechs. Popov erkannte ihn sofort wieder. Diesmal war er sicher.

Tamme bat Nummer eins bis fünf abzutreten, bedankte sich bei Popov für die Mühe und ließ ihn zum Pförtner bringen.

Dann zu van den Bergen.

Ehebrecher, dachte Tamme, als er zu ihm in den Raum ging. Der Mann war und blieb ihm unsympathisch, aber davon durfte er sich nicht leiten lassen.

»Was ist herausgekommen?« Hektisch fuhr van den Bergen sich durch die gegelten Locken. Den konkreten Grund für die Gegenüberstellung hatte Tamme ihm nicht genannt.

»Ihr Alibi für Samstagabend ist bestätigt.«

»Von wem?«

»Das darf ich nicht sagen, aber Sie sind gesehen worden.« Die Antwort musste genügen.

»Das bedeutet, ich bin unschuldig und kann gehen?«

»Das habe ich so nicht gesagt.«

»Was wollen Sie denn noch von mir?«

»Mich mit Ihnen über Donnerstag unterhalten.« So viel Zeit musste sein! Bislang hatte van den Bergen behauptet, Donnerstagabend zu Hause gewesen zu sein. Aber da er mehrfach die Unwahrheit gesagt hatte, schloss Tamme nicht aus, dass er in Bezug auf Donnerstag gelogen hatte. Und möglicherweise gab es einen weiteren Grund, weshalb van den Bergen beim Anblick des Unfalls umgekehrt war – außer seinem Alkohol- und Drogenkonsum. Was, wenn er Pahde erpresst und im ersten Moment gefürchtet hatte, dass sie seinetwegen vor den Bus gerannt war? Zum Beispiel aus Verzweiflung. Was natürlich nur infrage kam, wenn er nicht derjenige war, der sie kurz vorher mit dem Messer verletzt hatte.

»Das ist eine Unterstellung!« Van den Bergen stöhnte auf.

»Oder eine Tatsache?«, provozierte Tamme.

Van den Bergen schwieg. Er schlug die Hände vors Gesicht und rieb sich die Augen, dass es quietschte, und Tamme dachte, die Augäpfel fielen gleich heraus.

»Ja, ich war bei ihr in der Klinik. Ja, wir haben uns gestritten.« Pause.

»Worüber?«

Pahde hatte die Änderung ihrer Lebensversicherung rückgängig machen und ihren Mann wieder als Begünstigten einsetzen wollen, erklärte er resigniert. Damit war er nicht einverstanden gewesen und laut geworden. »Aber ich hätte ihr nie etwas antun können. Das müssen Sie mir glauben.«

Allerhöchstens zu neunzig Prozent. Nur dass Tamme für die übrigen zehn Prozent jegliche Beweise fehlten. Deshalb gab es keinen Grund, van den Bergen länger festzuhalten.

»Wenn es stimmt, was er sagt, können wir zum Beispiel Boularouz endgültig von der Liste der Verdächtigen streichen«, stellte Franzi fest, als Tamme zurück in ihrem Büro war.

»Da reden wir später drüber. Ich fahre jetzt zu Höpke.«

»Du musst dich nicht beeilen, sie ist nicht zu Hause. Svea hat einen Streifenwagen hingeschickt, das Büro war abgeschlossen, es wirkte ziemlich verwahrlost.«

Tamme sah die Garage vor sich, den Wall aus Toiletten-schüsseln, das verschmutzte Aquarium, die alten Farbeimer und Kanister. »Ich habe ihr geraten auszumisten.« Er stockte. Der Kanister! Er hatte ihn bei Höpke gesehen.

»Sicher?«, fragte Franzi.

War das hier eine Vernehmung? »Sicher! Wir brauchen sofort die Fingerabdrücke vom Kanister!« Zwar hatte Pahde die Anzeige gegen Höpke zurückgezogen und damit hätten auch die Fingerabdrücke gelöscht sein müssen. Waren sie aber nicht, aus welchem Grund auch immer, darum küm-merten sie sich später. Hauptsache, sie hatten Höpkes Fin-gerabdrücke in der Datenbank und konnten sie vergleichen.

Tamme rief in der KTU an, die Kollegen von der Spuren-sicherung waren noch nicht wieder zurück im Präsidium, sie hatten von der Klinik direkt zum nächsten Tatort gemusst; die Auswertung der Spuren auf dem Kanister dauerte also noch.

6

Treffer! Auch wenn Svea weiterhin ein Teil ihrer Erinnerung fehlte, konnte sie zumindest ihrem Gespür wieder trauen. Sie rief Tamme und Franzi in ihr Büro und fasste zusammen, was sie gerade am Telefon erfahren hatte. Der DNA-Abgleich von Sperma und Speichelprobe hatte ihre Vermutung bewiesen: André Graf war Ingo Schulte.

Tamme klatschte in die Hände und sagte nur ein Wort: »Maropitant.«

»Das glaube ich nicht!« Franzi klang irritiert.

Tatsächlich blieb die Frage, warum der Schönheitschirurg komplett anders aussah als die Person von Sondermanns Foto. Konnte man ein Gesicht derart umoperieren?

»Guckt euch doch den hier an.« Tamme öffnete die Instagram-Seite von Boularouz auf seinem Handy und scrollte durch die Fotos. »So sah er früher aus.« Er zeigte Svea und Franzi das Bild.

»Kaum wiederzuerkennen.« Franzi strich sich eine Locke hinters Ohr. »Trotzdem kann ich's nicht glauben.«

»Es klingt abwegig«, gab Svea zu. »Aber eine Verwechslung ist ausgeschlossen, es gibt keinen Grund, die DNA-Analyse anzuzweifeln.« Ebenso wie die Spermaprobe, hatte Tamme die Speichelprobe heute Morgen eigenhändig ins Labor gebracht. Zum Glück! Sonst hätten sie lange auf das Ergebnis warten können, selbst die viel einfachere Auswertung der Fingerabdrücke lag noch nicht vor.

Wenn Graf und Schulte dieselbe Person waren, was bedeutete das für ihre Mordermittlung? Sveas Gedanken rasten. »Ist Graf nicht nur ein Betrüger, sondern auch ein Mörder?«, überlegte sie laut. »Musste Helena Pahde sterben, weil sie ihm auf die Schliche gekommen war?«

»Vielleicht ist er sogar ein Doppelmörder«, warf Tamme ein. »Aus welchem Grund taucht jemand unter? Ich kann mir vorstellen, dass er seinen Chef in Schmallenberg absichtlich gestoßen hat.«

Svea stimmte ihm zu. Auch wenn Franzi weiterhin zweifelnd guckte, sollten sie keine Zeit verlieren und Graf festnehmen!

Als sie sich am Morgen von ihm verbschiedet hatten, hatte er anschließend zu sich nach Hause fahren wollen. Dass er nichts von ihrem Ausflug nach Schmallenberg und der Spermaprobe wusste, verschaffte ihnen einen Vorsprung. Zumindest hoffte sie das!

»Franzi, du kümmerst dich ab sofort nicht mehr um die Einbruchsmethode«, entschied Svea. »Egal was Wienecke sagt«, kam sie einem möglichen Widerspruch zuvor. »Recherchier Grafs Werdegang, seine Zeugnisse. Was steht auf der Praxis-Website über ihn, wo hat er studiert? Ruf die Unis an, ehemalige Praxen und Kliniken. Vor vier Jahren hat er in der Schönheitsklinik angefangen. Wir müssen wissen, was er die übrigen einundzwanzig Jahre getrieben hat.«

»Vielleicht ist er gar kein Humanmediziner«, mutmaßte Tamme, während er sein Holster anlegte.

»Möglich.« Anfangs war Graf ihr gar nicht so unsympathisch gewesen, zwischenzeitlich hatte sie Mitgefühl mit ihm verspürt. Womöglich nur, weil er sich besonders gut verstellen konnte. Weil er nicht nur ein Betrüger und Mörder war, sondern auch ein Hochstapler.

Svea hatte gerade ihren Rucksack geschultert und griff die Krücken, als das Telefon auf ihrem Schreibtisch klingelte.

Die Spurensicherung.

Die Fingerabdrücke auf dem Kanister stammten von Höpke. Ausnahmslos. Svea machte Tamme ein Zeichen, er hatte richtig gelegen mit dem Kanister!

Sie bedankte sich bei dem Kollegen und wollte gerade auflegen, als er weitersprach. Fast hätte er die Schuhspuren vergessen, Svea hatte sich nicht getäuscht, sie stimmten mit denen von Samstagnacht überein. »Damit habt ihr euren Täter«, verabschiedete er sich.

Von wegen. Svea fluchte. Erst die Übereinstimmung bei der DNA, jetzt Höpkes Fingerabdrücke und die Schuhe, die eigentlich zu groß für sie waren. Tagelang hatten sie keine Beweise und dann plötzlich zu viele. Wie passte das alles zusammen? Hatte sie gerade noch vermutet, dass Graf Pahde umgebracht hatte, bekam ihr Gedankengebäude jäh Risse. Hatte Höpke nicht nur den Brand gelegt, sondern auch Pahde getötet? Das würde bedeuten, dass Schott richtiglag mit seinem Verdacht, ausgerechnet er! Aber wie hätte Höpke das anstellen sollen, wenn sie gleichzeitig gesehen worden war, wie sie den ganzen Abend in ihrer Garage gehockt hatte? Und was hatte sie überhaupt von einem Brandanschlag? Pahde war längst tot.

»Rache kann oft unergründlich sein«, gab Franzi zu bedenken.

Tamme erblasste. »Ich hätte mich längst um sie kümmern sollen.«

Hätte.

Wie war das mit der Fahrradkette? Jetzt war nicht die Zeit für Selbstvorwürfe. Außerdem wäre Tamme längst bei Höpke gewesen, wenn er Svea nicht ins Sauerland gefahren hätte.

Hatte er aber zum Glück.

»Wir trennen uns«, wies sie ihn an. »Besorg dir einen Durchsuchungsbeschluss für Haus und Garage, hol dir jemanden vom PK 31 dazu und fahr zu ihr.«

»Soll ich nicht doch erst mitkommen zu Graf?« Er blickte zweifelnd auf ihre Krücken.

»Ich kann dich auch fahren«, bot Franzi an.

»Auf keinen Fall. Du bleibst hier, Tamme fährt zu Höpke und ich rufe im PK 14 an und fahre mit den Kollegen zu Graf.«

Eine Dreiviertelstunde später stand Svea neben Graf auf der Terrasse seines Penthouses. Unter ihnen im Fleet ankerte eine zum Café umfunktionierte Hafenfähre, die Stimmen der Gäste an Deck hallten zu ihnen hoch, ohne dass man sie verstand. Über dem gegenüberliegenden Häuserblock ragte die Elbphilharmonie auf, ihr Dach schillerte im Sonnenlicht, als wäre es aus Wasser.

»Der Entwurf wurde spontan auf eine Postkarte gekritzelt, einfach genial!« Graf klang, als wäre er der Architekt des umstrittenen Konzerthauses. Warum manche Männer so gern Dinge erklärten, ohne dass man danach gefragt hatte?

Zehnmal so viel wie geplant kostete der Bau bis jetzt, hatte Svea gelesen, die Eröffnung war mehrfach verschoben worden. Wer weiß, ob es nächstes Jahr so weit war? Schön war das Dach trotzdem. Aber sie war nicht zum Architekturtalk vorbeigekommen.

Als sie ihm erklärte, dass er vorläufig festgenommen sei, weil seine Speichelprobe mit einer DNA-Probe in einem ungeklärten Tötungsdelikt übereinstimmte, lachte er ungläubig auf.

Auf ein Handzeichen von ihr traten die beiden Schutzpolizisten, die sie begleitet hatten, aus dem Wohnzimmer auf die Terrasse. Dann legte sie Graf Handfesseln an.

»Ich glaube, da liegt ein Missverständnis vor.« Grafs Stimme war fest, aber sie sah das Flackern in seinen Augen.

»Ich will meinen Anwalt anrufen!«, verlangte er. »Das muss eine Verwechslung sein. Wäre nicht das erste Mal, dass DNA-Proben versehentlich im Labor vertauscht wurden.«

7

Tamme schirmte seine Augen ab, ein vergeblicher Versuch, durch das Fenster von Höpkes Garage zu spähen. Durch das schmutzig trübe Glas fiel nur schummeriges Licht hinein. Auch ohne dass die Sonne ihn blendete, konnte er wenig erkennen. Rechts an der Wand stapelten sich die alten Farbeimer und Kanister, ob einer fehlte oder nicht, keine Ahnung.

»Und?«, fragte die Schutzpolizistin, die neben ihm stand.

»Abwarten.« Der Schlüsseldienst musste jeden Moment hier sein, der Durchsuchungsbeschluss steckte in Tammes Tasche. Nur auf das angeforderte Spurensicherungsteam mussten sie noch warten, die Kollegen hatten zu tun, schafften es frühestens in einer Stunde.

Er löste sich von der Scheibe. Die Garagentür hatte ein einfaches Bartschloss, wie man es in Hamburg nur noch selten fand; theoretisch könnte er es selbst mit einem Dietrich knacken, der Schlüsseldienst würde nicht lange brauchen.

»Suchen Sie was?« Die Nachbarin, die Höpkes Alibi bestätigt hatte, stand in der Einfahrt. Sie trug den gleichen Kittel wie am Montag, hellblau mit Blümchen. Da hatte Tamme noch gedacht, dass er sie beim Putzen gestört hatte. Aber offenbar war das – wie bei seiner Oma – ihre Alltagskleidung, dabei schätzte er sie auf höchstens sechzig.

»Haben Sie Frau Höpke gesehen?«

Sie schüttelte den Kopf. »Ist ihr was passiert? Vorhin war ein Streifenwagen da.«

»Ich weiß es nicht«, antworte Tamme wahrheitsgemäß. »Wann haben Sie sie zuletzt gesehen?«

»Vorgestern, abends gegen halb acht, sie hat wie immer im Büro gehockt, die Tür war geöffnet.« Ohne dass er seine Verwunderung über ihre prompte, präzise Antwort äußerte, fügte sie hinzu: »Ich habe schon darüber nachgedacht, als ich den Streifenwagen gesehen habe.«

Dienstag. Tamme fluchte innerlich, dass er vergessen hatte, Höpke anzurufen. Vielleicht hätte er sie noch erwischt.

»Seit dem Tod ihres Mannes ist sie nicht einen Tag weg gewesen.« Die Frau hatte die Nachbarschaft im Blick, das hatte er bereits festgestellt, als er sie am Montag befragt hatte.

Ein Lieferwagen mit der Reklame des Schlüsseldiensts stoppte am Straßenrand. Als der Mitarbeiter mit seinem Werkzeugkoffer auf sie zukam, schimpfte die Nachbarin: »Was will der hier? Der kann nicht einfach die Tür aufbrechen!«

»Einfach so nicht.« Tamme zeigte ihr den Durchsuchungsbeschluss.

Ein erschreckter Aufschrei, sie schlug die Hand vor den Mund. Als der Mann seinen Koffer öffnete, legte sie die Hand auf Tammes Arm. »Ich habe einen Schlüssel. Wenn Höpkes im Urlaub waren, habe ich mich ums Aquarium gekümmert und die Blumen gegossen.«

Warum hatte sie das nicht gleich gesagt?

»Ich gehe ihn schnell holen«, bot sie an.

»Stopp noch mal«, bat Tamme den Schlüsseldienstmitarbeiter. Er ließ die Kollegin vor der Garage zurück und ging mit der Nachbarin mit. Auf einer Kommode im Flur lag ein Schlüsselbund mit einer Toilettenschüssel als Anhänger, wortlos reichte sie ihn Tamme.

»Sind Sie schon im Haus gewesen?«, fragte er.

»Nein, aber nachdem ihre Kollegen hier waren, hatte ich ein ungutes Gefühl. Spätestens heute Abend hätte ich nachgeguckt. Nicht dass sie einen Schlaganfall hatte und hilflos auf dem Boden liegt.«

Das glaubte Tamme nicht, aber was er am ehesten vermutete – dass Höpke sich nach einem Brandanschlag vor der Polizei versteckte –, durfte er nicht verraten. Eilig kontrollierte er, ob der Schlüssel in Haus- und Garagentür passte, dann quittierte er dem Schlüsseldienst die Anfahrt.

Die Kollegin und er zogen Schuhüberzieher und Handschuhe an. Zuerst warfen sie einen Blick in die Garage. Nachdenklich betrachtete er den Haufen mit den Kanistern. Vielleicht fehlte mehr als einer – zwei oder drei. Er war sich nicht sicher, höchstens zu fünfzig Prozent.

Als die Nachbarin ihnen die Haustür aufschloss, schlug ihnen ein beißender Geruch entgegen.

»Verschimmelte Zitronen?«, meine die Kollegin.

Fast richtig geraten, auf dem Küchentisch stand eine Schale mit Orangen, der grüne Pelz auf den Früchten wucherte nicht erst seit gestern.

Er sah sich um. Höpkes letzter Urlaub, in dem die Nachbarin sich um Pflanzen und Aquarium gekümmert hatte, musste ewig her sein. Die Pflanzen auf der Fensterbank waren nicht nur vertrocknet, sondern grau vor Staub. Ansonsten wirkte alles aufgeräumt, zumindest im Gegensatz zur Garage. Weil Höpke sich hauptsächlich dort und kaum im Haus aufhielt? Die Kollegin öffnete den Kühlschrank. Eine verschlossene Käsepackung, ein angebrochenes Glas Erdbeermarmelade, ein Päckchen Butter. Keine angebrochenen, schnell verderblichen Lebensmittel wie Milch. Der Mülleimer war leer, die Mülltonne am Haus laut Zettel am Kühlschrank gestern geleert worden. Das sprach für ein geplantes Verschwinden.

»Haben Sie was gefunden?«, rief die Nachbarin von der Haustür.

»Nein, nichts«, rief er zurück.

Im Wohnzimmer lag die Fernsehzeitschrift aufgeschlagen auf dem Tisch. Mittwoch, las er. War Höpke gestern noch hier gewesen? Aber dann sah er, dass es das Programm für Mittwoch, den 22. April war.

Vom Flur im ersten Stock gingen drei Türen ab. Hinter der ersten war das Bad. Im zweiten Zimmer stand nichts als ein Bügelbrett. Die Tür vor Kopf musste ins Schlafzimmer führen, Tamme drückte die Klinke herunter. Abgeschlossen. Hatte er den Schlüsseldienst zu früh weggeschickt?

Er rief nach unten zur Nachbarin, ob sie einen Schlüssel für die Schlafzimmertür hätte.

»Die Tür klemmt, Sie müssen fester gegendrücken. Soll ich hochkommen?«

Auf keinen Fall! Er hatte zwar ein drittes Paar Schuhüberzieher dabei, aber nicht, dass tatsächlich Höpkes Leiche hinter der Tür lag. Für einen Moment fand er das nicht mehr so abwegig.

Seine Waffe im Anschlag, drückte er mit der Schulter gegen die Tür, erst beim zweiten Versuch sprang sie auf.

Er spürte seinen Herzschlag.

Die Bettdecke war aufgeschlagen und zerwühlt, das Kopfkissen lag auf dem Boden. Der Kleiderschrank stand offen, eine Bluse war vom Bügel gerutscht. Hatte jemand den Schrank durchwühlt? Oder hatte Höpke eilig ein paar Sachen eingepackt? Der Abdruck auf der Bettdecke könnte von einer Tasche stammen, waren die Kollegin und er sich einig.

Ein letzter Blick durch die Luke auf den Dachboden. Auch hier: nichts.

Wo steckte Carolin Höpke? War sie auf der Flucht? Legte sie gerade das nächste Feuer? Oder war sie das nächste Todesopfer?

Höchste Zeit, einen Fahndungsaufruf an alle Streifenwagen rauszuschicken!

8

Svea saß mit Graf im Vernehmungszimmer, sie hatte einen Kollegen dazugeholt, der sich im Hintergrund hielt, das Band lief. Während sie die Formalien erledigte und Graf über seine Rechte belehrte, sah er aus dem Fenster. Als wäre sie eine Stewardess, die vor ihm zum tausendsten Mal die Sicherheitshinweise herunterratterte.

»Herr Graf, wo haben Sie studiert?«

»Was tut das zur Sache?« So unbeteiligt wie er tat, war er wohl doch nicht.

»Beantworten Sie meine Frage.«

»In Padua und in Marburg.«

»In welchem Jahr haben Sie Ihr drittes Staatsexamen gemacht?«

»Das ist lange her, da muss ich glatt überlegen.« Er kratzte sich demonstrativ an der Schläfe. »Achtundneunzig.«

1998. So stand es in seiner Vita auf der Website der Schönheitsklinik. Franzi hatte in der medizinischen Fakultät der Uni Marburg angerufen und einen freundlichen Sekretär erwischt, der ihr nach kurzer Archivrecherche versichert hatte, dass bei ihnen kein André Graf seine ärztliche Prüfung abgelegt hatte. Genauso wenig wie jemand namens Ingo Schulte. Ein Ingo Schulte, der 1989 sein Examen in Veterinärmedizin gemacht hatte, wie Sondermann erzählt hatte, existierte ebenfalls nicht, zumindest nicht an einer deutschen

Hochschule. Natürlich konnte er im Ausland studiert haben, das zu überprüfen würde dauern. Auch auf die alte Fallakte aus Meschede mussten sie warten. Der Kollege schien wenig überzeugt von ihren Ermittlungen, hatte aber zugesagt, einen Praktikanten ins Archiv zu schicken und die alte Akte einzuscannen. Vor morgen würde das nichts.

Unbeirrt stelle Svea ihre Fragen: »In welchem Krankenhaus waren Sie als Arzt im Praktikum?«

»Im St. Josefs Krankenhaus in Gießen. Warum wollen Sie das wissen?«

»Die Fragen stelle ich. Was sagt Ihnen der Name Ingo Schulte?« Sie fixierte ihn. Wenn Grafs Gesicht – oder sollte sie ihn ab jetzt nur noch Schulte nennen? – überhaupt irgendeine Regung zeigte, dann leichtes Erstaunen, indem seine rechte Braue ein einziges Mal hochzuckte. Aber was hatte sie erwartet? Er hatte fünfundzwanzig Jahre lang Zeit gehabt, sich auf diese Frage vorzubereiten.

»Ich kenne Ihren Ingo nicht. Ist er das Mordopfer?«

»Ingo Schulte ist vor fünfundzwanzig Jahren als Tatverdächtiger spurlos verschwunden.«

»Was geht mich das an?«

»Seine DNA stimmt mit Ihrer überein.«

»Deshalb haben Sie mich festgenommen?« Ungläubiges Lachen. »Sie meinen, ich bin dieser Ingo? Das ist wirklich ein schlechter Scherz.« Er machte Anstalten aufzustehen.

Sofort erhob sich der Schutzpolizist. »Sitzen bleiben!«

»Sie machen einen Fehler.« Graf sah auf seine Uhr. »Wenn mein Anwalt sich meldet, bin ich sofort weg.«

Wenn. Nachdem Graf seinen Anwalt nicht erreicht hatte, hatte sie ihm gestattet, seine Freundin anzurufen. Melinda

Volk sollte sich darum kümmern, dass er schnellstmöglich frei kam, schließlich war er unschuldig, wie er mit einem Seitenblick auf Svea betont hatte. Bis jetzt hatte sich kein Anwalt gemeldet, und Svea hoffte, dass das erst mal so blieb.

»Wenn Sie mich jetzt gehen lassen, verzichte ich darauf, Beschwerde gegen Sie einzulegen.«

Svea ignorierte seine Bemerkung. Graf war nicht der Erste, der ihr drohte. Sie wusste, dass seine Festnahme auf wackeligen Füßen stand, womöglich würde der Anwalt versuchen, ein Beweisverwertungsverbot für die Speichelprobe geltend zu machen. Das musste sie riskieren.

Sie stöhnte auf und rieb sich über den Bauch. Wie jemand, der ein plötzliches Stechen im Magen verspürte. »Wie heißt noch dieses Magenmittel? Maropitant?«

»Maaloxan, das andere ist für Hunde.« So viel wusste Graf, weil er angeblich bis vor ein paar Jahren einen Hund besessen hatte.

Selbst wenn das stimmte: »Es gibt Grund zur Annahme, dass Sie Maropitant noch aus einem anderen Zusammenhang kennen.«

»Und was soll das sein?« Er lehnte sich zurück, grinste selbstgewiss.

»Ingo Schulte war Tierarzt. Er wird verdächtigt, seinen ehemaligen Chef getötet zu haben. Danach …«

Ein Klopfen an der Tür unterbrach Svea. Franzi steckte den Kopf ins Zimmer. Sie atmete hektisch, als wäre sie gerannt.

»Svea, dein Mann ist am Telefon.« Den Spruch hatten sie vereinbart, für den Fall, dass es Neues zu Graf oder Schulte gab.

Svea verließ den Raum, um sich mit Franzi im Flur zu besprechen.

»Seinen Facharzt für Plastische und Ästhetische Chirurgie hat Graf tatsächlich an der Lübecker Uniklinik gemacht. Und Schulte hat in Hannover Veterinärmedizin studiert«, berichtete Franzi. »Aber nur bis zum Physikum. Danach ist er zu keiner Prüfung mehr angetreten und hat sich 1988 exmatrikuliert.«

Svea nickte anerkennend. Franzi hatte in Rekordgeschwindigkeit gute Arbeit geleistet. Falls sich auch bei erneuter Prüfung herausstellte, dass Schulte seinen damaligen Chef ohne Tötungsabsicht weggestoßen hatte, wäre die Tat längst verjährt. Aber ohne abgeschlossene medizinische Ausbildung könnten sie ihn nicht nur wegen Urkundenfälschung, Betrugs und Missbrauchs von Titeln drankriegen, sondern auch wegen des Verdachts des Totschlags und wegen gefährlicher Körperverletzung.

»Der Kollege aus Meschede hat sich gemeldet«, fuhr Franzi fort. »Ihm ist eingefallen, dass das damalige Todesopfer wegen sexueller Nötigung angezeigt worden war. Von einem Mann, nicht von einer Frau«, fügte sie hinzu.

Sveas Gedanken überschlugen sich. Wie von selbst fügten sich die einzelnen Ermittlungsergebnisse in ihrem Kopf zu einem Ganzen zusammen.

Als sie Graf mit den neuen Vorwürfen konfrontierte, schwieg er, ließ sich zu keiner unbedachten Antwort provozieren. Aber sie sah, wie es in ihm arbeitete.

»Ich erzähle Ihnen mal eine Geschichte«, begann sie. Ob sie richtig lag, keine Ahnung, einen Versuch war es wert. »Ein ehrgeiziger junger Tiermedizinstudent hat solche Prüfungsangst, dass er sein Abschlusszeugnis fälscht. Ein paar Monate geht alles gut, bis sein Chef dahinterkommt, ihn erpresst und sexuell nötigt. Als der junge Mann sich wehrt und den Chef wegstößt, stürzt dieser unglücklich und verstirbt. Aus Angst, dass ihm das als Mord angehängt wird und seine Zeugnisfälschung herauskommt, taucht der junge Mann unter. Er lässt sein Gesicht operativ verändern, nimmt einen neuen Namen an. Später fälscht er ein Abschlusszeugnis in Humanmedizin und macht seinen Facharzt für Plastische und Ästhetische Chirurgie. Er bekommt seinen Traumjob in einer exklusiven Hamburger Schönheitsklinik, hat eine junge schöne Freundin und ein Luxus-Penthouse. Sein Leben ist perfekt, als seine Praxis-Partnerin zufällig hinter seine wahre Identität kommt. Die Geschichte wiederholt sich. Sie erpresst ihn, vielleicht bedroht sie ihn mit einem Messer. Als er es ihr zu entreißen versucht, rutscht er ab und stößt das Messer in ihren Hals.«

»Was für ein Unsinn!«, sagte Graf. Das Flackern in seinem Blick sagte etwas anderes.

»Falls es sich damals in Schmallenberg so abgespielt hat, war es Körperverletzung mit Todesfolge. Das ist längst verjährt«, informierte sie ihn.

»Sie sind verrückt geworden.« Graf schüttelte den Kopf. »Das wird ein Nachspiel haben, das verspreche ich Ihnen.«

Als sie spürte, dass von ihm nichts mehr kommen würde, ließ sie ihn abführen. Er konnte genauso gut in der Arrestzelle auf die Zuführung in die U-Haft warten.

Erschöpft, aber zufrieden sah sie ihm hinterher, als sie jäh ein so ungeahntes wie unpassendes Gefühl durchflutete: Wie schaffte Graf es, dass sie nach allem, was sie mittlerweile über ihn wusste, noch Mitleid mit ihm empfand? Lag es daran, dass sie aus Dortmund weggerannt war wie er aus Schmallenberg?

Nachdenklich machte sie sich auf den Weg zurück in ihr Büro. Fast wäre sie in die Person hineingerannt, die ihr auf dem Flur entgegenkam.

»Hallöchen Kollegin!«

Schott! Abrupt blieb sie stehen.

»Habe ich dich eigentlich schon von deinem Ex-Kollegen Pizolka gegrüßt?« Ohne eine Antwort abzuwarten, setzte er pfeifend seinen Weg fort.

Scheiße, dachte sie. Was war das gewesen? Hatte er ihre Gedanken gelesen? Scheiße. Scheiße. Aber Fluchen half nichts.

Ihr wurde schwindelig, sie lehnte sich an die Wand.

Was wollte Schott von ihr? Warum hatte er sie nicht längst angezeigt? In ihrem Kopf rotierte es. Hatte er zu viel Dreck am Stecken, oder gefiel ihm einfach nur sein Machtspiel?

Egal was der Grund für sein Verhalten war, so konnte es jedenfalls nicht weitergehen.

FREITAG, 21.08.2015

1

Alex stellte die Kaffeekanne vor Svea ab, er hatte den Früh-
stückstisch auf der Terrasse gedeckt. Die Morgensonne lugte
gerade erst über die Dächer, trotzdem zeigte das Thermome-
ter an der Hauswand bereits zwanzig Grad an. Der Reihen-
hausnachbar zur Rechten hustete hinter der mannshohen
Trennwand, weiter weg krähte ein Hahn.

Sonst war alles still, nur dass unter Sveas Schädeldecke ein
ganzer Handwerkertrupp hämmerte und klopfte. Sie fühlte
sich, als wäre sie heute Nacht erneut mit dem Kopf auf dem
Asphalt aufgeschlagen. Dabei hatte sie in Alex' Armen gelegen und bestimmt vier Stunden geschlafen.

Bis sie vor einer Viertelstunde von dem Klingeln ihres Telefons geweckt worden war. Die Justizbehörde. Grafs Anwalt hatte die Entlassung seines Mandanten aus der U-Haft
erreicht. Keine Ahnung, wie der Mann es geschafft hatte,
quasi über Nacht einen Haftprüfungstermin zu bekommen.
Fakt war: Er hatte Grafs sofortige Freilassung erwirkt.

Svea ahnte, was sie nachher im Präsidium von Wienecke
erwartete. Dazu verfolgte sie die Begegnung mit Schott. Ihr
Schwindel und die erneute Furcht, dass er etwas gegen sie in
der Hand hatte.

Kamen ihre Kopfschmerzen von der Anspannung und
dem Ärger? Oder waren sie noch eine Folge der Gehirnerschütterung? Wenn ein Schädelhirntrauma nicht richtig aus-

kuriert wird, können die Symptome chronisch werden, hatte die Ärztin gesagt.

»Vielleicht hast du auch ein Schleudertrauma.« Alex legte eine Hand in ihren Nacken und begann sie zu massieren. »Wie ein Brett!« Er erhöhte den Druck seiner Finger. Ihre Muskeln blieben hart.

War es ein Fehler gewesen, das Krankenhaus vorzeitig zu verlassen? Gebracht hatte es wenig, im Grunde hatten sie einen Rückschritt in den Ermittlungen gemacht. Graf war wieder frei, van den Bergen durch den Busfahrer entlastet, Höpke blieb verschwunden. Die Fahndung hatte bislang keine brauchbaren Ergebnisse geliefert. Dafür glaubte Tamme mittlerweile, dass Höpke nicht nur die Brandstifterin war, sondern auch Pahde getötet hatte. Tamme! Ihr letzter Unterstützer fiel ihr in den Rücken.

Fehlte bloß noch die Rüge von Wienecke, weil sie Franzi von der Recherche der Einbruchsdelikte abgezogen hatte. Spätestens in der Morgenrunde würde es so weit sein.

Sie nippte an ihrem Kaffee, die schwarze Brühe schmeckte plötzlich bitter. Hatte ihre Intuition sie so sehr getrogen? Sie schob die Tasse zur Seite. Zwar war das Ausmaß von Grafs Betrügereien und Zeugnisfälschungen noch nicht geklärt, es stand jedoch außer Zweifel, dass er ein Hochstapler war. Für einen Mörder hielt ihn aber außer Svea offenbar niemand mehr.

Sie blieb dabei. Auch wenn es nur ein Gefühl war.

Irgendetwas musste sie übersehen haben. Bloß was? Sie hatte weder Vermutungen, geschweige denn Beweise.

»Tiger, komm mal her! Tiger!« Das Rufen der Nachbarin unterbrach ihre Gedanken.

»Haben die Nachbarn eine Katze?« Das ältere Paar war erst vor einem Monat neben Alex eingezogen.

»Nein, so heißt der Mann.«

»Nicht dein Ernst?« Svea grinste. Sie hatte ihn einmal vorm Haus getroffen, er war klein, schmal und kahlköpfig. Bezog sich der Name etwa auf sein wildes Wesen? »Tiger!« Kopfschüttelnd langte sie in den Brötchenkorb.

Jetzt lachte Alex auf. »Du hast dich verhört, es klingt ähnlich, aber …« Er senkte er die Stimme. »Der Mann heißt Tibor.«

»Ach so.« Sie schnitt ihr Brötchen auf, schmierte beide Hälften mit Butter und tunkte den Löffel in die Marmelade. Sauerkirsche. Eine besondere Sorte, dunkelrot wie Rote Beete. Oder getrocknetes Blut.

Blut!

Der Löffel rutschte ihr aus der Hand, fiel klirrend auf den Teller. Das Brötchen kullerte unter den Tisch.

»Svea!« Alex sprang auf.

»Mit mir ist alles okay«, winkte sie ab. »Das war ein super Tipp.«

»Was? Dass er Tibor heißt?« Alex guckte verständnislos, setzte sich aber wieder, als klar war, dass es ihr gut ging.

»Nein, davor hast du gesagt, dass es ähnlich klingt.«

Sein irritierter Blick blieb.

Sie griff sich ihre Krücken. Keine Zeit, ihm die Sache zu erklären. Abgesehen davon, dass sie es nicht durfte.

Bislang hatten sie angenommen, dass der Busfahrer sich nur eingebildet hatte, wie die sterbende Helena Pahde seinen Vornamen geflüstert hatte.

Igor.

Was, wenn es keine Einbildung war, aber Popov sich verhört hatte? Und Pahde im Sterben den Namen ihres Mör-
ders verraten hatte.

2

Svea saß auf einer Bank oberhalb der Flutmauer am Sandtor-kai. Hier würde Graf sie nicht entdecken, selbst wenn er sich über das Geländer seiner Dachterrasse beugte. Sie wiederum hatte seinen Eingang und die Tiefgaragenausfahrt im Blick. Falls er das Haus verließ, würde sie es mitbekommen.

Sie rieb sich die Schläfen. Dank Alex' Kurzmassage arbeitete der Handwerkertrupp in ihrem Kopf mit halber Kraft, trotzdem schmerzte es noch. Außerdem wurde sie langsam unruhig. Wo blieb Tamme? Vor zwanzig Minuten hatte das Taxi sie in der Hafencity abgesetzt. Auch wenn der Kollege aus Farmsen-Berne einen längeren Anfahrtsweg hatte, müsste er mittlerweile hier sein.

Gerade als sie überlegte, einen Streifenwagen zu rufen, um nicht allein zu Graf zu gehen, kam Tamme angerannt.

Sie las den Zweifel in seinem Blick, bevor er »Moin« sagte. Wieso sollte es ihnen diesmal gelingen, Graf zu überführen? Tamme hatte Popov noch nicht erreicht, um zu fragen, ob Helena Pahde eventuell Ingo anstatt Igor gesagt haben könnte.

»Egal.« Sie drückte sich hoch und griff ihre Krücken. »Lass uns gehen.«

»Wieso bist du sicher, dass er zu Hause ist?«

»Ich habe ihn auf der Terrasse gesehen. Noch aus dem Taxi heraus.«

Um Graf oben an der Wohnungstür zu überraschen, versuchten sie es zuerst bei den Nachbarn. Neben Graf gab es fünf weitere Klingelschilder mit Namen. Tamme drückte sie nacheinander von unten nach oben. Niemand reagierte.

Blieben drei namenlose Klingeln. »Vielleicht Prominente«, mutmaßte Tamme. Sie probierten es auch dort. Ohne Erfolg.

Blieb Graf selbst. Hoffentlich hatten sie Glück, und er ließ sie rein!

So schnell, wie er sich über die Sprechanlage meldete, musste er direkt daneben gestanden haben. Wenn er verwundert war über ihr Auftauchen, ließ er es sich nicht anmerken. Ohne dass er nach dem Grund für ihren Besuch gefragt hatte, summte wenig später der Türöffner.

Als sich in der sechsten Etage die Aufzugtür öffnete, empfing Svea und Tamme ein beißender Geruch. Brandgeruch, leicht faulig. Svea schnupperte, Tamme hielt sich die Nase zu.

Graf stand in der geöffneten Wohnungstür, zum hellgrauen Anzug trug er Badeschlappen. Er hatte Augenränder wie ein Pandabär, schätzungsweise war die Nacht für ihn nicht besonders erholsam gewesen.

Aus dem Wohnzimmer drang eine Stimme. Es klang nach dem Radio oder Fernseher. »Flüchtlinge … Calais«, verstand Svea.

»Ich muss gleich los in die Klinik. Kann ja nicht jeder Beamter sein und seine Vormittage bezahlt in der Hafencity verbringen«, sagte Graf statt einer Begrüßung. Nachdem Svea ihm den Ausflug in die U-Haft beschert hatte, hatte er offenbar beschlossen, sich nicht mehr mit Höflichkeiten aufzuhalten.

Sein Handy klingelte. Er zog es aus der Hosentasche hervor und wischte über den Bildschirm. Wortlos drehte er sich um und ging vor in die Wohnung.

In dem Moment klingelte es bei Tamme.

»Die Schule, da muss ich kurz rangehen«, meinte er entschuldigend. Er trat einen Schritt zurück und machte ihr ein Zeichen: Ich komme nach.

Als Svea hinter Graf ins Wohnzimmer ging, wehte ein Windstoß von der Terrasse herein. Die Wohnungstür flog zu. Ein Knall wie ein Schuss. Svea fuhr zusammen. Bevor sie auf ihren Krücken an der Tür war, um Tamme hereinzulassen, hatte Graf sie schon wieder geöffnet.

»Falls sie noch mal zuknallt, klopfen Sie«, sagte er zu Tamme, der das Handy immer noch ans Ohr gepresst hielt. Und an Svea gewandt: »Ich muss lüften, mir ist mein Frühstück angebrannt.«

Dem Schwefelgeruch nach Spiegeleier, dachte Svea. Tamme nickte ihr zu und stellte einen Fuß in die Tür.

Beruhigt wandte sie sich ab und sah sich um. Der Riesenfernseher rechts auf dem Sideboard war ihr bei Grafs Festnahme gar nicht aufgefallen. Der Nachrichtensprecher trug eine grellgelbe Krawatte zum türkisfarbenen Jackett, genauso wie gestern Abend, als sie mit Alex ferngesehen hatte. »Außerdem beschlossen die Minister Hilfen für die Flüchtlinge, die unter erbärmlichen Bedingungen in Calais campieren«, sagte er jetzt.

Grafs Handy klingelte erneut. »Was will der Idiot?« Er lehnte den Anruf ab.

Im Fernseher fuhr der Nachrichtensprecher ungerührt mit der nächsten Meldung fort: »Das Computernetzwerk des Bundestages ist heute abgeschaltet worden. Es soll während der kommenden Tage teilweise erneuert werden.«

War seit gestern Abend nichts Neues passiert? fragte sie sich. Und dann: Wieso sprach der Mann von heute, wenn das Netzwerk bereits gestern abgeschaltet worden war?

Sie stockte, dann überschlugen sich ihre Gedanken. Sah sie gerade eine Aufzeichnung? In einem Fernseher, der genauso aussah wie der, den Tamme bei Volk abgeholt und in die KTU gebracht hatte. Hatte Graf das gleiche Modell? Möglich. Und nicht nur das.

Wo war die Fernbedienung? Da, auf dem Tisch vorm Sofa!

Als Svea sie aufnahm, hörte sie ein Klopfen. Mist, ohne dass sie es mitbekommen hatte, war die Wohnungstür zugeschlagen. Was war mit Tamme?

In dem Moment trat Graf neben sie: »Finger weg!«

Aber sie hatte bereits die Stopptaste gedrückt. Das Fernsehbild blieb stehen. Das Klopfen an der Tür verstärkte sich.

Eine Aufzeichnung! Auf Volks Fernseher war nichts aufgezeichnet worden, hatte die KTU versichert. Aber was, wenn Graf die Fernseher nachträglich getauscht und Tamme den falschen in die KTU gebracht hatte? Vielleicht war dies Volks Gerät. Hatte Graf seiner Freundin am Tatabend K.-o.-Tropfen gegeben und ihr nachher eine Aufzeichnung gezeigt? Dann stimmte auch Tammes Einschätzung, dass Volk nicht gelogen hatte; zumindest nicht wissentlich.

Zu spät bemerkte Svea das Aufblitzen in Grafs Hand. Ein Butterfly-Messer! Die Klinge stach in ihren Handrücken. Sie schrie auf, ließ die Fernbedienung fallen und taumelte auf das Sofa hinter sich. Blut quoll aus der Wunde.

Als sie ihre Waffe aus dem Holster zog, glitschte das Metall unter ihren rotverschmierten Fingern. Beim Versuch, die Mündung auf Graf zu richten, rutschte die Waffe aus ihrer Hand. Sofort griff Graf sich die Pistole.

Scheiße!

An der Tür hämmerte es. Dumpf hörte sie Tamme rufen, sie verstand kein Wort.

Sie musste ihn hereinlassen! Als sie sich hochdrückte, stieß Graf sie zurück in die Polster und versperrte ihr den Weg.

»Sitzen bleiben!« Er zielte mit der Waffe auf ihren Kopf und trat ihre Krücken zur Seite.

Sie drückte fest auf ihre Hand, das Blut floss weiter unter ihren Fingern hervor. Hatte Graf etwa eine Arterie getroffen?

»Sie sind gar nicht so dumm, wie ich dachte.« Er klang tatsächlich anerkennend.

»Ich weiß nicht, was Sie meinen«, keuchte sie. *Ahnungslos geben!*

»Und das soll ich Ihnen glauben?« Er schüttelte den Kopf.

Gehämmer an der Tür. Gleichzeitig klingelte schon wieder Grafs Handy, er warf es in die Vase auf dem Tisch. Das Klingeln erstarb.

»Ich kann nachvollziehen, dass Sie nach letzter Nacht wütend auf mich sind.« *Verständnis zeigen.* »Aber hier liegt ein Irrtum vor.«

Graf ignorierte sie. Die Waffe weiter auf sie gerichtet, ging er rückwärts zum Sideboard und zog die Schubladen auf. Schnell hatte er gefunden, was er suchte. Eine breite Rolle Klebeband.

»Noch können Sie mich gehen lassen, ohne dass es Konsequenzen für Sie hat«, beschwor Svea ihn – natürlich eine Lüge.

»Schnauze«, herrschte er sie an. Unter vorgehaltener Waffe fesselte er erst ihre Füße und dann ihre Hände aneinander.

Erneutes Gehämmer. Wenig später Stille. Ein Rumms. Tamme musste sich mit Anlauf gegen die Tür geworfen haben.

»Mein Kollege hat es gleich geschafft«, stieß sie hervor und blickte zum Eingang.

Als Graf den Kopf in die Gegenrichtung wandte, folgte sie seinem Blick.

Am Ende des riesigen Raumes stand ein Paravent. Aus ihrer Perspektive verdeckte er nicht ganz das dahinterliegende Treppengeländer.

Befand sie sich in einer Maisonette-Wohnung? Die namenlosen Klingelschilder fielen ihr ein. Hatte die Wohnung einen zweiten Ausgang? Während Tamme hier oben gegen die Tür hämmerte, würde Graf seelenruhig eine Etage tiefer rausspazieren. Ihr Mut sank.

»Eins wollte ich Ihnen schon lange sagen.« Graf machte eine Pause, um etwas Bedeutsames anzukündigen.

Sie zwang sich, ihm aufmunternd zuzunicken. Sie musste Zeit gewinnen. Ihn aufhalten, indem sie seinen Geltungsdrang befriedigte und sich anhörte, was immer er auch loswerden wollte.

»Sie hätten längst ihre Schlupflider machen lassen sollen.« Er lachte meckernd. »Aber jetzt ist das auch egal.«

Schlupflider? Was redete er da?

Als ihr klar wurde, was »egal« bedeutete, erschauerte sie. Ihr Puls schlug wie ein Presslufthammer bis in die Schläfen. Sie musste ihre Taktik ändern. »Herr Graf, oder soll ich besser Schulte sagen? Ihre Tat in Schmallenberg ist verjährt. Machen Sie sich nicht unglücklich.«

»Danke, um mein Glück kümmere ich mich schon allein.« Er hob die Waffe und zielte auf ihre Stirn.

»Machen Sie keinen Fehler«, flehte sie ihn an. Das Blut hatte mittlerweile nicht nur ihre Hose und das Sofa befleckt, sondern tropfte auf den Parkettboden.

Dunkelrot wie Sauerkirsche. Was gäbe sie darum, jetzt mit Alex beim Frühstück zu sitzen! Sie wollte schreien, brachte aber keinen Ton heraus.

Grafs hämisches Lachen war das Letzte, das sie hörte, als sie zur Seite sank.

3

Ich lasse die kleine Kommissarin auf dem Parkett liegen. Sie hat den gleichen Fehler gemacht wie Helena. Sie ist mir zu nahegekommen. Hat wie Helena angefangen, in meiner Vergangenheit herumzuschnüffeln.

Mein Fehler, dass ich den Fernseher nicht gleich nach der Doku ausgeschaltet habe. Aber wer glaubt, klüger als ich zu sein, der irrt. Ich habe nicht fast dreißig Jahre durchgehalten, um mir jetzt alles kaputtmachen zu lassen.

Barfuß laufe ich die Treppe hinunter, niemand kann meine Schritte hören. Zum Glück habe ich mich heute Morgen nicht zurückgelehnt, sondern alles vorbereitet. Bis der Bulle oben die Tür aufhat, bin ich längst weg.

Ich drehe den Knauf, schlüpfe hinaus aus meiner Wohnung und ziehe die Tür lautlos ins Schloss. Unnötig, so viel Krach wie der Bulle macht, aber sicher ist sicher.

Ich laufe durch den Flur zum Treppenhaus. Bis in den Keller sind es vierundachtzig Stufen. Vierzehn für jede Etage.

Wer mich unterschätzt, ist selbst schuld. Die kleine Kommissarin genauso wie Helena. Ihr Gesicht, als sie ihren Geliebten erwartet und stattdessen mich getroffen hat – ich werde es nicht vergessen.

Siebzig Stufen.

Mein Plan war gut, davon rücke ich nicht ab. Wenn nur nicht die Klinge abgerutscht wäre. Immerhin habe ich den

Ring ins Klo geworfen. Besser als nichts. Der Verdacht fiel auf den Alten und ich habe mir einen Vorsprung verschafft. Dem Verfolger immer einen Schritt voraus. Um nichts anderes geht es.

Sechsundfünfzig.

Das Wichtigste war mein Alibi. Und das lasse ich mir nicht von der kleinen Kommissarin kaputtmachen. Was bildet sie sich ein? Allerdings hätte ich mir denken können, dass sie nicht doof ist. So wenig, wie sie sich um ihre Optik kümmert, muss sie was im Kopf haben.

Zweiundvierzig.

Anders als Melinda. Bildschön, nur nicht die Klügste. Als ich ihr das Gift gegeben und sie anschließend sediert habe, damit ich unbemerkt mit ihrem Auto verschwinden konnte, tat es mir leid. Aber was sein muss, muss sein.

Achtundzwanzig.

Oben scheint der Bulle noch an der Tür zugange zu sein. Das ganze Haus bebt. Ziemlich viel Kraft, dafür dass Kai ihn Weichei nennt. Kai Schott. Kaum auszuhalten seine Gesellschaft, aber ich habe ihn gebraucht.

Vierzehn

Gleich geschafft.

Null.

Ich reiße die Tür zur Tiefgarage auf. Und pralle zurück.

4

»Geh ran!«, zischte Kai Schott in sein Handy. Er saß auf der Terrasse der Schlachteplatte, vor sich zwei Mettbrötchen mit Zwiebeln. Freitags war das Handwerkerfrühstück im Angebot. Wenn es irgendwie passte, ließ er sich das nicht entgehen. Zwar gab es Mettbrötchen auch in der Kantine, aber hier waren sie doppelt so dick belegt. Er legte sein Handy zur Seite und biss in das erste Brötchen.

Kaute.

Schluckte.

Er spürte eine Enge im Hals und musste husten. Seit einer Stunde versuchte er André zu erreichen. Ohne Erfolg. Sein Golfkollege ging nicht ans Telefon.

War ihm etwas passiert? Bei ihrem letzten Gespräch hatte er gehetzt gewirkt. Hatte er etwa mehr Dreck am Stecken, als er ihm gegenüber zugegeben hatte?

Was, wenn Svea ihn noch mal in der Mangel hatte?

Schott musste aufstoßen. Wenn André nicht dichthielt, sah es düster aus. Dann wäre über kurz oder lang auch er dran.

Höpkes nicht gelöschte Fingerabdrücke waren dann sein geringstes Problem.

Er nahm sein Handy und versuchte es ein letztes Mal. Diesmal sprang sofort die Mailbox an.

Scheiße! Er knallte das Telefon auf den Tisch. Irgendetwas stimmte da nicht. Er musste schnellstens zurück ins Präsidium, seinen Computer aufräumen und versuchen, Wienecke von seiner Unschuld zu überzeugen.

Mit der Zunge fuhr er sich zwischen die Schneidezähne. Eine Fleischfaser hatte sich verklemmt. Gab es hier keine Zahnstocher? Er sah sich um. Als er versuchte, die Faser mit dem Fingernagel hervorzupulen, knackte es. Statt eines Fettstückchens glänzte ein Stück seines Zahns zwischen den Fingern.

Heute war nicht sein Glückstag.

5

Rike war im Sportunterricht vom Barren gestürzt. Sein Handy ans Ohr gepresst, hörte Tamme schwer atmend der Schulsekretärin zu.

Es bestand Verdacht auf einen Armbruch. Der Sportlehrer hatte einen Rettungswagen gerufen. Mittlerweile war Rike in Begleitung einer Referendarin unterwegs ins Kinderkrankenhaus in Rahlstedt. Tamme beendete das Gespräch und stöhnte auf. Seine arme Kleine! Spätestens, wenn sie eine Spritze bekam, würde sie in Ohnmacht fallen. Er wollte sofort zu ihr.

Nur wie? Er konnte Svea nicht mit Graf allein lassen. Auch wenn es für ihre neue Theorie bislang keinen einzigen Beweis gab, war Graf weiterhin tatverdächtig. Abgesehen davon war Svea auf ihre Krücken angewiesen und wäre im Ernstfall viel zu spät mit der Hand an der Waffe.

Er versuchte, Imke zu erreichen. Wie schon die Sekretärin vor ihm, hatte er kein Glück. Schätzungsweise war Imke im Unterricht. Sie konnte schlecht ihren Schülern die Handys verbieten und selbst ständig draufgucken, hatte sie ihm neulich erst wieder erklärt. In dringenden Fällen sollte er im Sekretariat anrufen, und die Kollegin verständigte sie dann. Aber auch dort nahm niemand ab.

Er musste noch mal mit Imke reden, so ging das nicht weiter. Wenn das jetzt kein Notfall war, was dann? Unruhig ging er im Flur auf und ab, rief ohne viel Hoffnung erneut bei Imke an. Als die Mailbox ansprang, legte er auf.

Sollte er einen Streifenwagen zu Sveas Unterstützung anfordern? Sobald die Kollegen da waren, könnte er los. Das besprach er am besten kurz mit Svea.

Als er sich umwandte, um ihr in die Wohnung zu folgen, fluchte er. Die Tür! Er war so in Gedanken gewesen, dass er irgendwann seinen Fuß weggezogen hatte. Jetzt war sie wieder zugeschlagen.

Er klopfte.

Wartete.

Klopfte energischer. Nichts passierte.

Vielleicht waren Graf und sie kurz auf die Terrasse gegangen, versuchte er sich zu beruhigen.

Bis er den Schrei hörte. Svea! Steckte sie in Gefahr? Er verwünschte seine Unaufmerksamkeit, schlug noch einmal fest an die Tür und wählte dann 110.

Als die Kollegen vom PK 14 mit mehreren Streifenwagen kamen, hatte er sich bereits mehrfach gegen die Tür geworfen, mit Anlauf und ohne, er hatte gegen das Schloss getreten und schließlich sogar darauf geschossen. Nichts. Seit seiner Zeit als Tischlerlehrling hatte sich einiges geändert, diese neuen Wohnungseingangstüren hielten dank ihrer Sicherheitstechnik hartnäckig stand. Jetzt versuchte er es mit dem Kuhfuß, den die beiden Kollegen mitgebracht hatten, die mit gezogener Waffe rechts und links neben ihm standen. Vier weitere Kollegen hatten sich jeweils zu zweit neben der Haustür und in der Tiefgarage postiert. Sie würden Graf abfangen, falls er ihnen hier oben entwischte.

Tamme setzte den Kuhfuß im Schlossbereich an, das kurze Ende in den Falz gedrückt, und begann zu hebeln.

Zum Glück war die Tür nicht abgeschlossen. Nach nicht mal einer Minute krachte es, die Falle des Schlosses brach ab.

Er warf den Kuhfuß zur Seite, griff seine Waffe und drückte die Tür auf. Die Kollegen folgten ihm.

Zuerst sah Tamme das Blut. Es war überall im Wohnzimmer. Auf dem Boden. Auf dem Sofa. Sogar an der Wand befanden sich Blutstropfen.

Als wäre etwas geschlachtet worden.

Zu dritt inspizierten sie Bad, Schlafzimmer und Küche. Von Graf und Svea keine Spur.

Panik durchfuhr ihn.

Hatte Graf erst versucht, Svea zu erstechen, und war dann mit ihr als Geisel geflohen?

Er schickte einen Kollegen auf die Terrasse, falls die beiden den Weg übers Dach genommen hatten. Mit dem anderen nahm er sich das Wohnzimmer genauer vor.

»Hier ist eine Treppe nach unten!«, rief der Kollege, nachdem er einen Paravent am Ende des Raumes zur Seite getreten hatte.

Als Tamme zu ihm eilen wollte, stolperte er beinahe über etwas.

Verdeckt von einem Tisch lag Svea auf dem Boden vorm Sofa und regte sich nicht.

MONTAG, 24.08.2015

1

Svea saß bei Tamme und Franzi im Zimmer. Der Kollege hatte ihr seinen Bürostuhl überlassen, aus Papierkorb und Aktenordner hatte er einen Schemel für ihren verletzten Fuß improvisiert.

Hauptsächlich, damit Tamme Ruhe gab, schwang sie ihren Unterschenkel hinauf. Ihre Quetschung am Fuß hatte sich überraschend schnell gebessert. Sie trug nicht mal mehr einen Salbenverband, vorsichtig hatte sie bereits ein paar Schritte ohne Krücken gemacht. Dafür sah ihre rechte Hand aus, als wäre sie für einen Schwergewichts-Boxkampf bandagiert.

»Es tut mir leid«, sagte Tamme zum wiederholten Mal. Svea hatte nicht mitgezählt, wie oft er sich entschuldigt hatte, gefühlt war die Zahl dreistellig.

Graf hatte am Freitag tatsächlich eine Arterie in ihrer Hand getroffen. Als Tamme Svea auf dem Fußboden entdeckt hatte, war sie ohnmächtig gewesen. Er hatte sofort einen Rettungswagen gerufen, der sie ins Krankenhaus gebracht hatte. Nach der Behandlung hatte sie zum Glück gleich nach Hause gedurft.

»Ich lebe ja noch.« Sie versuchte ein Grinsen. Bei der Nachbereitung des Falls würde Wienecke deutliche Worte finden. Aber ohne Tamme, der sofort bereit gewesen war, sie nach Schmallenberg zu fahren, wäre Graf womöglich immer noch nicht verhaftet.

»Beim nächsten Mal gibst du mir vorher dein Telefon«, schlug sie scherzhaft vor. Aber vor allem hoffte sie, dass Tamme sein Leben bald wieder im Griff hatte. Die Sorge um Franzi reichte ihr. Heute Morgen hatte die Kollegin mitgeteilt, dass sie Ende der Woche einen Termin beim psychologischen Dienst hatte. Mehr nicht. Und Svea hatte nicht weiter nachgefragt. Sie hoffte nicht, dass Franzi den Job quittierte. Am Donnerstag hatte sie mal wieder bewiesen, wie schnell und gut sie recherchieren konnte. Nicht nur deshalb wäre ihr Weggang ein riesiger Verlust.

Es war nicht Franzis Schuld gewesen, dass Graf zwischenzeitlich freigekommen war. Svea fragte sich immer noch, wie es seinem Anwalt gelungen war, Freitagmorgen eine Freilassung zu erwirken. Gab es eine undichte Stelle im Präsidium?

»Du meinst, einen Maulwurf?«, hakte Tamme nach. Aber wer konnte das sein? Sah Svea vielleicht Gefahren und Verbindungen, wo keine waren?

Der Unglauben in seiner Stimme war nicht zu überhören. Was womöglich auch daran lag, dass die Verkehrsermittler gestern Abend den Wagen des Unfallverursachers sichergestellt hatten. Ein metallicschwarzer Mercedes-AMG, der Fahrer gehörte zweifelsfrei zur Autoposer-Szene und war in ein Rennen verwickelt gewesen. Unglücklicher Zufall, dass Svea und er am Dienstagabend zeitgleich die Elbgaustraße langgefahren waren. Eine Verbindung zu ihr und dem Fall schlossen die Kollegen aus.

Die einzige Verbindung war, dachte Svea, dass sie ohne den Leerlauf im Krankenhaus niemals so schnell auf die Idee gekommen wäre, getötete Ärzte zu googeln. Bedanken wollte sie sich beim Fahrer des Wagens trotzdem nicht.

Auch Carolin Höpkes Verschwinden hatte sich geklärt. Wie bei einem Puzzle, bei dem nur noch die letzten Teile gefehlt hatten, fügte sich plötzlich alles und ergab ein stimmiges Gesamtbild. Die Klempner-Witwe hatte sich Samstagnachmittag von selbst bei Tamme gemeldet. Sie war verreist gewesen. Ein paar Tage Dithmarschen bei einer Bekannten, sie hatte dringend rausgemusst. Beim Nachhausekommen war sie von der Nachbarin abgefangen und über den Polizeibesuch informiert worden. Durch die Befragungen waren die Erinnerungen an ihren verstorbenen Mann aufgebrochen, hatte sie Tamme erklärt. Außerdem hatte Graf ihr erneut mit rechtlichen Schritten gedroht, weil sie die Fassade der Klinik bemalt hatte. Morgen kam sie aufs Präsidium, um Letzteres zu Protokoll zu geben.

Dann kam für Graf noch Bedrohung als Straftatbestand hinzu, dachte Svea mit Genugtuung. Auch wenn es nicht großartig ins Gewicht fiel, bei dem Strafmaß, das ihn erwartete.

Mittlerweile hatten sie zahlreiche Beweise gegen Graf. Zwar hatte der Busfahrer sich nicht endgültig festgelegt, als Tamme ihn ans Telefon bekommen hatte: Möglicherweise hatte Pahde auch Ingo gesagt, mit Sicherheit konnte er es nicht sagen, dafür war es zu lange her und seitdem zu viel passiert.

Aber das war auch nicht mehr so wichtig.

Gestern Mittag war das Kanu gefunden worden. In einem toten Seitenarm des Hofwegkanals, oberhalb eines morschen Stegs. Wenn sich nicht ein Paddler verirrt hätte – er war auf Grund gelaufen und hatte die Polizei gerufen –, würde es dort noch immer unbemerkt liegen, halb verdeckt von Zweigen, Laub und Dreck.

Graf hatte keine Fingerabdrücke hinterlassen, aber auf dem Boden des Kanus war die Spurensicherung auf Lehm und einen Marmorkieskrümel aus dem Garten der Klinik gestoßen.

In seiner Wohnung hatte er alle Beweise für seine Straftaten vernichtet, in seinem Auto hatten die Kollegen umso mehr gefunden: zwei gefälschte Pässe, gefälschte Zeugnisse, ein Laptop, unter anderen mit einer Exceldatei, in der Graf Buch geführt hatte über seine Behandlungen ohne Abrechnung. Außerdem hatte das blutige Messer in seiner Anzugtasche gesteckt, als sie ihn an der Tür zur Tiefgarage abgefangen hatten. Schätzungsweise war es dasselbe, mit dem Pahde ermordet worden war. Die Verletzung passte zur Klinge, das hatte der Rechtsmediziner bereits bestätigt.

»Guckt euch das an!« Tammes Ausruf riss Svea aus ihren Gedanken. Er hielt Franzi und ihr sein Handy vors Gesicht.

Boularouz hatte ein neues Foto auf Instagram gepostet. Offenbar hatte er eine OP gehabt. Mit seinen Verbänden ähnelte er einem römischen Gladiator mit Nasensteg am Helm.

»Das war mehr als eine Lidkorrektur!« Mit dem Zeigefinger schob Tamme ein Augenlid in die Höhe.

Svea lachte. Als sie Alex erzählt hatte, dass Graf ihre Schlupflider moniert hatte, hatte er sie geküsst und gemeint, Falten würden ihren antiquarischen Wert erhöhen.

Franzi und Tamme fielen in ihr Gelächter ein.

Als hätte Boularouz' Foto die Anspannung der letzten Woche gelöst, konnten sie gar nicht mehr aufhören. Sie lachten so laut, dass sie beinahe das Telefon auf Tammes Schreibtisch überhörten.

Grinsend nahm Tamme den Hörer auf. Plötzlich wurde sein Gesicht ernst. Er legte den Finger auf die Lippen, wirkte hochkonzentriert und sagte nur ab und zu »ja«, während er dem Anrufer zuhörte.

Schon wieder was mit Rike? Svea und Franzi tauschten einen Blick.

Aber damit hatten sie sich getäuscht.

»Die Justizbehörde«, sagte Tamme, nachdem er aufgelegt hatte.

Diesmal lag nicht Rike auf der Krankenstation, sondern Graf.

Im Anschluss an die Vernehmung heute Vormittag hatte er versucht, sich in seiner Zelle mit einem Bettlaken zu strangulieren.

2

Tamme lag auf dem Sofa. Durch die geöffnete Terrassentür hörte er die Mädchen im Planschbecken juchzen. Hoffentlich wurde Rikes Arm nicht nass.

Rike hatte sich den Unterarm gebrochen und trug einen Gips. Er hatte ihr eine Plastiktüte übergezogen und oberhalb des Ellenbogens mit Pflaster festgeklebt, damit sie mit Bente und Marit im Planschbecken sitzen konnte.

Bei der Hitze hatte er es nicht übers Herz gebracht, Rike nicht ins Wasser zu lassen. Ausgerechnet sie! Gleichzeitig schalt er sich: Wenn sie für ihn genauso sein Kind war wie die beiden anderen, durfte er sie nicht bevorzugen.

Er wandte den Kopf. Rike saß brav im Becken, ihr Arm hing über den Rand. Marit nahm Anlauf, um zu ihr ins Wasser zu springen.

»Nicht zu wild, mein Schatz!«, rief er nach draußen.

»Papaaaaa!«, antwortete Rike. »Ich pass auf.«

So wie sie auf dem Barren aufgepasst hatte! Bei dem Gedanken an Freitag stöhnte er. Nicht nur Rike war unaufmerksam gewesen, er auch. Wie hatte ihm das passieren können? Dass er seine Kinder über alles liebte, entschuldigte nicht, dass er Svea im Stich gelassen hatte. Rike war auf dem Weg ins Krankenhaus gewesen, als die Sekretärin ihn angerufen hatte, man kümmerte sich um sie. Svea hätte tot sein können.

Als Berufsrisiko hatte sie es abgetan. Obwohl sie ihm scheinbar nichts nachtrug, machte er sich Vorwürfe. Es musste doch möglich sein, Job und Kinder unter einen Hut zu bringen! Wie schafften andere Menschen das?

Hoffentlich zog Imke bald mit diesem Jonas in ein neues Haus oder zumindest eine größere Wohnung. Dann hätte sie endlich Platz. Die Kinder könnten öfter bei ihr sein – und sein Problem erledigte sich von selbst.

Heute hatte er glücklicherweise früher nach Hause gekonnt. Überstundenabbau. Man hatte Graf rechtzeitig gefunden, aber er war im Moment nicht vernehmungsfähig.

Wie es aussah, würde er spätestens zum Ende der Woche wieder fit sein. Trotzdem hätte es gar nicht erst zu einem Suizidversuch kommen dürfen. Die Justizbehörde hatte auch das Dezernat Interne Ermittlungen benachrichtigt, um das Vorkommnis zu untersuchen. Immerhin war Tamme nicht der Einzige, der Fehler machte!

Als es an der Tür klingelte, drückte er sich vom Sofa hoch. Wer war das? Er erwartete niemanden. Ein Nachbar?

Der Umriss hinter dem Glas der Eingangstür könnte glatt Imke sein. Nur war heute Montag. Imke kam erst wieder Freitag.

Hatte er zumindest gedacht.

»Kann ich reinkommen?« Sie klang flehend, ihre Augen waren gerötet, die Lider geschwollen. Hatte sie Rikes Unfall stärker erschüttert, als er dachte?

Wortlos hielt er die Tür auf.

Noch im Flur brach es aus ihr heraus: »Es ist aus.« Sie schluchzte auf.

»Was ist aus?« Er führte sie ins Wohnzimmer.

»Mit Jonas.« Sie hustete, verschluckte sich an ihren Tränen.

Warum kam sie damit zu ihm? Jäh spürte Tamme Gereiztheit. Konnte sie sich nicht bei ihrer Freundin Doro ausweinen?

Imke sah zu ihm auf. Doro hatte Besuch von ihrer Schwester und keinen Platz mehr auf dem Sofa. »Kann ich hierbleiben?«

»Mama?«, rief Rike von draußen. Sie stand im Planschbecken, hob einen Fuß, um auszusteigen. Und rutschte mit dem anderen Fuß weg.

Sie schrie auf und fiel zurück ins Becken.

Sofort stürzten Tamme und Imke zu ihr, vorsichtig hob er sie auf seine Arme. Zum Glück schien sie unverletzt.

»Mein Arm ist nass.« Rike weinte.

»Zeig mal her.« Imke zog die Plastiktüte ab. Der Gips war voll Wasser gelaufen, die Watte an der Innenseite durchnässt.

»Das macht diesem neuen Kunststoffgips nichts«, meinte sie tröstend. »Und die Watte trocknet wieder.« Sie gab Rike einen Kuss, sofort hörte sie auf zu weinen.

»Bleibst du hier, Mama?«, fragte sie.

Imke hob die Schultern. »Das muss Papa entscheiden.« Über Rikes Kopf hinweg sah sie Tamme an.

Was passierte hier? fragte Tamme sich. Aber als Rike erneut anfing zu weinen, sagte er schnell Ja. Prompt beruhigte Rike sich wieder.

Hatte er sich nicht wochenlang gewünscht, dass Imke zu ihm zurückkam? Warum fühlte es sich dann nicht an, als wäre sein größter Wunsch erfüllt worden? Stattdessen war er einfach nur müde. Aber er konnte Imke auch nicht aus dem Haus vertreiben, das immer noch zur Hälfte ihr gehörte.

Vorsichtig setzte er Rike ab, sofort flitzte sie zurück nach draußen. »Nicht mehr ins Becken!«, rief er ihr hinterher.

»Danke«, sagte Imke.

»Ich brauch erst mal ein Bier«, entgegnete er. »Auch eins?«

Am Kühlschrank pappte der Magnet, den Franzi ihm neulich geschenkt hatte.

Am Ende wird alles gut. Und wenn es noch nicht gut ist, ist es noch nicht das Ende.

Zum ersten Mal fand Tamme die Worte tröstlich. Mit einem Ploppen öffnete er seine Flasche.

3

Das Kanu glitt durch einen Teppich aus Seerosen. Svea lehnte im Bug mit dem Rücken zur Fahrtrichtung und sah Alex beim Paddeln zu.

Endlich hatte es mit ihrer Tour auf der Gose Elbe geklappt. Zwar kamen sie nicht so schnell voran wie sonst, weil Svea ihre verletzte Hand schonen musste, aber Alex hielt das Kanu auch allein auf Kurs. Umgekehrt wäre es schwieriger gewesen.

Wind wehte übers Wasser, gerade so stark, dass er angenehm kühlte, aber Alex nicht dagegen anpaddeln musste. Zwei Libellen sirrten vorbei, schillerten im Sonnenlicht. Am Ufer wechselten sich Schilf und Brombeerranken ab, dahinter erstreckten sich Kuhweiden, Wiesen und Gewächshäuser.

Die Gose Elbe floss mitten durch die Vierlande. Ein bäuerlicher Teil von Hamburg und die perfekte Naturidylle, die Svea so nicht erwartet hatte. Hierher verirrte sich kein Tretboot in Schwanenform.

Warum waren sie nicht früher hergekommen?

»Weil du keine Zeit hattest?« Alex legte das Paddel ins Boot, beugte sich vor und küsste sie.

Sie erwiderte seinen Kuss und genoss seine Umarmung, bis jemand hinter ihr schrie: »Ey, Vorsicht!«

Zwei Jugendliche. Sie hockten auf einem Floß aus einer Palette und alten Treckerschläuchen und trieben direkt auf sie zu.

Alex riss das Paddel hoch und stach es ins Wasser. Im letzten Moment gelang es ihm, an den beiden vorbeizusteuern.

Als sie wenig später an einem Steg vorbeikamen, schlug er eine Picknickpause vor.

Sie hatten gerade angelegt, Svea saß noch im Kanu, da klingelte ihr Handy.

Unbekannte Nummer. Sie hatte wenig Lust zu telefonieren. Aber was, wenn es um Graf ging? Vielleicht hatte sich sein Gesundheitszustand unerwartet verschlechtert.

»Ja?«, meldete sie sich. Alex vertäute das Kanu an einem Pfosten.

»Svea?« Eine Frauenstimme. »Hier ist Emine.«

Yunans Schwester!

»Störe ich dich?«

Ja, schrie alles in Svea. »Nein«, sagte sie.

Während Alex den Picknickkorb aus dem Kanu hob, eine Decke auf dem Steg auffaltete und Teller, Besteck und Gläser verteilte, hörte Svea Emine zu.

»Es tut mir leid!« Emine atmete schwer. »Ich wollte dich nicht fragen, aber ich weiß nicht mehr, was ich tun soll.« Yunan hatte Probleme, sie fürchtete, dass er wieder an der Nadel hing. »Ich habe Angst um ihn. Kannst du mit ihm reden? Damals hat er auch auf dich gehört.«

Warum wohl? dachte Svea. Weil er nicht in den Knast gewollt hatte. Aber das konnte Emine nicht wissen. Sie ahnte weder etwas von dem Apothekeneinbruch und dem Video, geschweige denn, dass Svea Yunan nicht allein durch ein freundliches Gespräch zu einer Entziehungskur ermutigt hatte.

Etwas, das sie bis heute bereute und nicht noch einmal tun würde.

»Ich kann dir nicht helfen«, sagte Svea. »Tut mir leid.«

Beim Auflegen weinte Emine.

»Was ist passiert?« Alex reichte Svea die Hand, um ihr auf den Steg zu helfen.

Nichts, wollte sie ihre übliche Antwort geben. Dann besann sie sich. Nicht nur, dass jemand wie Alex es nicht verdient hatte, dass sie ihn anlog, wenn ihre Beziehung eine Zukunft haben sollte, musste sie ihm irgendwann von Yunan erzählen. Sie musste ihm verraten, warum sie Dortmund wirklich verlassen hatte und nach Hamburg gekommen war. Und dass ihre Bekanntschaft mit Jo nicht der Grund, sondern die erstbeste Gelegenheit gewesen war, in einer anderen Stadt neu anzufangen.

Sie setzte sich auf die Decke. Sie wollte nicht mehr weglaufen. Die Sache würde sie immer wieder einholen. Schott würde keine Ruhe geben, womöglich tauchte Pizolka noch mal auf. Sie musste etwas tun. Auch wenn sie schätzungsweise ihren Job verlor, ging es so nicht weiter.

Bis heute wusste sie nicht, wie Pizolka an das Video gekommen war. Sie hatte es damals noch nicht endgültig auf ihrem Computer gelöscht gehabt. Glaubte sie zumindest. Aber als ihr schlechtes Gewissen sie geplagt hatte und sie die Videodatei aus dem Papierkorb hervorholen wollte, war sie plötzlich verschwunden. Kurz darauf hatte Pizolka mit dem Stick vor ihrer Nase gewedelt, als wäre er eine Möhre und sie der Hase. Kann es sein, dass du uns das hier vorenthalten wolltest?

Hatte Pizolka Zugang zu ihrem Computer gehabt?

Wenn sie eine Selbstanzeige stellte und die Sache untersucht wurde, würde sie es hoffentlich erfahren.

»Das ist eine längere Geschichte«, sagte sie.

Alex lächelte. »Ich habe Zeit.«

DANKE!

Auch dieses Buch habe ich nicht allein geschrieben. Die Arbeit daran wurde unterstützt durch den Hilfsfonds »Kunst kennt keinen Shutdown« der Hamburgischen Kulturstiftung.

Mehrere Informantinnen und Informanten haben mir mit ihrem Fachwissen geholfen. Ich danke von Herzen:

Christiane Leven und Knuth Cornils von der Presse- und Öffentlichkeitsarbeit der Polizei Hamburg.

Elke von Berkholz, Ex-Ärztin, Autorin, Dokumentarin und Freundin, die meine rechtsmedizinischen Fragen beantwortet hat.

Axel Küpper, der Svea genau die richtigen Unfallverletzungen verpasst hat, damit sie rechtzeitig für den nächsten Band wieder fit ist.

Sie alle haben sich erneut viel Zeit für mich genommen. Eventuelle sachliche Fehler liegen allein an mir und meiner künstlerischen Freiheit.

Ebenso herzlich danke ich:

Meiner Kollegin, Freundin und Erstleserin Bea Schreiner. Unsere gemeinsame Textgruppe war einer der Lichtblicke in 2020.

Stefan Wendel für guten Rat zur rechten Zeit.

Meinem Agenten Bastian Schlück und Vanessa Bergmann, die mir die Last der Vertragsverhandlungen abgenommen haben.

Gabriele Albers und Andreas G. Meyer, die mit mir am Exposé gefeilt haben, als es noch »Tödliches Alstervergnügen« hieß.

Hartmut Pospiech für beflügelnde Schreib- und Fachliteraturtipps.

Thorben Buttke – meinem ehemaligen Lektor bei HarperCollins – für seine großartige Unterstützung, nicht nur bei der Planung dieser Geschichte.

Pascalina Murrone – meiner neuen Lektorin bei HarperCollins – für ihr herzliches Engagement, ihre klugen Anmerkungen und Änderungen an meinem Manuskript.

Laura Hage und Johanna Greß von HarperCollins für Pressearbeit und Lesungsorganisation – und all den anderen netten, engagierten Menschen bei HarperCollins, die sich um mein Buch gekümmert haben und immer noch kümmern.

Der Hamburger Behörde für Kultur und Medien für den writers' room, in dem ein Teil dieses Buches entstand.

Frau Dr. K. – nicht nur für den Ärztewitz.

Klaus Dühren – nicht nur dafür, dass er mir die am wenigsten hässlichen, höhenverstellbaren Beine unter meinen schönen Schreibtisch montiert hat. Auch mein Rücken dankt.

Zuletzt ein riesiges Dankeschön an alle Leserinnen und Leser: Ohne euch wären alle Bücher nichts!